A Fork in the River

东来 著

凤凰籽

图书在版编目（CIP）数据

凤凰籽 / 东来著. -- 杭州：浙江文艺出版社，2025.6. -- ISBN 978-7-5339-7983-6

Ⅰ．I247.5

中国国家版本馆CIP数据核字第2025PZ4957号

统　　筹	王晓乐
责任编辑	汤明明
责任校对	牟杨茜
责任印制	吴春娟
封面设计	汐和　几迟 at compus studio
营销编辑	詹雯婷
数字编辑	姜梦冉　诸婧琦

凤凰籽

东来 著

出版发行	浙江文艺出版社
地　　址	杭州市环城北路177号
邮　　编	310003
电　　话	0571-85176953（总编办）
	0571-85152727（市场部）
制　　版	杭州天一图文制作有限公司
印　　刷	杭州丰源印刷有限公司
开　　本	787毫米×1092毫米　1/32
字　　数	200千字
印　　张	11.5
插　　页	1
版　　次	2025年6月第1版
印　　次	2025年6月第1次印刷
书　　号	ISBN 978-7-5339-7983-6
定　　价	68.00元

版权所有　侵权必究

从腹地来的人——自序

动笔创作这部小说时,"小镇做题家"尚未成为公共语境中的热词。然而在长篇的写作过程中,这个词突然闯入视野,从最初个体自嘲的标签,逐渐演变为一代人的集体叙事。当编辑读完书稿问我"你写的是不是'小镇做题家'"时,我哑然失笑——这看似偶然的耦合,实则是时代浪潮下无数人命运的共振。

我接受这一标签,却不愿将其等同于"失意者"。相反,在我看来,依靠"做题"走出小镇的人已然是命运的宠儿。只是人们惯于仰望高处,鲜少回看来路,便难以察觉自己的幸运,以及身后落下的更多同龄人。"做题家"们带着各自的小镇所赋予的韧性和脆弱闯入都市,完成了前半程的"改命叙事";至于如何在异地落地生根,如何在流徙中安顿自我,则是后半程更为复杂的命题。

1990年,我出生在江西中部一个宗族村落。三千人的村庄同属一姓，人情与规则编织成密网，维系着费孝通笔下"乡土中国"的最后图景。江西是劳务输出大省，"打工"是日常生活出现最高频的词语，也是众多人赖以生存的手段，它深刻地改变了每个人的生活。十岁以前，我目睹乡土社会在现代化浪潮中迅速崩解；青壮年人逃离，老人和儿童留守，春节是村庄一年中唯一的沸腾时刻——候鸟般的打工者从各地归来，带回城市里的消息与钞票，也带回被小心折叠起的疲惫和不适应；旧的秩序、道德、生活方式摧枯拉朽，新的事物以近乎疯狂的速度建立和繁殖。财富重新分配，泡沫鼓胀又破裂，人群聚散离合，变化太快，有如劲风洪流，催逼着无数人向前，却不容人回顾。我的生命历程也紧紧贴合着经济起飞和城市化的浪潮，乘着风飘离故土，泊于上海。大城市的运转惯性容不得人停顿回眸，很快就能模糊掉人对时间的感知，二十年转瞬即逝，我在清晨醒来时常被某种失重感攫住——"自己究竟身在何处？"我既割裂了血脉相连的乡土，又未真正融入齿轮链条中的都市，我不明白这种不安源于何处，止于何时。

不断地流徙，或许是我们这代人的共同处境。在上海，我结识了来自各地的朋友：普通话和体面的谈吐让我们不分彼此，但各自迥异的成长经历和方言，又仿佛让我们置于平行时空。迁徙者的身份是一层透明隔膜，让我们既能窥见彼此的生活，又永远隔着一道无形的边界。我在同龄人中体认到的这种割裂感，让我对奈保尔笔下的移民文学产生深切共鸣——《大河湾》我读过几遍，无论是跨越国境，还是跨出乡土，剥离故土的断裂、重塑身份的挣扎，我与奈保尔笔下的人物本质上并无二致。我们都是被连根拔起的植物，在陌生土壤里艰难抽芽，一路丢弃方言、生活习惯，甚至记忆，只为换取一张"现代都市人"的通行证。

写作长篇时，我常想起那些消失在分岔路口的同龄人，我和他们短暂交集，打过照面，曾是玩伴、亲友、同学。他们中有人考取大学，有人从商，更多人继承父母辈命运，继续栖身流水线，在外地艰难揾食；但我们早早彼此失落，成为无言的陌生人，互不相认。城市化，是一代人的城市化，也是每个人的城市化。连续性被粗暴地切断，踽踽独行的孤独难以克服。

能戴上"小镇做题家"光环的终究是少数，而更多人连成为叙事主角的资格都没有。在怀想中，我得以深感自己的幸运：作为女孩，江西女孩，竟能幸运地被家庭全力托举，沿着"读书—考学—去上海工作"的"正确路径"跌撞前行。这种幸运既让我愧疚，也让我警醒——当我们将人生简化为"逆袭"爽文时，是否正粗暴地抹杀那些未被看见的轨迹？

小说里的主人公从十二岁跋涉至三十岁，和我一样经历了乡土溃散、城乡碰撞、身份重构，但这并非我的自传。我采用了相当戏剧化的方式写作，一个贫苦少年被电视媒体粗暴地扔到大城市生活优渥的家庭，在短时间内感受到堪称惨烈的城乡对比，内心激荡变化，他的错愕和无措被媒体当成奇观展示，经历过城市的浮华洗礼，又被扔回山村老家，却再也无法逆来顺受。现下，一个人已经很少面临生与死的抉择这样极端的处境，更多的时候，面对的是外部世界变化导致的无法平息的内心激荡。这便是人生的基调了，经历过粗暴分裂的人更加懂得。

虚构是更自由的镜子，能映照出千万人的倒影。那些被遗弃的旧物、被淡忘的乡音、被时代碾过的微小个体，都在文字中获得了第二次生命。写作如同考古，我不断从记忆废墟里打捞碎片：固守家园却被时代抛弃的男人、被撤销的乡村中学、对马桶的礼颂……这些细节或许微不足道，却是一个时代最真实的注脚。

站在三十五岁回望，我越发感受到潮流的蛮横之力。普通人如风中苇草，能做的唯有顺势俯仰。但写作让我获得回望的停顿，甚至反抗的尊严：当现实世界加速遗忘时，文字成了最后的保鲜剂。书中藏着我秘而不宣的幽暗——

对逃离者的嫉妒、对留守者的愧疚、对都市精致主义的疏离,还有对故土既眷恋又渴望逃离的矛盾。完成书稿那日,我仿佛卸下背负多年的行囊。它是我蜕下的旧壳,是瓶中小人的重生仪式,更是对所有"迁徙一代"的告白:我们注定要带着裂痕生活,正是这些裂痕,赋予我们生命的厚度。

感谢所有助我完成这场精神迁徙的人。再会时,愿我们都能更从容地拥抱自己的来处与去处。

目录

上	中	下
001	145	235

上

我必须离开这里,必须从这里逃走。

1

在上海去往新西兰奥克兰的飞机上,十二个小时的航程未至中途,我们穿过晴空、雨云,从日出行至日暮,从颠簸行至平静。机舱里一片昏暗,正好是大部分人昏昏欲睡的时间,窸窸窣窣的言语声、鼾声、咀嚼声,发动机无时无刻不在的轰鸣声互相拧成的声流,无不催人疲倦。窗外阳光正炽,只有极远处几片薄云,海面将阳光回弹,飞机像被一团烈火紧紧攥住。

我没有一丝困意,睁着眼睛,机舱空调温度开得太低,冷得让人打战。我知道自己此刻悬浮,一万米高空之下是广袤的太平洋,却无须担忧坠落。旅客一半是白人,一半是中国人,飞机播报先是英文,而后才是蹩脚的中文,主体语言的变换昭示地理上的迁移,我已经远离国境,来到他国。这是我第一次出国,出发之前,我查阅了许多攻略,为旅行制订完整计划,对大岛上的美景熟稔于心,米尔德福峡湾奔流的数千条瀑布和One Mile Car Park的雪山平湖,以及岛屿中心延绵的雪山和穿插其中星点般的草原,南岛结满硕果的樱桃园……全部是我未曾领略过的壮丽风景。我们将会降落在奥克兰,一座整饬优美的海滨城市,下榻在艾伯特公园旁的酒店,而后租上一辆汽车,开始公路旅行,从各路自然与城市风光中穿过,感喟、拍照、赶路、无所事事,消磨完十四天的假期,而后重返奥克兰,飞回我们的城市。

未婚妻田微清在一侧歪着头,她从上飞机就开始昏睡,睡到不知天昏地暗。毯子从她肩膀滑落,我为她盖上,她半睁眼睛,咕哝着问还要多久,飞机坐久了颈椎僵痛。"还要三四个小时。"我回答。她嘟嘟囔囔地又睡过去。

两个月后才是婚礼,田微清说她希望在婚礼之前进行一次长途旅行。

长途旅行最考验人的品性、耐心和默契,她见过长途旅行归来彼此视若仇雠的情侣,也见过中途分道扬镳的朋友,在陌生、无助、辛劳和疲惫中,人更容易暴露本来面目,退化的獠牙又会长出来。十四天不过一场生活的试演,如果这都熬不过去,那往后的漫长生涯要如何共度。结婚前,顺眼顺心,结婚后,龃龉、困难和遗憾才是时常要面对的状况,恰如一场未知终点的旅行。她说,如果新西兰之旅不愉快,会重新考量结婚的决定。

田微清对于婚姻仍有一种虔诚而落伍的信仰，对于与人共度余生怀有强烈的信念，但是她并不莽撞天真。田微清的父母感情融洽，生活富足，大体称得上幸福，她对婚姻自然有信心和底气。

有了旅行的念头之后，她问我想去哪里，我说想去一个人少的地方。

"新西兰怎么样？地广人稀，景致也不错。"她随手翻开手边的旅行杂志，指着一张图片，上面是一段沿海的悬崖峭壁，图注标明是新西兰东岸。

我对南半球的大岛没有概念，估算过机票和旅行花费，尚在承受范围内，满口答应，之后马不停蹄地办理签证、订机票、制定攻略、租车、订旅馆，直至上飞机前，对目的地仍然没有任何实感。我们到空港的时间略早了一些，候机厅里国际航班飞走三架，去往柏林、东京和纽约，全部是我听说过却没去过的地方。冬日冷风呼啸，寒意从建筑的缝隙挤进来，早晨飘薄雪，水面结薄冰；南半球却是酷夏，行装里全是轻薄衣物。飞机行至中途，路过赤道纹丝不动的积雨云，景致没有什么太大变化，心理忽然倒错，生出"此身何在"的疑问，直到那一刻，我才对去一个极其遥远之地有了实际的感觉。足够高，足够远，使我安慰，使我满足。

空乘推着小车过来,满怀笑容地问我想要喝什么,"咖啡",我说,她倒满之后,又熨帖地往里夹了两块冰。咖啡苦涩,我不喜欢,但是会喝,还会分辨咖啡豆的优劣,懂得让咖啡在舌头的前后端分解,继而体会持久而虚幻的甘甜。喝咖啡对我而言,从来都是对美好生活的一种模仿。空乘向每一位醒着的乘客询问需求,他们相继做出选择,继而更多人醒来,舱内开始躁动,人声喧喧,还有三个小时飞抵目的地,十二个小时的航程已至尾声。

奥克兰。

航程中,在清醒和半寐之间,起点和终点之间,倦怠而无所事事,身边的人意识远遁,万丈高空,远离地面,不在任何一个国度,甚至不在任何时空。我的意识也开始汽化升腾,变成自由而无形的气体,在更高远的地方徘徊,好几个小时,无法自持地回忆过去,想象自己脚步迟重地走到现在。

回忆并不如一条完整的河流,而像是迎面炸裂的玻璃窗,伴随连续轻微的轰鸣声,直接奔向颜面,扎入脑袋。回忆过去,而非回到过去,只能带着已经成型的心智,靠着现有的知觉,使用如今的语言,给出已经变成陈词滥调的评断。拾来的只言片语,都带着失真的质地,不自觉夸张和变形,美化与欺骗,分辨和误解,掩埋与剖析,重演和转述。我再没有办法重新变成一个儿童或少年，于是失去故事发生的场景，分不清哪些是现在的我所思所想，哪些是过去的我所思所想，只能将它们混为一谈，让一个年近三十的人附着在一个十几岁少年的身体上，讲着远远超于年龄和认知的话。

十六年前，即使让十二岁的我放足胆子去幻想，也想象不出此刻的情形。我不知飞机具体长什么样，不知新西兰在哪里。天空偶有飞机掠过，在空中拉出一条白线，我看着白线逐渐消散，融入天空，不知道飞机里坐着些什么人，这些人为什么要奔赴远处，过什么生活，他们不可触及，与我毫无关系。那时我抬起头来，周围是低矮丘陵，杂生着松杉，不巍峨也不雄壮，只是平缓地连绵在一起，形成难以跨越的围挡，遮住地平线，圈出小片平地。平地被切割成大大小小的田地，多种水稻，春夏蓄满水时像破碎的镜子。平地中间是一个二十来户的村庄，黑瓦白墙，总是有炊烟萦绕，有烧柴火的香气。一条窄小破碎的石子路或者水泥路从村庄伸出来，通向山隙，路边簇生着竹林。远远看去，也有几分桃源应有的诗意、平整和秀美，近看却满是丛生的蚊蚋蚤虱，摇摇欲坠的旧房，迟钝木讷的乡民。时间暂时停驻，外界的空气还没有急速流入，有那么十几二十年，这个村庄只和外面的世界保持最低限度的联系，仿佛一滴琥珀从天而降，封存一切，等待被一阵野蛮的春风催化。

山深处，春来许多燕，所以得名，燕子寰。

2

我有两对父母，一对是在斯城大学教法语的杨爵教授和教西班牙语的杜丽教授。

杨教授与杜教授桃李满天下，译作无数，居于江畔一栋联排别墅，养了一条名为Tigo的吉娃娃犬。杜教授喜爱园艺，院中种植各色品种的月季，每年五六月份花朵盛开，她会剪枝插瓶，赠送邻居；杨教授每天早上六点起床，风雨无阻地在江畔的健身步道跑上五公里，饮食少盐多纤维低碳水，看上去比同龄人年轻。他们举止得体，涵养过人，吵架时说英语，高兴时说法语，家里面三四种语言乱飞，仿如小小的混乱的国。他们读外文书、写作、翻译、参加国际会议，每年会出国一段时间，目的地通常是欧洲，马德里、巴黎、里昂、法兰克福或是其他城市，他们会说"回欧洲"而非"去欧洲"，好像那里才是他们的故乡；他们有些清高，故而不太合群。他们有一个比我大一岁零两个月的儿子杨克森,禀赋优异,夭于十七岁,之后我便成为家中独子。

父母的成就并不会顺理成章地传递给我,杨教授和杜教授与我的联系也并不紧密,我后来读的专业、从事的行业和外语也没有任何关联,但在他们的熏陶下,我会用西班牙语和法语说"你好""再见",识得一些外国作家的名字,说得出几部鲜有人知的文学作品。我和父母之间极少通电话或者发消息,每逢节假日,我会给他们寄贺卡和礼物,维持着彼此淡而无味的亲情。

我在人前提起这对父母,总是用一种谦卑的口吻,假装为淡漠的亲子关系感到困扰,唯恐别人察觉我在炫耀。实际上,我是在炫耀,出身高知家庭会让别人对平平无奇的我多一层先天的认可,杨教授和杜教授对我而言最大的作用在于此,我喜欢听别人说"你爸妈真了不起",那么,里面有一层隐藏的含义:或许你也是了不起的。每当我读出这样的潜台词时,便有一种得逞的朦胧快感。

田微清一直对我的家庭感到好奇,她听我讲过很多遍杨教授和杜教授的事,讲他们早年出国和担任外事翻译的光鲜经历,讲他们在家中沉闷的循规蹈矩的日常生活,以及他们对孩子毫无保留却严苛的爱。但我对田微清讲的有关我家庭的部分,大部分是假的,她并没有察觉出异样,只是对我和父母之间后来关系的疏远感到不解，她以为我们之间有什么误会。她觉得如果是误会，解开就好了，怎么会发展到不可收拾的地步。不过，中国人的家庭关系总是很复杂，经不起仔细探究，她似乎又很能理解，所以没有细问。我从来没有向她提起过杨克森，我甚至把杨克森的经历说成自己的，占据他的人生，窃取他的记忆，抹去他的名字，因为杨克森死不能言，我便有了一个令人艳羡的富足童年——以前是杨克森的，后来是我的。

我和田微清认识后不久，邀请她去郊外散心。闷热的春末，路边草木绿到妖冶，潮湿的空气浸透芳草花香，马路上全是被汽车压死的千足虫，浆水爆裂，但我们心情很好，边走边聊，说些有的没的，她倒退着走路，脚步轻盈，唱着一首耳熟能详的英文歌。

我对她说："我父母一定会喜欢你。"

她受宠若惊地说："你爸妈不会挑剔我蹩脚的英语发音吧？"

我说："不会，他们不会。"

我那时想起的是另一对父母，不是杨爵和杜丽，而是我的亲生父母，以及燕子窠成群的燕子。

燕子每年三月份到来，刚有一些融融的暖意，稻田刚刚翻垦开，裸露着黑色的土，空地上长出簇簇鲜嫩的草，燕子就来了。不知道它们从哪里飞来，接二连三的，数量很快集结成上千只，一整个白天它们都在天上划来划去，到傍晚在电线上挤挤攘攘。它们衔泥筑巢，养育雏鸟，雏鸟六月离巢，七月褪去嘴黄，逐渐变得和它们的父母一样，学会驾驭风，极其灵活地在空中划过曲线，在村庄的头顶织一张网。十月份的某一天，第一缕北风裹带寒意而至，它们会一齐消失，不知去向，一整个冬天不见踪影，来年春天又至。我从燕子窠走出之后，再也没见过那么密集的燕子。

我的亲生父亲姓李，名为"国胜"，是乡间普通得不能再普通的名字；我的母亲是个失智妇女，没有名字，乡民们叫她"菊妹"。我从来不喊她妈妈，而是跟着其他人喊她菊妹。他们没有留下过一张照片，独照或合照都没有。近几年来我已经记不清他们的模样，越努力回想，越觉得一层薄纱蒙在眼前，只剩一些碎片，譬如父亲那双硕大而凹陷的眼睛，以及菊妹踉跄不稳的步态。我偶尔会梦见他们，梦中的一切都很清晰，样貌、声音、表情，乃至皮肤的质地和光泽就在眼前，我甚至能看见父亲耳郭中的泥垢和鬓边的黄发，但醒来之后又什么都不记得，好像潮水退去，回响又被冲刷干净。

很早以前，早到金钱尚未泛滥，果腹仍是先要——燕子窠是好地方，田地充足，山上种有桃李栎栗，春夏秋冬有不同季节的山物天赐，几乎没有任何天灾，不经任何人祸。燕子窠的人，从来没有挨过饥饿，吃饱是最容易的事。窠中人大多姓李，和二十几里外一个大村庄沾亲带故。百来年前，有三兄弟携妻拖子，在无数燕子的指引下走入窠中，而后开荒定居，垦殖出农田和鱼塘，过上了自给自足的生活。村庄长久以来只维持着大致的规模，居于其中的人囿于这片群山环绕的小盆地，表情平静，略显迟钝，说话缓慢，一字一顿，人和人之间的关系简单、明确、紧密，婚丧嫁娶的仪式全部简化。在四十年前，燕子窠几乎就是古典文学吟咏和想象的那种地方，但现在不是了，世界的运行规则发生了根本变化，这种变化从沿海波及内陆，从中心波及外围，震荡既深又远，只可追随，不可回避。

我的父亲国胜在山外上完了小学，每天往返十五里山路。为了上学，他必须凌晨五点半从家出发，看着天色从一团稠浓的深蓝色转为灰蓝色，走到学校时，总是因汗水、露水或雨水而浑身湿透，除了手电筒之外，他还有一个油布做成的书包，里面塞着课本纸笔，以及用铝皮饭盒装着的午饭。上学路上，国胜时常碰到野猪、野鸡、狸子和蛇，但他并不畏惧，那些动物胆小又好奇，有时会跟在他身后走上一二里路。五六月份雨季来临，小小的山洪偶尔也会拦住去路，但他几乎没有迟到或缺课。因为没有钱交住宿费，国胜一直走读，直到五年级下学期的最后一天，参加了升学考试。他一直无法适应山外的生活，成绩中等，没有继续读初中，回到燕子窠务农。我对他上学的必经之路十分熟悉，因为我也曾经在那条路上走过几年，只不过我读书那会儿，已经全部铺上水泥，好走得多。长途跋涉的艰辛对于儿童而言尚且能够忍受，真正难熬的是饥饿，我总是很饿，走不了多久肚子就咕叽咕叽叫起来，肚皮里面好像装了一个填不满的黑口袋。学校食堂没有什么油水，饥饿从出门那一刻就开始追着我跑。国胜也说过，他曾一路上靠采野果野菜充饥，路上的虎杖和甜秆都被他薅完了，又从豆藤里剥白虫苞吃，他不喜欢冬天的上学路，几乎找不到吃的。

国胜的父亲早逝，大概只活了四十来岁，他的母亲不久之后改嫁去了窠外，把国胜留在了窠里。不过那时候他已经二十岁，头上还有一个姐姐，也嫁了出去，血缘日益淡薄，他如同一个人活在世上。国胜种了几亩水稻，养了几十只鸡和两头猪，靠变卖收成存一点钱，用作以后成家。耕作安排得很紧凑，尤其是抢收抢种的时节，他睡在地里，趁着星光割稻收谷，一个人沉着腰把禾苗插完，干完这些活儿，仍有余力帮老人们干一点，除了水稻，还种了几畦果蔬。这些活儿他从小干到大，并不觉得辛苦。国胜会念点书，会打算盘算账，会写几笔毛笔字，还会吹笛子，自己诌一些曲子，偶尔在清晨日暮时吹响，他对日子总体感到满意，并觉得自己会一直这么生活下去。

但并非所有人只求吃个饱饭，寨外的人已经开始向更远的地方谋出路，有人探好了路，广东和浙江到处在招工，只要四肢齐全就能进厂，一个月的工钱能抵这边忙活一年，与耕作的劳苦相比，钱像天上刮来的，满地真真假假的金子，必须有人去拾取。外面的水已经烧沸，人心滚烫浮动，没有什么命中注定了，人们相信人定胜天。燕子寨虽好，却是个囚笼，小到不足挂齿，除了一年四季的收成，来而复去的燕子，空寂沉默的夜晚，没有别的东西，待在这里的人都是没有本事的人。

当时，也有同乡青年约国胜一起去广东赚钱，去做什么都行。国胜问，那么庄稼怎么办呢，稻子正好到了灌水的时候，需要人看管，瓜果不收就要烂在地里了，鸡呢猪呢狗呢，没有人喂。同乡说，都什么时候了，还关心庄稼，日子不是以天来计算，而是以分以秒来计算，哪里等得及收完稻谷，舍不得燕子寨的一切，就得不到外面的一切。虽然在亲眼看见之前，他们也不清楚外面到底有什么。

出于增长见闻的目的，国胜还是跟着去了。去了广州，他们先是在同乡的安排下进工厂做了一阵子收音机，国胜负责安装天线，以及最后一步质检——装好之后，打开调频，听一遍电波的声音。他们窝在一个八人间的小房子里，床费日结，到了第四天还是第五天，又住了两个人进来，地上睡满了人，几乎没有下脚的地方。雨季的霉潮味和男人的汗臭味混杂在一起，前半夜是众人半梦半醒的交谈，后半夜是此起彼伏的鼾声。国胜拿到了第一个月的工资，刨去房租饭钱，剩下的钱也并不如其他人所说——能抵上种地一年的收成。比之于耕作，这钱得来不算辛苦，但异常考验忍耐力。国胜并不讨厌工厂里的工作，他觉得组装收音机和种庄稼是差不多的事儿，但他受不了和那么多人挤在一起睡觉。他和那个同村的青年又一起干了四个月，直到八月份，他们一直住在那间狭窄拥挤的多人宿舍，听说有人为了省几元住宿费而露宿街头，这样一对比，他又觉得自己过得不算顶差。而后那个青年得到一些赚钱的风声，提议批发袜子和内衣内裤到市中心摆摊售卖，那样一天赚到的钱又抵上在电子厂里干一个月。他们用几个月的工资做启动资金，选了一个距离菜市场不远的十字路口，铺开商品。他们不算贪心，价格定得公道，生意异常火爆，女人们在摊位前挑挑拣拣，买完菜再捎一两条内衣内裤回去。他们快速接过钱，来不及点清数额，一个星期就回了本。他们摆了一个月的摊，清了所有货，赚了不少钱。有人模仿他们，也在旁边摆摊卖内衣内裤，而后又有卖锅铲厨具的，卖牙刷牙膏牙粉的，卖灭蚊药虱粉樟脑丸的，不到半年的时间，那片泥泞空地迅速发展成了一个小市场。混乱和纷争随之而来，小贩之间不仅要争抢地盘，还要应对前来滋事挑衅的，为了保住摊位，他们不得不强装出凶恶的样子，背包和口袋里带着刀，有人来讹，就从口袋里抽出刀来，说些恐吓的话。

不久之后，有两个穿着警察制服的人过来巡逻，以消防隐患为由，没收了当天所有摊贩的货品，有人跳出来反抗，他们随即掏出了枪，枪身寒光凛凛，大家被吓得愣在原地，眼睁睁看着那两个人将货物运上一辆三轮车，扬长而去。后来他们知道了，那两个人是伪装成警察的流氓，手里的枪是仿的，他们在另一个市场故技重施，被人逮住，扭送公安。国胜和同乡那日损失不大，只是在处理一些之前没有卖完的货，不值多少钱，但被这件事情磋磨了信心。同乡开始谋求别的出路，想做一些更大宗的批发生意，向上游走，找到货源，做一级代理，这样他们不必每日出摊，只需要找到销货的人就行，适时再租下一个仓库或者店面，生意会稳当起来，赚得也更多，是一条稳妥的路径。

国胜心不在焉，他的荷包里开始有些钱，但不知道拿钱做什么，除了吃饭住宿，他几乎不花钱，也不出门，脑中幻想的还是拿着钱回燕子窠过日子，包田买牛盖楼，娶一个媳妇儿。新事物让他感到头晕目眩，之后伴随更深的失落，他觉得自己行走云端，步步虚浮绵软，他来这里，并无一个明确的目标，只是跟随他人的步调。他在走廊上用破旧脸盆种了几棵葱韭，悉心照料，但是土肥和光照不足，长势颓唐，直至一日，不知道被哪个坏心眼连根拔起。同乡的青年已经知晓了夜晚的好处，学会了喝酒打牌唱歌跳舞，买了摩托车，交了女朋友，每晚混到半夜才回住处，第二天一早又出摊，精力似乎无穷无尽。城市日新月异，人的野心风驰电掣，几个月的时间变化巨大，而此时山中只不过完成一季的荣枯更替。国胜夜中思念燕子窠，整夜无眠，他有一种感觉，在广州待的时间越久，燕子窠离他越远，他在燕子窠学会的东西正在飞快作废，总有一天他会忘记燕子窠，他猜想自己那块田地并没有得到好好照料，埂上的杂草蔓延到了地里，吞掉之前种下的作物，将一切化为一片浓绿。

春节前，国胜和同乡青年回了家，拎着大包小包，坐一天一夜火车，一身簇新的行头，提花丝绒的西装和裤子，装模作样地系了领带，人头牛皮鞋，头发也是时兴的，两鬓削齐，刘海分在两边。到了老家，路人衣着陈旧、面色黯淡，带着惊诧和艳羡看过来，他觉得害臊，也觉得格格不入。两个人搭车到镇上，还要走十几里山路才能到家，前几天刚下过雨，道路泥泞，同乡青年时不时停下来，折下树叶擦鞋，等他们回到燕子窠，裤脚和鞋子已经溅满泥点。越近燕子窠，空气里越有一种淡淡的野蜜苦香和苔藓菌菇的腥味，国胜的心提起来，身体也有了悬浮感，这身衣服和鞋子限制了他，他本可以走得更快。转过山隙小路，他站在高处，俯瞰着燕子窠，房屋像巢中的鸟蛋，山色红黄浸染，岚烟从山顶缓缓倾流，直至将一切裹入温柔的夜色之中。

推开门，家里落了厚厚一层灰，他收拾好被褥躺下，听家鼠窃窃，夜半枭吟，久违地睡了一个好觉。第二天天未亮，蓝色的雾气尚未弥散，他去田间，稻谷早已收完，根茬裸露，去年在地头种下的一棵山梅冒出星星点点的白花，在晨风中微微颤抖。

他如往年一样过完这个节，杀鸡杀猪，带着猪肉和禽肉去看望姐姐，也去了镇上的舞厅，看着刚刚开始时髦的年轻人在舞池中甩动四肢，喇叭里播放着粤语歌，录像厅里放着香港电影，一种新的生活取代了旧的生活。年轻人的口中有了新词儿，讨论着打工的行情，哪里更好赚钱，是浙江还是广东；哪个行业更赚钱，是搞纺织还是搞电子——大家飞速适应离别和分隔。

过完元宵,同乡的青年又来喊国胜一起去广州,国胜让对方先去,他想过完正月再去。正月过完,热闹褪去,邻居送来了去年留的稻种,快到耕作的时间了。他又磨了半个月,磨磨蹭蹭地收拾行李,临走时屋檐下忽然有燕子叽喳的叫声,一夜之间,燕子复归,在山野间忙碌不停,衔泥育雏,是他从小到大最熟悉的风景。这景象似乎有一种魔力,吸住了他,他把行装放下,搬来椅子,坐在廊下看一对燕子来去忙碌,只消半日时间就补好破损的旧巢,看完他决定不再出门,世界大变就让它变去吧。他不喜欢广州四季不分的亚热带气候,住不惯逼仄的宿舍,吃不惯外地的饮食,也受不了污浊的空气,不知道怎么和外面人交谈,外面人说话像敲锣一样,又响又密,这一句还没说完就开始说下一句,急急躁躁的,不好好说话。国胜安心地撒下稻种,等待秧苗生长,而后抛秧、插秧、引渠、放水。水稻生长期间,他随意种点什么或养点什么,买鱼饵往塘里放,生活又回到缓慢悠长的节奏,每时有每时要做的事,不必追赶什么。

以上,就是我亲生父亲短暂的外出打工的经历,而后直到去世,他再也没有去过比县城更远的地方。他每每讲起这段经历,总带有炫耀和吹嘘的口吻,他觉得自己吃过见过，也从来不以为自己失败，都会的浮光掠影没有打动他，反倒让他看明白自己格格不入，让他义无反顾地回到生养地，把广州的一切抛掷脑后，在燕子窠坚守堡垒，外界的变化与洪流和他再没有关系。他对我说，一切都出自他自己的选择。

我总是记得，夏日傍晚，我们一家人坐在院子里的树下，就着咸菜扒两口稀饭，他心旷神怡，很愿意讲一些他在外面的经历，都是碎片和琐屑。他说那座城市很漂亮很繁华，但是太大，楼房太多，住的人也太多，路边种满垂着须的榕树，到处亮着灯，夜间不灭。人声嘈杂，四处充斥着汽车尾气呛鼻难闻的味道，他住的那条街一下雨就淹，水没过膝盖，道路变成河流，许多人跑到街上来捞锅碗瓢盆。平日，飞车党骑着摩托在道路上溜来溜去，扒手骗子在车站和市场扎堆。他每次只讲一点点，讲一点点就够了，多讲就要露怯，因为他大部分时间都在工厂度过，对都会的真实面貌知之甚少。但这些碎片曾紧紧攫住过我，构成我对外界最初的想象，燕子窠外有个巨大无边的世界，光知道这一点就让我兴奋不已。"再讲一点啊！"每当我显露出好奇时，国胜便会警惕，他警告我，外面乱糟糟的，世道很乱，人心也很乱，只有燕子窠是好的，是安全的。

我的母亲是父亲从邻村"买"回来的一个失智女人。

"买回来一个女人",就像梅雨天捡一个蘑菇,或从哪里领回一条狗,如今听来随意又野蛮,但在我们那里,情况就是这样。从广东回到燕子窠,国胜的婚事没有着落,他父亲早逝,母亲改嫁,何况他还没志气,只想窝在山里,也没有几个钱,很难说亲。八十年代末到九十年代初,短短几年间,这个中部小县城的人已经得出共识,留在本地没有前途,人向高处走,走出去是第一步,如果一个男人连家也舍不下,那活该吃土喝风。这事儿也让国胜深感困扰,又无可奈何。后来有人说媒,告诉他邻村有个女人,二十岁出头,模样还好,只是得过脑膜炎,脑子不好。国胜去那人家里看了,用尽半年积蓄,买下了她。这个女人,也就是我的亲生母亲菊妹。她嫁给我父亲的时候已经二十六岁,并不如那个媒人说的那么年轻。她身材矮小,走路重心不稳,心智如同三四岁的儿童,能大着舌头说一些简单的词语,疼了会哭,高兴了会笑,其余,似乎就没有什么了。从我记事起,她有时会瞪着空洞又惊恐的眼睛看向山尖,好像那边有什么东西在与她对视,更多的时候,她拖着踢踢踏踏的步伐跟在父亲的身后,两人形影不离。

国胜和菊妹结了婚,或者用一个更准确的表述——他养她,就像养一头牛、一只狗。她不需要很多食物,给什么就吃什么,她没有其他欲求,她也没想过逃走,燕子窠对别人而言或许是小的，但对她来说，大得绰绰有余。在我印象中，国胜对菊妹不差，本性使然，他心地和善，对猫狗都好，何况是人。他把她喂得饱饱的，逢年过节也给她添身新衣，买些小孩喜欢的玩意儿和零食，从不对她呼来喝去，不打她骂她。这对奇怪的组合走到哪里都吸引众人目光，尤其是小孩，他们跟在菊妹身后，学她醉酒似的踉跄步伐，向她扔小石头，继而哄笑散开。嘲讽也传递到我身上，众人——尤其是大人们，似乎觉得我并不具有心智，不会感到耻辱，只要我出现在他们面前，他们就会聚拢，然后咯咯笑起来，不知疲倦，许多时候我不得不躲着人群，这一状况直到我上学之后才缓解，他们终于看清我不是个傻子。

但伤害的效力是如此持久，羞耻像包裹在空气中的伤口，不间断地灼烧，以至于现在的我回想起来，仍然会面红耳赤。我受不了那些目光，甚至怀有怨恨，为我母亲的痴愚，为我父亲的软弱，因而极少和他们并行。

我明白了，我竟然是没有选择的，这种念头很快演变成"我必须离开这里，必须从这里逃走"。

3

我清楚地记得,十六年前,我在歧流镇的中学上初一,一个脸色阴沉的中年人向我走过来,问我是否想上电视。

我问他:"上电视有什么好处?"

他大概没有想到我会这么问,愣了一下,说:"好处很多,三言两语讲不清楚,但肯定能够改变你的命运。"

我看着他带来的又黑又大的机器——以前我没见过这些东西,机器的"眼睛"对准了我,凸面玻璃的后面是深不见底的黑洞,折射出层层彩色炫光,我看得入迷,指着那东西问:"那是什么?"

他说:"摄像机,我们要用这个来拍摄你,拍一整个月,你的一举一动我们全部会记录下来,剪成电视节目,放到电视上播出,全国的人都可以看见,你会出名。"我懵懂无知,站在摄像机前,与镜头对视,想象不出来"出名"是什么感觉,"出名"又会带来什么改变。

我又问他:"学校里有那么多学生,为什么要选我?"

他说:"这个是综合考虑的结果。我们已经在这个学校摸排了两个星期,寻找合适的拍摄对象,从老师们推荐的二十个候选人里逐一筛选。做电视节目嘛，话题太重要了，一上来就要抓住观众的眼球，选对了选题和主角，节目就成功了一大半。我们知道你家里的情况，你父亲和你母亲，我们也知道你每天要骑十几里山路上学，日子过得很不容易，这些都能一下子唤起观众的同情。我观察过你，你是聪明的，表达能力、适应能力和学习能力都不错，会让观众产生遐想——如果让你接受更好的教育，你会不会拥有更多可能性？遐想，能给节目带来很多话题。"

这个中年人，众人呼他秦导，四十来岁，黝黑面孔，方正相貌，但他肤色的黑和我父亲每日劳作的黑不一样，它并非来自辛劳磋磨，而是得自工作中四处奔波的曝晒，自带威仪。他并不以对待孩童的口吻和我说话，而是磋商和协调，他确信我能听得懂他说的每句话。

"这是一个来之不易的机会，但你也不用太有压力，不想拍我们也可以找别人，你仔细考虑一下。"他说完，走到屋外去抽烟。

我坐在角落的椅子上，心里没有任何想法，除了感到忐忑不安，还有无名的恐惧，一片未知在前面等我，我被选中了，但无法判断它到底意味着什么，也不解他人口中的"改变"到底是什么，但我清楚明确地知道，这是一个转折，一个千载难逢的机会。五分钟之后，秦导向我走过来，还没等他走近，我说："我想好了，我要上电视。"

他说："那你准备一下。"

我并不知道要准备什么。

他又说："就这样吧，不用准备了。"

放学后，我骑车回燕子窠。这条路我已经蹚了无数遍，两侧的风景早已熟稔，我要路过两个村庄，一大片田地，然后爬一座小山，在山隘处可以俯瞰一切，田地在四年前从水田改成了旱地，从种植水稻改成种植经济作物。那些村庄的面貌也在飞速改变，黑瓦白墙的平屋被不断推倒，建起带着尖顶、罗马柱和赭色琉璃瓦的两三层小楼，杂乱无章地排布，可能是乡民们去浙江打工，见到了这样的房子，觉得时髦，便把样式带回来，但不知道浙江的风气又是从哪里吹来，对这些西式元素那么执着。更多的房屋像是未完成，裸露粗糙的红砖墙面，在绿野间格外刺眼。

歧流镇也在变化，从前铺砌着青石板路的街道，木质的低矮门脸，昏暗的灯光，米店、布店、裁缝店、剃头店、沽酒铺子、酱油店、农具店，不过是一个大一点的村庄，只在集市那天比较热闹。一夕之间，整条街都变了样子，像是被整片铲除，几天之内换成现在的模样，道路一开始被浇筑成水泥的，后来又铺灌沥青，地面整个儿抬高了半米，木质的门面也不见踪影，变成宽敞雪白的楼房，卖的东西也变了，有了音像店、五金店、台球厅、开至深夜的饭店，街上播放着震耳欲聋的流行歌曲，镇上的人一股脑儿拥向新生活也就是最近几年时间。

我没有去过歧流镇之外的地方，但我能模糊地感知到歧流镇是一片倒影，他们在外面看见了什么，便在此照猫画虎，于是不伦不类，并不成型。在很远的地方，存在一些"中心"，我姑且把这些中心的名字叫作北京、上海、广州、深圳，但并不全然是指这些地方。歧流镇离中心很远，但中心的一切变化或早或晚都会传播过来，就像涟漪荡漾，波及边缘。与中心相比，歧流镇、燕子窠暗淡无光，微不足道。

但当时的我，作为十岁出头的孩子，很难用语言把这些感想说出来，甚至无法清楚地明白自己在惆怅些什么，只是一直有所困扰，觉得拘束和苦闷。我不愿随波逐流，不愿生活在倒影之中，满心只想去中心看看，我的父亲曾在那里短暂停留，带回来一些碎片。

从我出生开始，国胜一直试图维持燕子窠里简单质朴的田园生活，他的方法是尽力隔绝外界的消息，让家人过着与时代并不同调的生活。当我仍是幼童，母亲又痴傻时，他很容易设下遮罩，那时候我们几乎围着他转，在他劳作时陪在他身边。大人小孩他都要照顾，日子相当辛苦操劳，但他很乐在其中。在我四五岁的时候,他开始教我怎么捞鱼捕虾,辨认山中的蘑菇和野果,再大一些又教我扦插果树的方法,这些东西都是他的父亲手把手教与他的,学会这些,就能在燕子窠活下去。他把世界一分为二,燕子窠是旧世界,外面是新世界,只有他一个人能在两个世界穿梭。在我上小学之前,我的生活仅限于燕子窠,歧流镇对我而言也是遥远之地,我绝少见到外人,在田埂、溪流和山岗上玩耍,我和虫蚁鸟兽在一起,也如虫蚁鸟兽一般长大,心里懵懂,混混沌沌。燕子窠太小,没有小学,我去窠外的一个村小念书。我第一次走出燕子窠的隘口,向外界投去望眼,国胜悉心维持的一切轰然倒塌。

去小学报到时,国胜竟然交不起七十块钱的书本费,我们只好在一旁手脚局促地干等。下午,报名的老师让我们回去,务必在开学之前缴齐费用,不要耽误孩子上学,国胜的脸色难堪,连忙应承下来,原来在燕子窠外,他是最小最小的人物。国胜用自行车载我回家,回家之前去歧流镇买上学用的纸笔和书包,赶上集市,我们从人群中经过,经过了菜摊肉铺小吃店,还有卖唱碟影碟的、卖衣服鞋子的,打铁的耍猴的乞讨的,琳琅满目,目不暇接,我突然有一种晕眩感,即便是歧流镇,也有着远超燕子窠的丰沛。我深吸一口气,遮罩已经打破,事物的面貌回归寻常，施于我眼前的障眼法消失了。

国胜借来钱缴上学费，之后为了还钱，开始辗转镇上和各个村庄做些泥瓦工的零活儿，这是他挣钱的路子，之后再没有断过。奇怪的是，以前我们窝在燕子窠时，几乎没有用钱的困扰，而自从他开始打零工挣钱之后，家中总是缺钱，菊妹癫痫吃药需要钱，种子肥料需要钱，我上学需要钱。似乎有一个旋涡，不靠近就不会卷入，一旦卷入便难以挣脱。国胜应该已经意识到燕子窠生活的脆弱性，一点点来自外界的压力便可使它失衡、跌落。他想维持的简单的田园生活已成虚幻，当周围的水位都在上涨时，洪水不可避免地灌入洼地，直至水位齐平，所有地方一同沉入汪洋大泽。

我沿着父亲以前走过的路，每日走上十几里路抵达学校，到学校后总是很累，忍不住打瞌睡。但小学的课业对我来说很容易，不费多少力气就能学好，那时候就有老师夸我聪明。课本上的东西不够我学的，我向老师们乞来书看，村小的老师也没有什么可以给我的，塞来一些乱七八糟的东西，报纸合订本、过期杂志、武侠小说，有什么都给我，我也什么都看，且津津有味。学校里的小孩都知道菊妹痴傻，时常拿这事儿取笑我，跟在我后面拿小石头蹦我，我跟他们玩不到一起，在校外的一棵老樟树里找到一个向阳的树洞，掩在浓密的树叶中，我躲在那个树洞里，反复咀嚼纸上的那些字句，以及字句中一切陌生的事物，寻找和国胜跟我描述过的城市图景重叠的地方。

这些混沌驳杂的东西在我的脑子里互相纠缠咬合，像浑浊的泥浆，我不知道自己身处何处，也想不清楚任何问题，或许任何问题的复杂程度都远超一个儿童的视角和经验，但我开始拥有对"中心"的想象——虽然我始终无法表明那到底是个什么东西，但是我知道它在那里，只有抵达中心，才算是走到了一个真正有面貌的地方，我才真正拥有名字。以我现在的认知，自然知道那个显而易见的事实，即便从同一个起点出发，人的分流也比想象中更早发生。

小学毕业是第一个节点。有些同学小学读完即不再读书，另一些家里更有条件的去了县中读书，剩下的人在歧流镇中念书——我们的命运从此分离，去向县中的人开始向中心挪动脚步，而那些失学的人几年之后都不知去了哪里。一开始你不会意识到有什么差别，因为还能看到彼此的背影，但很快有人加快脚步，跑得不见影踪。

歧流镇只有一个中学，在镇了的西北角，八十年代中到九十年代末，长达十几年的时间里，镇中每年出十几个大学生，后来城乡之间的界限开始松动，有能力的人第一时间离开了，好的老师调去县城，甚至省城，留下来的都是些混日子的人。他们操着浓重口音的普通话，甚至直接用方言上课，教案早已过时，但喜欢将过去放在嘴边，"歧流镇过去如何如何"，出过状元，出过大官，以前有过，以后也会有，那笃笃恳恳的语气几乎让人怀疑往日荣光都是他们带来的。但无论如何，荣光衍到今日已经黯淡，在我来读书的前一年，歧流镇中撤掉了高中部，读完初中，需要去县城读高中，歧流镇中不会再出大学生了。

留在歧流镇中的学生，也是不得已，要么无门路，要么无能力，我们好像都明白，过完这三年，大部分人会彻底结束学校教育，奔向四面八方，溪汇入海。正因为没有指望，所以歧流镇中管理松散，学生们漫无目的地消耗青春，谈着野兽般的恋爱，逃课，打牌，进游戏厅，在街边游荡，随波逐流，结婚生子，过上一种与我们父母无异的生活，只有极度幸运的人，才能挣脱这条道路。我自以为与众人不同，不服如此安排，心中始终燃着一簇火苗，照出一片模糊的远方的愿景，所以并没有像其他人那样松懈。

小学毕业之后，曾有一位县中的老师来燕子窠找过我。他骑着自行车在各个乡村小学掐尖，寻找资质聪颖的"读书种子"，开出的条件是，每次期中和期末考试，必须考进年级前十，才能免学杂费，升入高中后，又必须进年级前三十，才能免学费，不过住宿和伙食费还是要自己出——那不是一笔小钱。

我反问："如果我考不进这个名次呢？"

那位老师说："按照规矩，得把费用补给学校，自己承担一切。"

听起来比较像是一场赌博，我并不确定自己能不能达到他们的要求，我看向国胜，他的脸皱起来，表情为难，听到钱的事情他总是会露出这种表情，但他比我更清楚这是机会，机会转瞬即逝。他转身走入屋内，让我自己做决定。

我问那位老师："你们每年招多少这样的学生？"

那位老师说："五十个。"

"那也不能个个都进前十。"

他笑了，说："考进前十的肯定是少数人，要是人人都有机会，没人会上进。只有争的人才分胜负，不争的人不讲胜负。赢一次不难，难的是一直赢，那要一家人同心协力，劲儿往一处使，什么好东西都往孩子身上堆。但我选出来的小孩，半数能读完初中就算不错，多少好苗子白白浪费。家庭环境的影响很大，大人天天在耳边念叨着让孩子去打工挣钱，小孩听多了，心里开始动摇，念不下去书了。当然也有人是被逼的，本来在学校待得好好的，突然有一天不来了，或是考上了高中，却没有去报到，一打听，才知道跟着父母去打工了。还有一直输的孩子，输到心凉透了，再也热不起来，也就离开了学校。"

输的人会消失，他甚至不需要讲任何输赢之后的事，便已经把输的恐惧烙进我心里。早早入局一场赌博，还不知道自己有什么可以拿来下注，赌博已经开始了。我那时太小，决定不了任何事情，最后还是国胜出面，请走了这位老师。他说我年纪小，没有离过家，去县城读书他不放心。那位老师一副了然的表情，二话不说，跨上自行车，赶往别处去了。我们浪费了他半天的时间。

暑假过得忙碌，帮国胜干了两个月的农活。夏天的活最苦最累最赶，日头晒得人发昏，八月抢收抢种，连续忙活半个月，一下子清闲下来，国胜说接下来的事情不需要我，让我尽管去钓鱼掏鸟。同村一个老头送了我一辆烂得只剩架子的自行车，国胜带到镇上，修好了车链，安上座子，还加了一个车铃铛。每隔几日，我就骑车去歧流镇的旧书店看书。说是书店，其实它主要做废纸回收的生意，卖一卖废纸里挑出的旧书，也兼卖教辅和试卷，仅有的两个书架上放着一些外国小说和被人翻烂的连环画，一两元一本。我常在那里坐上一天，旧书店的老板不会赶我，他无视我。我打开这些厚如砖头的书,翻到哪一页就读哪里,读着总是走神,走神后又回神,我单纯喜欢被字句包裹的感觉,似乎在与一个远方来客对话,他口中蹦出无数陌生而新鲜的名词,贫瘠的感觉会稍稍远离。经过两个月,脑中那些由各类杂乱信息组成的泥浆水开始沉淀和分层,有些沉积下去,有些浮上水面,事物的面貌似乎清晰了一些,又似乎变得更为混沌。开学之前,书店老板送了我一本书,封面发黄,内页整洁如新,几乎没有被人翻阅过的《德伯家的苔丝》。

开学两个月之后,数学老师中风偏瘫,请了长假,学校在镇上找了一个大学生代课,那人原是歧流镇上的人,刚从北京回来。代课老师走入教室时,男生们沸腾了,之前没人说过她是女的。代课老师个头矮小,面貌看着也不比我们大几岁,肤色黝黑,头发齐耳,还没说话脸先红,坐在前排的人也听不清她到底在说什么。第一堂课变成她独自一人面对黑板解代数题,学生们在底下喧哗震天,连校长也被惊动,跑来镇压。十几岁的孩子欺软怕硬,她的课几乎没有人听,大家都在忙自己的事——闲聊,或是打牌,或是干脆旷课,这个代课老师似乎并不在意,照本宣科地把课讲完,立刻离开教室。她只在学校待了不到两个月,之后便回了北京。

我第一次看到她，就知道她在歧流镇待不久，她不属于这里，明明有着亲和温柔的相貌，语调平缓，但大家就是知道她瞧不上这里的任何人。她去过中心，见过世面，有和镇上的人不一样的见识和想法，这些全都从她的眼神和肢体里映射出来，让她与周围格格不入。每次她出现，我的眼睛立刻不自觉地追着她的身影。

月龙老师。我们这么称呼她，隐她的姓氏，呼她的名字，以显示她的独特。小镇没有秘密，也没有私人生活，月龙老师的事迹很快就在学校传开，我们知道了她是铁匠的女儿，自小聪慧，成绩优异，以全县第三的名次考入北京外国语大学。这件事情当时在歧流镇传得沸沸扬扬，铁匠家荣耀一时，大家说铁匠铺里孵出了金蛋，只可惜蛋壳破开，里面是个女孩，幸又不幸。铁匠不知道从哪里听来的碎话，竟然觉得吃了暗亏，辛辛苦苦花那么多钱供养一个女孩读书，终究要离家嫁人，而且他们家付不起大学学费，只能举债，债务压在老实人的心头，像山一样，一想到便夜不能寐，铁匠反悔了，偷藏了录取通知书，不让她去学校报到，甚至逼着她嫁人。但月龙找到了录取通知书，趁夜里家人睡着了，独自一人坐上去北京的火车。她在北京待了三年，一次也没有回过家，也没有问家里要过钱，歧流镇的人差点把她忘了，而后有一天她突然回到家中，告诉家人，自己决定休学一年，要在家待一阵子。

有人看见过她夜晚在大桥上跑步，跑得飞快，像只迅捷的猫，一见人就绕开。这里没人平白无故地跑步，有人听说这个事儿，夜里专门到桥上蹲她，就为了看个热闹，见她过来，起哄。我也去过，暗黄的路灯下，迎面跑来一个呼哧大喘的女人，还没有回过神来，她几步子已迈出去很远，跑过路灯与路灯之间的暗翳，进入到下一片灯光中。

中午我总是去教学楼的天台待着，屋顶堆着许多来不及清理的建筑垃圾，几乎没有什么人来。我发现月龙老师也经常出现在那里，趴在栏杆上吹风。歧流镇很小，中学毗邻主街，从四层的教学楼上就可以俯视来往人群，人群稍稍仰头也可以看见我们。天台并不高，那种俯瞰也不是真的俯瞰，只是另一个近乎平行的视角。道路最近又被掘开，为了重新铺设下水管道，黄土裸露，屎尿横流，下过一场雨之后，道路上散落着泥泞的水坑，行人只能艰难地从两侧预留的窄道挤过去，一年之内，道路已经被掘开过两次，每次工期长达两三个月，镇上的交通陷入大半年的混乱和停滞，但是没人抱怨。天台上，月龙老师向我点点头，我也点点头，一个人占据一个角落，靠着栏杆。我一直偷偷留意她，有些疑问，觉得只有她可以解答，但她并不合群，对自己的事闭口不提，我不知道怎么向她开口，直至有一天她主动跟我说话。她只说了一句："你一定也很想离开这里吧。"惊愕中，我只能点头，心里层层包裹的秘密被人戳穿，我只能飞速从天台逃离。

我们后来的一次交谈比较长。暑热席卷，赤阳暴晒，道路还没有修好，污水腐败，臭味远播，学校里也能闻到，让人昏昏欲睡。中午的学校格外安静，尽管炙烤，我也不想待在教室人群中，走上天台，又看见月龙老师坐在地上，她递给我一瓶汽水，我诚惶诚恐地领受，啜饮着冒泡的甘甜，两个人一起蜷缩在一角阴凉中。此前我从来没有离她这么近，甚至能闻到她身上的汗咸，她一口气把一瓶汽水喝完，停顿片刻，问我："你为什么想要离开这里？"

我支支吾吾，一时不知道怎么回答，可能是对现状的不满，可能是对远方的好奇，但这些都不是真正的答案，答案是无所适从，以及对这个世界一团坚硬的困惑。我觉得自己并不属于这里，但不知自己属于何处，我渴望去到中心，但又不知道是否真的存在一个中心，于是彷徨不安，这些复杂的感受合并成混沌的欲望，蠢蠢欲动，但最后我什么也没说，也说不出来，瘪着嘴而已。

月龙老师看穿了我，说："你是不是想过一些奇怪的问题，比如从哪儿来往哪儿去，脑子里经常闪过生存意义之类的大词儿，这些词既不会在生活中出现，也没有人跟你讨论，是你从书上看来的，可一旦想过这些问题，你的心就和小镇生活不再匹配，空出一个大洞，需要填补，整个歧流镇都不够填的，所以你必须离开，去很远的地方，寻找填补的材料和方法。"

我不是很明白，只是点头。

她又说："那么，你要先离开歧流镇，这是第一步。乡下孩子可选的方式并不多，你可以读完初中就离开学校，跟着其他人去大城市打工，找份事儿做，到工地上去，到汽修店去，或者做一些小生意，但那样你的道路可能会越来越狭窄，选择也越来越少，填补内心大洞的唯一方法就是忘记它，像你的父亲，甚至你的母亲那样生活，没有人会苛责你，因为无可厚非，无数人就这样度过一生，但你是有志气的人，可能会感到耻辱，愤愤不平，好像平白浪费了一生。你还可以继续读书，考试，升学，读大学，这条道路很艰险，如果你不够聪明，不够勤奋，甚至只是运气不好，你就会被挤下赛道，重蹈你父母的旧辙。如果你够聪明，够勤奋，运气也足够好，你考上了大学，之后你可以得到一些选择的权利，但也不会很多，你可能获准跨过那个门槛，留在大城市，你可能会觉得飘零、孤苦、无助，甚至绝望，但大城市也未必有答案，你也可以去更远的地方，远到你现在无法想象，你肯定要一直找下去，一直填补那个洞。"

她对我说，她即将离开歧流镇，回北京完成学业。"回北京"，那时我注意到她的用词，好像北京才是她的归处。我问她北京有什么。

她说："对我来说，那里有自由，我不知道对其他人来说那里有什么，每个人看见的，想到的，得到的都不一样，你以后也可以去，看看自己能找到什么。"

后来我陆陆续续在天台和月龙见过几次面，她又陆陆续续对我讲了一些事情，包括她在北京求学发生的事，以及她为什么休学，我逐渐补完她故事的前因后果，得到一个完整的故事。她满腹牢骚，很有倾诉欲，我猜想这是因为她在歧流镇没有什么可以交谈的对象，而我聊胜于无。

"去之前，我对北京没有任何概念，对它的了解仅仅止于课本里见过的故宫和天安门。我买的硬座票，要坐一天两夜。我没有出过远门，看谁都像坏人，一路上紧张得不得了，不敢离开自己的座位，白天不吃饭也不上厕所，到了深夜，众人昏昏欲睡，车厢安静下来，我才抓紧时间吃东西，上个厕所，打几个浅浅的盹，累得全身骨头散架。但我心里兴奋极了，快活极了，那时候我跟你一样，觉得离开歧流镇，自己就能跨入一个全新的世界。到站之后，我吓了一跳，那真是无边无际的城市，无穷无尽的人，长这么大，我还从来没见过那么多的面孔挤在同一个地方。我比报到日期早一个星期到，火车站没有接站的人，我只好在报刊亭买了一份地图，在地图上找到自己的学校。我羞于向人问路，分不清东西南北，不会坐公交车，不会坐地铁，坐错车，走错路，折返，拖着行李箱走上好几里，折腾一天才到学校大门，那时候我才知道自己是从一个多么小的地方走到了一个多么大的地方，穿越了一个多么高多么厉害的阻碍。进门之后，才知道新生报到一个星期之后才开始，学生宿舍还没开放，我不知道该找谁解决这个问题，不敢与人说话，竟然在楼道里睡了四天，直至被保安发现上报，学校了解我的情况，才让我提前住进宿舍。大热的天，四天没有洗澡，你想想那个味道，真是个笑话。学校的人问我，为什么不向人求助，路边随便找个人问一下，都不用睡楼道。那时候我突然意识到，'向谁求助'这个念头我从来没有冒出来过，不光是因为害羞，更因为从小到大没谁能真正帮我什么忙。从上初中开始，我一直住在学校，学校里的事儿我父母一点忙也帮不上，他们给我交学费，给我一口饭吃，让我读完高中，已经很不容易了，我吊着一口气，不敢松一点劲才跑了出来。向谁求助，或依靠别人，我没有那个意识。

"几天之后正式开学,室友陆续住了进来,其中一个姓薛的同学引起我的关注。她烫了一头红色头发,不是暗红,是张牙舞爪的大红,像顶着一团熊熊燃烧的火焰,破旧的宿舍一下子被照亮。这世上竟有这样的人呢,我心里想。薛和我成了朋友,其实她和很多人关系都不错,但对我格外关照和热忱。我的报到流程比一般人复杂,申请助学贷款、学费延迟缴纳,这些都需要家长签字,但我是自己跑出来的,所以要到学院报批。报批的流程复杂又磨人,薛陪着我,花了两天的时间走完流程,那时候我已身无分文,甚至没钱吃饭。我仍然不知道如何开口求助,薛看出我的窘境,借给我一点钱。我拿着这钱去充饭卡,苟省着花了一个月,直至军训结束。我对薛说,一定会还钱。薛说,没有关系,不用还了,那点钱对她来说没多少,不够还可以问她要。

"我想尽快还钱,四处找兼职信息,学校论坛上经常有人发家教招聘,我找了一个看起来不太难的工作试试水:每周末两次,给一个初中生补习英文。我的学生有严重的阅读障碍,他说满纸的英文字母就像蝌蚪一样游来游去,看得他眼花。我没法帮他克服阅读障碍,不过补课费倒是没少给。那个男孩子的祖父是颇有名气的作曲家,父亲是笛子演奏家,母亲是歌唱家,家中摆满乐器——我第一次在现实中见到钢琴。它静静靠在墙边，掀开盖子，里面的琴键黑白分明，诱惑着我轻轻摁下，钢琴发出咚的一声响，吓我一跳，我转过头，看见学生站在一旁，似笑非笑地看着我。我的学生是个不服管束的调皮蛋，但他愿意每天花费四个小时练习乐器。我问他，今后准备做什么，他不容置疑地说，当然是演奏家啦。凿凿的口气让我震惊，他才十四岁，怎么就那么笃定自己一定会走这条路。

"那一年我总共给五个学生补了课，总结了一套应对考试的办法，所以总是有人找上门来。家教有一种近乎隐形的特权，可以临时出入别人家中，容易获得信任。学生家长中有护士、银行职员、开小饭店的老板，也有身份神秘的官员和富人。这份工作很稳定，赚的钱足够我生活，到了年底，我还能收到一些家长发出的感谢红包。我在城市的东南西北穿梭，进入不同的家庭，近距离地观看他们的生活。我每次走进一个新的家庭，都会忍不住打量他们住什么房子，房子里有什么电器，有没有钢琴。他们的孩子，或早或晚都开始为将来做打算，要当医生，要做演员，要搞金融，要搞音乐，要出国念书……似乎愿望只要说出口，就能顺理成章地实现。那时候我想，既然我来这里，是不是为了拥有那些东西，为了过上他们的生活。我觉得是的，应该是的，而且我能够做到。这令人振奋。

"我和薛走得很近，她心肠很热，不吝力气地帮我，但她对我的善意中，有一层我们都不愿道破的怜悯。我们一起去上课，去食堂吃饭，缩在宿舍看电影，夜晚一起在操场上散步——后来发展成跑步，我借用她的电脑，她也不介意。她教会我许多与城市女孩有关的知识，譬如去哪里买便宜好看的衣服，怎么打扮自己，以前我那个土气，就像刚从地里挖出来的一样。薛时不时变换头发的颜色，都是最醒目的颜色，红的绿的紫的，染发剂损坏了头发，她干脆剃成光头，剃光头后她最喜欢干的事儿是戴着帽子走入室内，当着众人的面扯掉帽子，人群发出的惊呼让她心满意足。她行事在学校出了名地乖张，但也出了名地勤奋。我们的专业是阿拉伯语，学一门全新的语言本就不易，她同时又自学西班牙语，每天排得满满当当，去自习室总能找到她那颗醒目的光头。薛很闪耀，而我则是个完全不引人注目的人，在人群中没人多看我一眼，我喜欢和薛走在一起，希望别人投向她的目光，也会分一点到我身上。

"我一直兼职做着家教，耐心地教小孩子们写三百字的英语作文，记忆两千个单词的方法，做完形填空和阅读理解，我干得得心应手，到大三上学期甚至做出些名气，不仅还完了助学贷款，甚至有培训公司找到我，让我毕业之后直接去那里上班。我对此沾沾自喜，感到前途光明。我一点儿也不喜欢阿拉伯语，也不知道学来有什么用，当时选报大学和专业时懵懂无知，让学校的老师代劳，老师不知道哪里听来的消息，说小语种好找工作，我稀里糊涂地在专业栏中填了阿拉伯语。阿拉伯和我究竟有什么关系，我完全没有概念。与薛不同，我在学校寂寂无名，成绩也吊着车尾，在及格线上来回，阿拉伯语于我没有用处也没有好处。

"我满怀兴奋地告知薛这个消息，但她听了并不高兴，冷冰冰地祝贺。她问我是否想一直被圈在三百字作文、两千个单词和阅读理解中，一直这样过下去。我立刻否认，辩解说，不论我想不想，我有助学贷款要还，有生活费要挣，还要赚钱买电脑，我没有什么迫切想要实现的人生愿望，只想喘口气，过得轻松点。薛满怀骄傲地说她想成为一个外交官，这个职业对女性要求严苛至极，她必须老老实实认认真真地学，要做得比绝大多数男人都好，才能得到一丁点儿机会，正因为这个远大的理想，她绝对不能像我一样，被路边伸出来的枝丫吸引，浪费掉宝贵的时间。虽然她口气并不尖锐，也没有说什么难听的话，但我还是被她不加掩饰的优越感碾压。我知道她条件很好，但她总是忘了我们并不身处同一个世界，或者，我刻意忽略这一点。一个人想要成为外交官，这普遍吗？我又想到之前那个铁了心要当演奏家的学生，那普遍吗？他们怎么那么理所当然地说出这些话来？

"薛曾邀请我去她家里做客。此前她很少提及自己的家庭，我只知道她和父亲关系紧张，一直和母亲住在一起，但她的母亲从来没有来学校探望过她。她对自己的家庭讳莫如深，除了喜好染发，吃穿用度可谓朴素，批发市场几十块钱的T恤和球鞋，她买得比我欢实，但偶尔还是会露出马脚，譬如她戴着一块劳力士的女式手表——虽然她辩称是地摊上买的假货，但我知道那一定是真的。她在买书和CD上一向舍得花钱，甚至为此买了一个专门的书架；她经常给室友分一种德国进口巧克力，我查过价格，一条就要七十多。根据薛给的地址，我来到一栋七层公寓，楼前有一条油绿的河，小区里草木葳蕤，巨大的金银木结着红色果实，探出墙外。不远处是使馆区，光是地段就价值不菲，我曾从旁路过，赞叹过这栋楼马赛克外墙的繁复花纹，但我从来不会把它和自己联系在一起。我进到四楼，薛热情地邀我进去，薛的母亲并不在家，除去她之外，还有一个五十岁左右的矮个子女人在打扫卫生。我以为是她的妈妈，薛却说，这是住家阿姨。我那时候才知道薛的家世远比我想象中还要优越。阿姨自然无名无姓，手脚轻快地干着活儿，悄无声息，如同隐形，又不真的隐形。我没法不注意到她,一直用余光瞥着她,见她打扫完客厅,又到厨房擦拭,好几个小时,她一直在暗处擦拭,擦拭地面、台面、桌子、书架,直至将屋内的一切擦出灰质的反光——每次看见住家保姆我都会感到一丝不适,她们让我想起我的妈妈,如果我的妈妈来大城市,也只能干这个,甚至干不了这个。薛习以为常,安然地坐在大沙发上,接过阿姨递来的牛奶。薛的家很大,家具虽然陈旧但很有质感,阴雨天昏暗的光线下,看不出有人生活的痕迹。

"薛说,自从她父母离婚之后,父亲搬出,母亲也不怎么过来住,她自己住校,这房子平常只有阿姨一人在家。薛的父亲曾经做过驻外参赞,母亲做出口生意,两个人在她五岁时离婚,后来她很少见到父亲。她说,他是一个薄情的人,早就再婚,现在已经身居高位,名字她不想提。'这就是我家。'薛说。

"我那时候明白了薛为什么想做外交官,她并非凭空生出'要成为一个外交官'的想法,而是从小就被植入了一颗种子,种子到了时间,破壤生长。而我从小到大,连'外交官'这个词都没听说过几次,更不觉得它和自己有什么关联。就像我最早教过的那个男学生,毫不犹豫地说出'当然是演奏家啦',千条万条路,耳濡目染的只有这一条路,不选它选什么?那一瞬间,我觉得人大约只是个容器,早些年种下什么,后面收获什么,如果没有种下什么,或种子没有发芽,人就是空心的。乡村长大的人明白播种的时机有多么重要,一旦错过,接下来不管怎么补救,收成都不会好。

"其实薛和我之间悬殊的阶层差异并没有真正冲击到我,我刚来北京就知道了,有钱的有权的人遍地都是,你以为和其他人身在一个世界,但其实并不在一个世界,差距是每天都要面对的事实,必须接受这种差距,才能心态平稳地活下去。只是薛并不真正明白,我吃了多少苦头,这些吃过的苦甚至凝结成一种特别的道德上的骄傲——我全靠自己,这份骄傲足以抵消我和薛之间的差异,至少道德上,我比她高贵。她肯定不认同这一点,但我心里就是这么认为的,所以我可以克服自卑,和她待在一起。但我无法忍受她在精神上表现出的坚定,她有梦想,而且愿意付出长足的努力,这让我感到真正的不公平,似乎什么好处都被她占去。

"我是铁匠的女儿,从小听着机锤敲打铁块的铿锵声长大。我爸小学毕业,我妈大字不识,我还有个哥哥,只读到初二,现在在县城里当混混。我妈在家说不上话,我爸重男轻女,觉得女人该早早嫁人,他也不懂教育,放任我哥辍学,也没什么见识和能力,赚的钱甚至不够一家人糊口,遇到事情只会大喊大叫。以前我觉得他可怕,现在发现他可怜。我从这样的家庭走出来,又来北京读大学,是一个多么大的意外,天赋、努力、运气和勇气,他人的帮衬,少一点儿都不行。在县中读书时,老师们总是对我说,'好好读书啊,读书才有机会去外面看看世界'。看世界,一个模糊的愿景,一个不包含任何许诺的未来,一个毫无野心的目的,像挂在骡马眼前的胡萝卜,却足以驱动着我一直向前。等我真的到了北京,面对大千世界,心中跃跃欲试,根本不可能只满足于当一个旁观者,肯定想要做点什么,做成什么,但我发现自己不知道想做什么,要做什么。我一直做的只是自己能做到的事,对除此之外的人和事没有想象力。

"在薛的家中待足两个小时,天气居然晴了,夕阳照入,经由地板反射出满屋金光,将我们笼罩其中,像是一片薄绸,从我们的脚边轻轻地滑过去。然后她不经意地说起自己准备留学的事,可能去西班牙,也可能去美国,大约会读金融或国际关系方向的硕士,就看哪个学校给她发offer,她的语气那么理所应当,那么自然,自然得就像是说自己马上要去楼下散步。我听了之后,难忍嫉妒,又感觉跟自己没什么关系,点头诺诺。

"'真是不错。'我说。

"'总要去镀一层金。留过学的人比较好进外事系统，想想也是，都没在国外生活过，怎么了解外国人在想些什么。'她说，'不过去西班牙，应该只算镀铜。'她觉得自己讲了个笑话，冷冰冰地笑着，又转过头来问我：'你呢？这都大三下学期了，你不会真的想一直当英语辅导老师，最后进那个什么培训公司吧？'

"'没想好，距离毕业还有时间。我还是要靠做家教养活自己，我又不像你，想干什么就能干什么。'我顺着她的话自我贬损，说，'辅导初中生也不像你说的那么无聊，其实还挺有成就感的，他们期末考个高分，家长会给我送锦旗，我现在也是四五面锦旗加身的人，身价不菲。'

"'那你去做这个吧。'薛说，口气已是哀其不幸怒其不争，'你总是说自己一路如何迎难而上，但最后所有艰苦都只为打这样一份工，值得吗？家教和保姆，没有本质的区别啊！你本可以做更厉害的事情，我了解你，你有这个能力。'

"听到薛不经意间说出傲慢的话，我震惊地发现原来我在她眼中和她家里沉默的保姆是同样的人，她瞧不起住家阿姨，自然也瞧不起我，这点深深挫伤我的自尊，何不食肉糜，她嘴上不承认，暗自还是会把人分成三六九等。我针锋相对，讥讽她说：'如果你认为我是在浪费时间，那我认为你也只是一个娇生惯养的小孩儿，说要做什么外交官，其实只是追着你爸爸的屁股后面跑，求着你妈妈砸钱给你铺路。你以为这一切只靠自己的能力？'

"话说出口，便不可挽回。我和薛的关系在那一刻崩了，她脸色煞白，一下子愣在当场，气得说不出话，我立刻从她家跑了出去。后来薛不想再见我，为了避免和我打照面，甚至从宿舍搬了出去，上课时也坐得离我远远的，从此没和我说一句话。她帮过我许多忙，给过我许多温暖，还给过我指引，失去这么一位朋友，我非常伤心，却并不想挽回。我照例一边在学校上课，一边在外做家教，接受了那家公司的邀请，毕业之后去做教培的老师。本以为一切会好起来，但不知为什么，我开始经常心慌，发作时身体无法自控地轻微发抖，晚上睡不好觉，纷杂的念头找上门来，有什么了不得的东西被唤醒了。我自问，有什么想做的事情吗？没有，空空如也，连个模糊的方向都没有。

"失眠半个月之后，我每天脑内轰鸣，时感乏力，饭也吃不下，不得已去校医院体检。校医开了点维生素和补铁剂，让我停掉校外的工作，多多休息。遵照医嘱，我休息了一个星期，不过还是睡不着，越是睡不着，乱七八糟的念头越是缠身，就这么恶性循环，直至有一天我走路去教室上课，忽然眼前一阵发白，摔倒在地上，就像电视机突然关机，脑中最后一个画面是歧流镇冬天湿冷的街头。醒来之后，我发现自己在校医院的病床上躺着，身上挂着点滴。我当时直挺挺地摔在地上，没有任何缓冲，下巴摔破了，胳膊肘也擦伤了一片。我觉得应该回去歧流镇看一看，那里可能有我需要的答案。一个人出生于何时何地，周遭是什么，看见什么，听见什么，吃进什么，家庭什么样，决定了你最初看待事物的方式，决定了你怎么认知自我，之后无论走出多远，底色不会变，想要看清自己，最好的方式是回到原点。学期结束后，我以身体原因办理了休学，准备回家待一段时间，再做打算。

"回来的路上，我才发现，从北京到歧流镇的路途，遥远颠簸得令人难以忍受，从北向南，风光从华北平原的单调粗粝逐步变成南方深深浅浅的绿，跨过了好几条大江大河，经历十九个小时，才到终点。到了市区，还要坐巴士去县城，到了县城，还要坐面包车才能到镇上，前前后后一天一夜。不是北京远，是歧流镇太偏僻了。我拉着行李箱在镇上的街上走着，两边的人都看着我，大家都认出了我，但没有人跟我打招呼。街道的样子也有了变化，拆掉了一些旧的木屋，也建起了一些新的砖瓦房子，新房子和旧房子互相穿插，人口变多，镇子的边界外扩，但是我在大城市待过了，见过正儿八经的事物，相比之下，歧流镇像是一片正在野蛮生长的废墟，新不新旧不旧，和整齐、优美一点儿也不沾边。

"到家之后，我爸妈显然不太欢迎我，他们还为我三年前的不告而别生气，之前的怒气还没有消除，我突然返乡又让他们错愕和费解，好几天没给好脸色看。我没跟他们说自己办理了休学，只说需要回来待一段时间，说了他们也不会明白。我妈开始给我张罗相亲，要抓紧我在家的时间说一门亲事，这事儿在他们眼中比天还大，镇上和我同龄的女孩早已结婚生子。我爸的铁匠铺子开不下去，关了一段时间，他吃不了外出务工的苦，与人合伙开了一个五金店，但没有做生意的头脑和耐性，生意很差，入不敷出。他仍然是个酒鬼，又穷怕了，喝醉酒后，四处与人说，自己的大学生女儿彩礼要价二十万。我受不了他胡言乱语，和他相骂，我爸扇我巴掌，我也扇他，两个人结结实实地打了一架。我那个不成器的哥哥也跑来掺一脚，他说他有个开煤矿的朋友，很有财力，离婚已两年，正在寻觅二婚对象，想找个知书达理的女人，生个聪明点的孩子，我哥觉得我合适。这一家子，满脑子想的都是拿女人换点钱。

"回到歧流镇不到一个月，我过得'风起云涌'，根本无暇回想自己回歧流镇想要找什么。我曾想过要和父母好好谈一谈，但马上发现自己是异想天开，我们根本说不上话。每当我想表达一点方言里没有的东西时,我得切换成普通话,一说普通话,我爸妈就嘲笑我开洋腔,不讲人话,忘了本,然后快步走开。他们的世界只有歧流镇的方圆,对于生活的理解不过辛苦糊口,生孩子,养孩子,维系邻里亲朋,空隙里喝酒、打麻将,嚼别人家的家长里短。他们固执,充满偏见,对外人唯唯诺诺,对家人独断蛮横,不会做超过这些之外的事情,不会说除此之外的话,也无从想象除此之外的生活。回来之后,我发现自己一直在俯视他们,看他们机械地重复在一条破破烂烂的轨道上,直至病死老死。身处其中或许不觉得有什么,一旦抽离来看,这样的日子我一天也过不下去,只想要逃走。

"待到第二个月,我已备感煎熬和厌烦,但跟他们待在一起,我并不感到焦虑,失眠缓解了,精神也恢复许多。镇中的校长找到我,让我给你们代课,我答应下来,想着这段时间能有点事儿做。我当家教的那些本事用在你们身上绰绰有余,我自信一定能把你们教好。原本计划教完一个学期,但仅仅上了两个星期的课我已丧失全部热情。学生的基础太差了,比我在北京教过的最差的学生还要差,更糟糕的是,他们没有向上的欲望。在镇中做老师需要长期和失望做斗争,糟糕的教学环境,平庸的学生,以及可预见的伤感结局:镇中的绝大部分学生都会在初中毕业之后离开学校,他们一生的学校教育到此为止,他们比我还要更早接受这一点——这就是现实,所以,当你们的老师是一件注定失败的事。我问自己,究竟要教你们一些什么呢?x、y、z坐标轴?sin、tan、cos?不规则立方体?这些对你们一点用也没有,等你们离开学校,转头就把这些无用的知识丢进垃圾桶,一辈子也不会想起。从小到大,我心高气傲,力争上游,想赢,喜欢赢,一直赢,享受赢,我不能像其他老师那样心安理得地接受失败,包括他人的失败和自己的失败。但我既然答应下来,就不能抛下你们一走了之,现下,只能和你们共沉沦,直到有其他老师顶上来,我才能离开。

"在失败和失望中,我再次意识到自己多么幸运,比中彩票头奖还要幸运,感谢上天给了我一个还算好用的脑子,让我能够顺着窄道一路上升,体面地从歧流镇走出去,免于一种我已经无法忍受的生活。'去看看世界'的愿景是很模糊和虚无,好在它足够强烈,带领我穿过了屏障,见识到了两个泾渭分明的世界。我和家人已经分道扬镳,仅靠着血缘和淡薄的亲情维持联系。当然,我和薛也不是一路人,从某种意义上来说,薛也走在一条不会分岔的道路上,不会跌落,不会沉降,而我的道路有无数分岔,我不知道哪条分岔上升,哪条分岔下降,我必须小心翼翼,不能行差踏错,也不知道自己最终能走到哪里,但我决定走走看看,直至厌倦。"

说完这些话之后一个月,月龙老师便从学校消失,她不是在离开前会打招呼的人,但大家都知道她回北京了。又过了几天,之前的数学老师返回学校,中风之后他的嘴无法完全张开,口齿含混,语速迟缓,我们坐在讲台下,竖起耳朵也听不清他在说些什么,课堂变得更加敷衍,所幸初中的课程不难,我找另一个老师要了一些试卷,边做边学,可算没有落下学业。

我知道月龙老师家的地址,镇子东北角的铁匠铺——后来改作五金店。她消失之后,我去那儿找过她几次,每次站得很远,以免被人发现,但从来只见她父母的身影,不见月龙老师。她走之后,很长时间我都怀着强烈的失落感,好像心里有什么东西被她偷偷带走了。

我仍然每日往返于燕子窠和歧流镇,在山隘短暂停留,注视着平静无澜的燕子窠。在学校里,我总是一个人,无法伪装合群,头脑时而清醒,时而一团糨糊,事物的面貌有时清晰,有时模糊,不能明确。身边陆续有同学辍学,他们也不知道后面的日子要怎么过,但不想在学校浪费时间,辍学之后他们像露水一样从我的视线里蒸发。

月龙老师对我说的那些话,粗暴地打开了一道阀门,让我知晓了自己的处境，成人的烦恼找上我，我担心自己陷入无法自拔的窘境，总是心慌，焦虑，并开始觉得日子难熬。

直至秦导找到我，问我想不想上电视。

4

当那个中年男人向我走过来时，之前如影随形的焦灼暂时平复，取而代之的是盲目而巨大的希望，我甚至听见自己的心脏在胸腔里鼓动着擂鼓般的巨声。多年之后，坐在去往陌生国度的飞机上，后见之明地回想那个节目，我仍然确信，那就是我一生中最重要的转机，如果没有那个转机，我人生的走势必然更为艰难。

节目的名字叫作《遥远的生活》，节目组让一个大城市的问题少年，和一个从未离开过乡村的贫苦少年互换一个月的人生。城市少年报名的人数过千，乡村少年人选全部靠节目组摸排和筛选。导演希望制造极致的反差，要找出真正赤贫出身的孩子，这样的孩子才是一张白纸。他们要拍摄城市问题少年突然被扔到赤贫之地的反思与成长，也要拍摄贫苦少年突然跨越不可能的界限，开眼见识自己无法企及的生活时的震撼与失落，最后再让少年们各自回归从前的生活。

"这是一档成长类节目，无论是城市少年，还是这些乡下孩子，都会收获一些以前没有过的东西。"在开机仪式上，秦导很官方地解释："我相信节目拍摄和播出之后，你们的人生会有一些改变。作为一档真人秀节目，我也希望它能为整个社会带来一些反思。"

答应秦导后，我还要征得国胜的同意。我跟他讲了事情的来龙去脉，节目拍摄的形式。他正在院子里切猪草，用铡刀将红薯藤铡成小段，再拌入米糠中，这活儿每天要做，有时他来，有时我来，但我做得少。他皱着眉头，一声不吭，也没有看我，等做完手里的活儿，他说："所以，他们会送一个城市小孩来燕子窠，待两个月？"

"一个月。"我说。

"会给钱吗？"

"会给一些。"

他似乎满意了，说："那必须，不能白吃白喝。"当时菊妹刚怀上我妹妹，国胜急需一笔钱交计生的罚款，这事儿就这么定下来。

拍摄定于半个月之后，有近十天的时间，我根本没有见过节目组的人，也不知道如何与他们联系，只能惴惴不安地等待。越接近开拍的时间，我越感到恐慌，夜里睡不好觉，担心节目组临时改主意，换掉主角，也担心摄像机拍下太多难堪的画面——我那痴傻的母亲，寡言的父亲，停滞破败的燕子窠，一个人全部的无助和虚弱都暴露在他人面前，排列整齐，供人参观。贫困是一种残疾，会招来同情，赢得眼泪，节目播出之后，身上便满是别人泼下的泪污，我不想成为别人眼中的可怜人，一想到这些，又忍不住后悔。

拍摄前三天，秦导一行人终于回到歧流镇，他们要我提前适应镜头，两个摄影师一天到晚跟在我的身边，将摄像头对准我，早上天不亮我从燕子窠骑车出来，到学校开始晨读，上课，吃饭，中午去天台待着，傍晚骑车回家。他们让我把他们和摄像头当成空气，我以为不难，后来发现几乎做不到，我总是忍不住偷偷看镜头。想到有许多人会通过电视看见我，我下意识就想表现得更好一点，走路的姿态和神情都与寻常不同，动不动满脸通红，乃至语无伦次，身体僵硬。两天的时间，那种被人紧紧盯着的感觉就焊在我心里，无法摆脱。老师和同学们配合拍摄，想到可能会上电视，他们一样紧张兴奋，生怕丢丑，穿着比平常整洁，举止也变得拘束，校长甚至动员了一场大扫除，擦亮玻璃，抹去天花板的蛛网，角角落落的垃圾和灰尘一夜之间被清走，操场上的杂草也被推平，大家忙忙碌碌的，又不知为何忙忙碌碌。回到燕子窠，国胜一向佝偻拘谨，看见摄影师过来他会躲开，钻到别的地方去，而菊妹根本不明白发生了什么。

"放开一些。"摄影师不耐烦，对我吼起来，"这些镜头没法用！"

"怎么放开？"我根本不知道该怎样面对镜头。

"别想有人在拍你，该怎么样就怎么样。"

说了等于没说。

我唯唯诺诺地答应下来，还是难做到自如，情况没有改观。秦导也发现了我面对镜头的难处，跑到学校和我长谈了一次。很多年后，我已经完全忘却了他具体的样貌，却始终能回想起他浑厚的声音，满身的烟臭和汗咸味。他在我面前连续不断地抽烟，一根刚刚燃完马上点燃另一根，手指牙齿熏得黑黄，烟雾弥漫整个房间。他语速不疾不徐，声音低沉，没有废话，遣词造句很文气，却没有任何柔和的语气词，同样一句话不会说第二遍。大家都把他当回事儿，认真听他说话。他对我的态度和对别人不一样，他特别关注我，这应该不是我的错觉。

秦导问我："你平常看电视吗？"

我说："很少看。"

"你相信电视里的东西吗？"

我点点头。他意味深长地轻笑了一下。

"电视里的东西不是真实，最多只是接近真实，有时完全和真实相反。我可以轻而易举地让别人相信最荒诞的事情，比如相信气功能治病，月球上有外星人，我也可以颠倒黑白，把好的说成坏的，坏的说成好的。掌握电视的人掌握话语权，拥有摆布别人想法的权利，他们决定你看见什么，决定你怎么想一件事，还会让你以为那是自己冒出的想法，其实很可能是他们提前设定好的答案。你明白我的意思吗？"

我还是不明白。他从口袋里掏出纸笔，在纸上比画。

"简单给你讲解一下做节目的步骤。第一步，我们拍摄大量素材，从素材中选择自己想要的画面，拼接出一个完整的故事，素材都是真的，但因为拼接方式不一样，可以得出完全不同的故事。比如我们拍一个傻子，可以让他看起来又蠢又坏，也可以让他看起来大智若愚。电视里不存在真正的真实，只有你想呈现的真实，以及别人以为的真实，你要为后者做准备。"

我明白了，但他举例提到的"傻子"挫伤了我的自尊。他知道我母亲的情况，但还是毫不避讳地说了出来。

他又继续说："你对舆论没有概念，观众如果爱你，就会把你捧到天上，如果讨厌你，就会把你踩在泥巴里。节目播出之后，后面的事情便不受你我的控制，赞美和诋毁都会到来，你想听到更多的赞美，还是想听到更多的诋毁？肯定是赞美吧。你是我们的拍摄对象，也是节目的参与者，你的表现，很大程度上决定了别人怎么看待你，你不是被动的，不要以为自己往镜头里一站，露出懵懂无知的表情，别人就会理解你。我选中你，是因为我知道你能明白我说的一切，你有编织故事的能力。我直白地说，没人想看一个普通的农村少年，哪怕他再可怜再贫困，也无济于事，大家想看的是一个人身处逆境却不屈服，励志、成长、百折不挠，但同时，你还不能显得太好强，不能暴露野心，这样才能安放观众的同情和怜悯。很俗套，但这就是大家想看的，也是我们必须迎合的。"

我心里明朗了一些，说："我要怎么做？"

"镜头很古怪，它像镜子，但会夸张和变形。镜头会暴露一个人真实的想法：越是尽力掩藏，越是容易暴露；越是想表现得大方得体，镜头里看起来越是局促拘谨；越是希望大家不要可怜你，镜头里看起来只会越是更可怜。你要牢牢记住镜头的特点，记住大家想听到的故事，然后利用这两点。我没有什么可教你的，你自己领悟吧。"

秦导的话未能彻底让我克服对镜头的不适，好在他后来决定在拍摄过程中加入一些采访，问一些问题，把摄影师变成一个采访者。我尽力忘却摄像机的存在，只想象自己和一个不太熟悉的朋友同行，稍微自如了一些。

正式开拍前，我才知道和我交换的那个人是谁。电视台一共选了四个对照组，城市组的问题少年来自各个城市，各有各的问题，有沉迷游戏、重度网瘾的男孩，有随意打人骂人的躁郁症女孩，有购物成瘾、花钱不知节制的富二代男孩。而乡村组的少年则大差不差，清一色的穷困早熟，有人境况稍好，有人双亲去世，伶仃地活在世上。和我对照拍摄的男孩来自斯城，父母是大学教授，他的问题是太过沉迷做化学实验，每天泡在实验室里不肯出门，也不交朋友，他的父母觉得他太过耽溺闭塞，为他报名参加了这个节目。节目组选他可能是为了丰富拍摄对象的类型——城市组不能全是坏孩子。在给我讲解拍摄对象时，秦导尽力抹平差异，他说："每个人面临的困境不一样，他们有他们的困境，你们有你们的困境，乡村组的困境更多源于现实，城市组的困境源于心灵，但困境的本质是一样的。"我听完之后只觉得困惑，还有强烈而无法说出口的不满，为什么要将我们和他们的困境相提并论，明明不是一回事儿。我们的世界和他们的世界，根本是两个世界，但他们非要把我们拉到同一条线上。

开拍当日，下了好一场雨，前一秒烈阳当空，下一秒电闪雷鸣，雨水瓢泼，一两个小时之后，街道变为浑浊乌黑的小河，河面上漂浮着星点般的塑料垃圾，水位很快没过了小腿肚，淹入低洼处人家的一楼。每年春夏之交，突如其来的暴雨都会来上两次，大家习以为常，雨停之后，不消半天大水就会退去，一楼一般不会放什么值钱物件儿，所以也不会有什么损失。我和秦导撑着伞，在校门口等待那个即将和我短暂交换人生的少年。因为暴雨，汽车迟迟不来，我们多等了一个多小时，才看见一个披着雨衣的少年蹚水向我们缓缓走来，等他走到跟前，暴雨正好停下，太阳玩笑般从深灰色的云层后钻出来，山脚处扬起一道彩虹。

那个少年对秦导说："雨太大了，汽车半路抛锚，陷在坑里等人去救援呢，摄影师担心摄像机进水，待在车上等雨停，我怕你们久等，先走过来了。"他一边说，一边剥去粘在身上湿皮一样的雨衣，露出他的衣着，起初我只是觉得他过分白皙和瘦弱，而后又感到一些别的不同。我们一同往学校里走，校长借了两间办公室给节目组用，他在其中一间换掉了脏衣服，又要了条干毛巾擦头发。我坐在一旁看他，他也打量我，秦导给我们互相介绍，我们打过招呼，并排坐着，一句话也没说。他叫杨克森，比我大一岁零两个月，并不如传闻中那样羞涩，相反，他是我俩中更开朗健谈的那个,他直接开口问节目组的人要了一瓶可乐,一口气喝完,打出一个响嗝,惹得众人大笑。他不费吹灰之力就得到了众人的偏爱和关注,节目组的人几乎立刻和他亲近起来,却没有人多看我一眼。

按照拍摄计划,那天晚上他要跟我回燕子窠,我们同住一个晚上,第二天上午我再独自乘火车去往斯城,他的父母会在车站接我。距离放学还有两节课,课间几乎半个学校的师生都来看他,挤在办公室门口,往里凑头。新鲜的人和事并不是天天都有,他们看着笑着,发出莫名其妙的嘘声和哄声,交头接耳,窃窃私语,仿佛我和杨克森是供人参观的动物。上课铃响,杨克森跟着我去教室,身后拥了一大群人,我们坐在同一桌,老师特地点了杨克森上台自我介绍。

"我叫杨克森,很高兴认识大家。"他点了点头,没有看向任何一个人,快步跑下台。

当杨克森站在台上,和众人拉开距离时,我才得以分辨出之前感受到的异样。他太干净了,从头发丝到鞋底板,没有一点脏污,即便他刚刚才从大雨中走来,蹚过污浊的河,一身泥点了,也仍然干净,灰尘于他,像滚落在荷叶上的水珠,不会沁入。苦就是脏,脏也是苦,他身上没有一点脏,也没有受过一点苦。而我们穿着洗过太多遍的旧衣，领口袖口油腻斑驳，脚上是胶鞋布鞋，总是灰扑扑，总是不得体，我们几乎没有浅色衣服，衣着把他和我们区隔开来，在灰色的人群里，他在发光。我认为，杨克森自我介绍时的态度有些轻慢，他知晓自己的真实处境，明白自己只是短暂地在这儿停留一会儿，很快会回到那个整洁簇新的地方。这份轻慢刺痛了我，因为除了燕子窠和歧流镇，我无处可去。

放学之后，节目组要求我骑自行车带着杨克森回燕子窠，拍摄正式开始，之后他们会全程袖手旁观，一点力也不出。杨克森比我高大半个头，带着他骑十几里路可不是容易的事。我想我们轮流着骑，他说自己不会骑自行车，我很讶异。他解释道，因为小时候学着骑自行车跌过跤，膝盖上留了疤，所以他妈妈不让他再骑，他妈妈把他看得很重。他坐在后座，我卖力蹬车，节目组的汽车跟在后面，和我们保持着十几米的距离。天气还有点热，我没骑出多远，脸上和背上的汗珠便滚落下来。杨克森哼了几句歌，路过稻田时，晚风吹动稻花，雨后的天空水汽翻腾，一大片紫红灿烂的晚霞盖在头顶，从地平线延伸到山尖，一天中的好时候弹指即逝，他忽然伸开手臂向着夕阳大叫了一嗓子。我想他是开心的，对长居城市的人而言，这画面不算常见。骑上山隘，山间的岚烟冒出来，缓缓连住炊烟，弥散成柔软轻薄的绒毯,轻轻流向山坳里,溪水流动反照的金光无比清晰,映照满山青翠。杨克森看得入迷,忍不住下车欣赏,连声赞叹:"太美了。"

我对此感到厌烦,催促他:"走吧,回家吃饭,饿了。"

他又坐上后座,我捏着自行车的刹车,一路遛到了家。

国胜已经收工到家,为了招待客人,特意杀了一只鸡。除此之外,晚饭仍然简陋。我开始干活,借着最后的天光,切草、喂猪、清理猪圈,做完这些天才完全黑下,正好吃饭。杨克森没见过这些,跟在我屁股后面看新鲜,问这问那,又赞叹我切草时的利落和迅捷,他看见猪的时候那个兴奋劲,让我甚至怀疑他只吃过猪肉,没有见过活猪。母猪前不久刚下的六个崽,全拱到跟前,他看了高兴,也不顾脏,往怀里抱了一只泥乎乎的猪崽子不肯撒手。他一直蹲着,大猪猛地从地上弹起来,用鼻子拱他的手,把他吓得摔了一跤,往后爬了好几步,满手都是粪水。他感慨猪崽圆润粉嫩,大猪看起来却又痴又肥,只知道吃和睡,在圈里打圈。直至国胜喊我们吃饭,他才把猪崽子放了回去。

国胜把桌椅搬到院子里,拿来碗筷,就着月光吃饭。饭菜冒着热气,风微微凉,山间凉意也来得早。菊妹吃饭时还木笃笃地发痴,杨克森的目光在菊妹的脸上停留了一会儿,若有所思,又安然地吃起饭来。来燕子窠之前,秦导应该已经跟他详细介绍过我家的情况，尤其是菊妹的问题。

国胜有一搭没一搭地说话，问杨克森来这儿远不远，父母做什么，想要表现客气，却拿不好分寸。杨克森很有礼貌地回应，但明显他并不想多说什么，两个人搭不上话。国胜吃完饭就上床睡觉了，干了一天活儿，他总是睡得很早。院子外陆陆续续来了几个看热闹的村民，月光之下，只是几个苍白虚浮的人影，分辨不出是谁，可能是忌惮摄影师，他们并没有走进来，只在外面望了几眼便离开了。

在我洗碗的空当，菊妹和杨克森坐在前廊台阶上说话，不知道说到什么，两个人大笑起来。我转过头，看见菊妹拉着杨克森的手，贴在她肚皮上。彼时，菊妹怀着我妹妹，肚子微微凸出。杨克森像被蜇了一下，蓦地把手抽回来，又从地上弹起来，向我跑过来，十分兴奋，说："刚才我摸了小宝宝。"

我甩干净手上的水，也把手掌贴到菊妹的肚皮上，忽然感到掌心热乎乎的，像是摸到一块热炭，引得我浑身发麻。国胜跟我说菊妹怀孕后，我每天见她，对她的变化并没有什么明显感受，直到今天才确乎感觉到她的肚子里有一个活的东西。我也把手缩回来，见我错愕，菊妹又笑得满口牙花，像个三岁孩子。这事儿让我对杨克森心生亲近，不似刚开始那么疏离。

晚上睡觉前，杨克森嚷着一定要洗澡，我说："洗澡在我们这儿比较麻烦，夏天我们洗澡比较勤，但也就是站在院子里，用大瓢舀水从头浇下，不是太热的天儿我们一般用毛巾蘸水搓一搓。"他咕哝着："不洗澡身上痒，睡不着。"我站起来，给他烧了一点热水，叫他到院子里拿毛巾擦擦身体，他擦完回来，说听到山里有什么在叫，学给我听。

"猫头鹰，会抓兔子，也会啄人眼珠子吃。"我说，"除了猫头鹰，半夜还有野猪下山来吃庄稼，它们特别喜欢吃西红柿和西瓜，吃相难看，每次弄得乱七八糟。"

他没有被吓到，反倒激动，他说自己还没有见过猫头鹰和野猪。我说："会见到的，如果在燕子窠待的时间够久，一定能见到。"

床褥被单是国胜给换的，提前洗好晒好，干燥而温暖，散发着太阳的焦香，那些藏在床底下叮人的小虫，要过一会儿才冒头，月光透过窗户洒在床上，照出一片白霜，风吹到脸上，冰冰凉凉，却一点儿也不冷。杨克森和我睡在一头，换了陌生的环境，他兴奋得睡不着觉，黑夜里，眼睛熠熠发亮。

我问他："你喜欢燕子窠吗？"

067

他说:"喜欢,这儿挺漂亮的。"

"会想家吗?"

"暂时还没有。"他说,"但不知道几天之后会不会想。"

我心想,等过了这个新鲜劲儿,多尝一尝上学路的长途跋涉,繁重而重复的农活,如同眼瞎耳聋一般的闭塞,还有更具体的,比如风吹日晒、臭烘烘的旱厕、马虎的洗澡、吵闹的学校,和国胜、菊妹的日日平淡相处,他才能知道自己想不想家。

"如果这会儿在斯城的家里,你一般做什么呢?"

说起这个他可来劲,干脆从床上坐起来,说:"躲在自己的实验室里。我家有一间空房,一直做储存间,我往里面堆了很多化学实验的仪器、试剂和材料,还有一台电脑,我的飞机模型,后来那个房间就变成我的地盘了。我待在里面上网、玩儿,做化学实验就是玩儿,变魔术,这个加那个,加热冷却或者催化,变出另外一个。"他语气飞扬:"我会自己做炸药,很简单的原材料就能做出来,只要不管它,一般不会爆炸,两个月前我不小心摔碎了装着硝化甘油的瓶子,差点把家掀了。我妈生了很久的气,她觉得我这么玩下去迟早要出事情,竟然弄出这么危险的东西,幸好没人受伤,所以她把我送过来,要我吃吃苦头。"

我说:"你是来吃苦头的吗?"

他说:"算是吧。我妈热衷于让我吃苦,去年暑假,她帮我报了一个天文夏令营,把我扔到新疆的沙漠营地里,那里才叫什么都没有,白天只能待在屋子里,屋子里十几个人挤在一块儿,晚上跟着天文老师观星,辨认星座。夜里刮大风,沙子互相摩擦,声音像吹哨,鬼哭狼嚎的。我们在那待了一个月,同行一个女孩待到后来,眼神都木了,天天哭嚷着回家。说起来,燕子窠比起沙漠天文台条件好多了。我妈把我送去这些地方,都是为了吃苦,为了磨砺我的意志,我妈说,苦也分种类,有些苦能吃,有些苦不能吃,那种换不来什么的苦是不能吃的。"

"你去过很多地方吗?"我问他。

"去过一些,我爸妈喜欢旅游,他们说,读万卷书不如行万里路,只要是出远门,他们都会带上我。我二年级的时候,我妈去英国访学,我跟着她在英国住了一年,临走之前,她带着我在欧洲玩了一趟,德国、法国、奥地利、意大利、西班牙,都去了,不过那时我还小,记不起什么特别的事情,只记得临走之前的几天,天气特别阴冷,断断续续下雪,我妈带着我不停赶路,不停换乘火车、汽车和飞机,我因此得了感冒,从酒店的窗户往外看,可以看到海和一座黑色尖塔,一群海鸟飞到我的窗沿,我喂了它们一整个面包,之后它们一直在窗前踱步,不肯飞走。"

他说了许多地名,这些地名于我而言遥远陌生,如同神话传说,我曾在书里见过它们,但它们像是快速掠过的风,从未在我脑中形成具体的面貌,与我没有任何关联。杨克森却抵达过那里,见过那里的人,闻过那里的空气,喝过那里的水,甚至喂过那里的海鸟。当他说出一些我从未听说过的事物时,我心里立刻涌起嫉妒,即便他没有显示出任何轻视,我也会感到恼怒。我说:"我没有坐过火车,也没有坐过飞机,我甚至没见过它们,我只去过一次县城。"我满以为他会出言讥讽,没想到他贴过来,轻声安慰:"不要紧的,你以后一定想去哪里就能去哪里。"说完杨克森就睡着了,吐着轻微的鼾,温热的气息喷在我的眼睛上。我们正对着彼此的面孔,相距只有半尺,在月光下,我能看清他的眉眼和嘴唇的张合,有些招风的耳朵微微颤动。我从来没有在晚上和谁说过这么多话,我忍不住想,如果我们的位置对调,我是他,他是我,那见面会是什么情形。

第二天早上五点多,大雾浓白,鸡鸣不止,国胜和菊妹已经起了,昨天晚上刚提到野猪,野猪真就下山了,破坏了许多蔬菜,他们收拾残局去了。摄影师起得更早,架着机器在院子里等待,这份工作并不轻松。想到要出远门,我也有些兴奋,睡得不安稳,半夜惊醒,听见隔壁人家的钟响了三下,才三点钟,睁着眼等到天色发亮,起身收拾行李,又发现没有什么可收拾,找了半天才找出一件领口磨坏的旧T恤,两条显短的裤子,一套校服,衣服叠好放入书包,又把那本《德伯家的苔丝》郑重其事地放进包里,我实在没有什么拿得出手的东西,这些就是全部家当。

刷牙洗脸,又把该干的活儿干完,看一眼钟,七点。杨克森起床之后第一件事情是冲到猪圈里看猪,看了好一会儿才心满意足地跑出来。他说要上厕所,我带他去茅厕,他没见过旱厕,不敢相信,问我,难道这就是厕所,我点头称是。他面露难色,捏着鼻子进去,又捏着鼻子急吼吼出来。

距离我离开还有几个小时,又正好是周末,不用去学校,摄影师让我带着杨克森熟悉一下燕子窠。我领着他们,穿过村庄,从一条小道向山上爬,路过乱石溪涧,鹅塘,几棵三四十米高的野栗子树,野桃林,野梨林,猕猴桃藤丛,几近荒废的茶园。我尽心尽力当好向导,给杨克森讲述了燕子窠的短暂历史,带他去看山南面的土地庙——说是庙,其实面积不过半平方米,里面供着一个面目都没有的泥人,村里人其实也很少来拜,也不知道灵不灵验;我问他们解释燕子窠地名的由来,指给他们看燕子们筑在山崤的窠儿——燕子们都出去了;钻过一片茂密阴凉的林下,发现许多未被采摘的红菇,莹莹发光,我们采下来,用草

071

帽兜着，带回家烧汤。不消四十分钟爬上山顶，山顶没有树，只有一大片裸露的石头，石头之间是一条不太清晰的路，被青草淹没，走起来需要当心崴脚。我们找了一块平坦的巨石坐下，俯瞰着燕子窠，真正的弹丸之地，小到只有指甲盖儿那么大，房子发绿发旧，染霉一样，转过身，另一边开阔平坦，田野间杂村庄，目光延伸，最终被一片山脉阻挡。

山顶大风呼呼吹过，高处使人平静，又激动。杨克森的脸已经晒得发红，耳根下的红血丝根根分明，太阳一照，耳朵竟是半透明的。在乡下，男孩子太白会被人笑话，所以我们把自己晒得黝黑，越黑代表这人越健康越能干，但我发现自己错了，人应该白皙，白皙证明人生活过得优越，没吃过苦头。杨克森很兴奋，站在石头上对着远处大喊，回声传回来，他在石头上蹦起来，打了个趔趄，差点滚下山，把摄影师和我都吓了一跳。

我想了一下，没有什么可以再带他们看的了，我玩耍、劳作、发呆的地方已经全部交付，这么看来，燕子窠虽然美丽，但实在小而贫，没有什么余味。

回到村子里，我又带杨克森去邻居家一一拜访，他们大部分称得上是我长辈，给过我饴糖、枣儿梨儿或苹果，也日复一日地讥诮我的母亲和我。我好像和他们很亲昵，叫得出他们每个人的名字，又与他们很疏离，觉得他们相貌性格都很相似，甚至模糊得无法区分。窠中人与人太近，撞见一定会打招呼，村子这么小，哪一日不撞个三四五回，打上七八次招呼，他们乐此不疲，似乎没有其他事情可做。他们优待城里来的孩子，显得格外热情，第一次见面，交谈两三句，马上把他当成自己家的孩子，叫他明天来家里吃饭，要为他杀鸡宰羊，或是要带他上山挖草药，下塘捉鱼，乡下人的热肠，杨克森也受不住。不过，为了能让他看上电视，我特地给杨克森介绍了一个和我差不了几岁的堂叔。我家没有电视机，看电视都是去堂叔家看，其他人家都用的天线，信号断断续续，时常只有雪花点儿和嘈杂声，堂叔家花钱装的有线电视能看七八个频道，还可以挑台。当我感到烦闷，或是感到无处可去、无人可诉时，我就躲去他家里看电视，哪怕是看电视广告或气象预报，似乎都把我和远处的世界紧紧联系起来，我猜想杨克森也会有这个需求。

时间到了，接我的汽车已经在门口等候，我告别了国胜和菊妹，他们已经忍不住哭出来——我还没有离开他们出过远门，杨克森挥手和我道别。我也有不舍，牙齿因苦涩而紧闭，心里忽然沉重，忍不住红了眼睛，但等到车门合上，汽车驶动，我又如释重负，车开出去越远，心情越明亮，也不是喜悦，也不是激动，也不是忧愁，而是空空如也，好像一具沉重的躯壳被扔在了后面。

5

火车启动时，坐在我对面的摄影师问我："有什么想说的吗？"

我摇摇头，凝视窗外，景物快速从眼前流过，没有可以驻目的地方。摄影师累了，他放下机器，靠着桌子小睡，他总是用大檐帽遮脸，或者是藏在机器背后，我一直看不清他的模样。我们搭乘的是T字开头的特快列车，但也要花七个小时才能抵达斯城。第一次坐火车，悉心听着火车与铁轨的摩擦声，感受它经行不稳的轻微震动，观察旅客，留心广播播报，窗外的风景飞逝而过，拉出绿色的长影。在火车扎入隧道时，耳膜发痒；在火车冲出隧道时，又豁然开朗。燕子窠和歧流镇是顽固的整体，而新见的一切都是纷扬的碎片和雪花，在我还没能认清楚它们之前，它们先行融化。这些是我从未有过的体验，在去往他乡的路途中，一切都开始变得不一样，时间的质地从稠浓变得稀薄，像是冲破了一道无形的屏障，眼睛终于看到了更远的地方。

抵达斯城已是傍晚，踏出火车的那一刻不知道该走哪个方向，摄影师提醒我，紧跟人群。我骤然感到身边的人脚步飞快，争先恐后，攒着微末的我，向一个方向去。出站口人流分散，我在门口站了一会儿。斯城刚刚下过一场雨，城市被一团暧昧的光裹住，但不像清透的月光，而是从四方漫射而来的光线，直至融合。很多人，很多车，通达的道路以及无数的楼宇，这么多细枝末节，丰富和多余的事物，在我的眼眶里互相冲撞，我差点看不过来了，与之相比，燕子窠和歧流镇那么潦草，似乎仅有轮廓，我一路携带的乡野青苔味，被一阵风刮走了。在车站出口，我一眼就认出了杨克森的父母，杨克森曾形容他的父母长得像羊，妈妈像绵羊，爸爸像山羊，真是准确，他们确实生得颀长精干，又有着湿润的眼睛。他们也认出了我，殷殷地向我挥手。

我走上前去，杨爵立刻将我的书包接过去，背在自己肩上。杜丽将手搭在我的肩膀上，似乎相识已久，口气亲昵地说："饿了吧？我们去吃饭。"在家时，国胜和菊妹很少和我有肢体接触，我们不太习惯互相触碰，好像其中有什么禁忌，因而杜丽一碰到我，我浑身立即像触电一样，头皮发麻，不能动弹，大约过了一两秒钟，才回过神来，继而一股细细的寒意从脚上升起。我瞥见黑洞洞的摄像机对着我，刚才那一瞬间的呆滞和无助一定被捕捉到了，我低下头，以免再被看到。

我小声回答："饿了。"

杜丽说："那我们去吃饭吧。你喜欢吃什么？"

我摇摇头，不知如何作答，不想提要求。

他们开车带我去了湖边的一家老牌饭店，点了一大桌子的菜，杜丽一直给我夹菜，我忙不迭地吃尽盘子里和碗里的食物，直至一口也塞不下，我当时并不觉得食物美味，甚至不记得自己在吃什么，只感到饥饿，急于填饱肚子。饱腹之后，我抬起头，发现他们早已放下筷子，正用和善但怜悯的眼神看向我。

吃完饭，我们回到了"家"，准确来说，是杨克森的家，他们住在距离大学不远的旧楼，小区里种满枫树和银杏，树冠经过精心修剪，长到一定高度，便不再向上生长，四周散开，像把大伞，覆盖街道，形成林荫。楼房在二十世纪六十年代建成，已有年份，外墙砌着红砖，里面铺设木地板，人走在上面，地板发出嘎吱的响声，只能放缓脚步，房子虽然有年份，但相比燕子窠的土房子，它可一点儿也不老旧。一栋房子里三户人家，杨克森家在顶层，再加一个阁楼。上楼之后，放下东西，杜丽把我带进杨克森的房间，他的房间在顶层阁楼，房间是一个三角形，窗户也是三角形，房间很宽敞，天花板高挑，没有碰墙之虞，之后一个月，这里也是我的房间。

放好东西后，我从阁楼里出来，一再端详着这个家，四壁雪白，墙上挂满了画作、照片和装饰物，客厅一架水晶吊灯垂挂下来，不过吊灯没开，另外开了几处落地灯和台灯，光线暖暖，我注意到墙上有一幅只有简单的颜色和线条组成的画，我看不懂，只觉得是一大团颜色而已。地上铺着一块红色地毯，台面上放着各种小雕塑，最夸张且抓人眼球的是一整面的书架，密不透风地塞着数百本书，与之相比，镇上书店寒酸至极，不过略有几片纸张。屋子不大，陈列很满，放满五颜六色不知名字的东西，不整洁，也不凌乱，但叫人目不暇接，眼神无处留驻。见我看得出神，杨爵开始讲解屋子里的摆设，水晶吊灯是他的祖父留下来的，民国时期的奥地利进口货，不过因为适配的灯泡停产，已经不亮了，只能看看，地毯是他去土耳其出差时大使送的，是贝都因人铺在帐篷里的软毯，而那些小雕塑，则是他和杜丽出国买回来的小玩意儿，纯粹为了好玩儿，那张画是康定斯基的原版版画，版数是3/20。他说到这些时，口气里丝毫没有炫耀之意，似乎一切都是寻常，没有什么了不起的，但我听得云里雾里，惊奇得嘴巴都无法合上，也不敢伸手碰任何东西，怕碰坏了。与燕子窠那摇摇欲坠的木房子相比，这家里的大部分事物都没有什么具体的用处，但高雅、昂贵、稀缺。

窗边放着一个玻璃鱼缸，三尾银白色长尾巴的鱼在里面游来荡去。杨爵说："那是杨克森的宠物，现在交给你了。"

屋子里架着四台摄像机，摄影师不在场，机器上红色信号灯长亮，表明正在运行。杨爵解释说，毕竟是家里，外人如果在场，大家不自在，而且房子不大，人多拥挤。不过摄影师们虽然不在现场，却并未离开，此刻我们就像是鱼缸里的鱼，镜头后有人在注视着我们的一举一动。

杜丽给我准备了新的毛巾、牙刷，手把手地教我使用马桶、淋浴和吹风机。我第一次见到马桶——第一次，淋浴头、吹风机也都是第一次。我把自己关在厕所里研究半天，按下马桶按钮，水突然上溢，卷成一个漩涡，涌回黑色管道。我又摁了好几次按钮，就为了再看一遍马桶里的漩涡，哗哗水流收拢，蠕动，声音出奇地抚慰人心。从头到尾，一个人不必和污秽有任何接触，污水流入人看不见的地方，继而消失于一片未知与虚空。后来我在一本旧杂志上读到过一个美国人写的关于抽水马桶的文章，那位作家觉得人类文明跨入新阶段的象征不是新型发动机，而是抽水马桶，抽水马桶的出现说明城市已经形成完整的地下水系统，建立起一整套如同肠胃的消化和排泄系统。来到斯城，一路高楼广厦，映入眼帘的冲击只有一时，抽水马桶才让我产生了真正的距离感。在歧流镇和燕子窠，一切都简易和扁平，想去的地方都能去到，想了解的东西都能了解，但斯城这样的大城市，精雕细琢，构成精密到几乎不能真正深入其中，下水道就是其一，我甚至不知道它到底是什么东西，而那套系统又运转于何处。

这里的生活与燕子窠的生活完全不同，一方面它看起来更加便利，另一方面它也更为复杂。厕所没有一丝臭味，洗澡洗头，更换衣物，一天照镜子的次数赶上在燕子窠一年的次数，我被迫反复面对自己稍显愚钝的面孔，这让我感到局促不安。

洗完澡之后，我向杨爵和杜丽打了招呼，回房间一个人待着。房间角落里也有一台摄像机，忽闪的红灯表明它正在工作，我关上灯，在黑暗中躲避镜头的注视。我躺在杨克森松软的床上，闭着眼睛，听见远处偶尔传来的汽车鸣笛声，白日所见忽然全部涌进脑子里，横冲乱撞，揉成一团混乱图景，我想念燕子窠和家人的温馨，有些没由来的不安和委屈，眼泪不自觉地从眼角溢出，又不敢发出声音，也理不清忽然到来的复杂情绪。

第二天天蒙蒙亮，我醒过来，拉开窗帘，天色还只是蓝青色，楼下已有零星晨练的人，屋子里还没有动静。我起身观察杨克森的房间，这里充斥他的气味，每一处都是他的痕迹，就像他根本没有离开，我只是偶然步入其中的幽灵。他有一个小书架，大部分是工具书，他似乎很喜欢天文和地理，这两类的书占据了两层，其他是应用化学，《无机化学》《有机化学》《化学键的本质》等，翻开全是公式和实验步骤，数字和符号组成森然长城，我看不懂，也不耐烦读，又放回去。小说只有一套，我抽出其中一本，封面是一个戴眼镜的外国小孩，书名是《哈利·波特与魔法石》，书已经翻得很旧了，书角卷了边，他或许很喜欢这套书，所以允许它们留在房间里。书架的顶层放了五座奖杯，是他从小学到现在所得的全国级和省级的化学竞赛奖杯，每一座奖杯我都拿下来端详过，杨克森的名字被郑重地刻在上面。床头和墙壁上贴满了乱七八糟的画片和球星海报，上面的人我全不认识。节目组要求，除去必需品，不能带走其他东西，所以杨克森的小玩意儿全留了下来，玩具士兵，各种棋类游戏，窗边还有一大盒子的磁带和CD。书桌上立着两张照片，一张是他与父母的合影，另一张是他手握一个奖杯的单人照。床底下滚着两个足球，窗户碎了一块，他用透明胶带粘住了。其他没有什么特别，一张床一张桌一张椅。电脑不在卧室，在楼下他专属的

"实验室"。他的房间没有为节目特别整理过,不过也不是全无防备,抽屉还是锁上了。

房间里的一切都是线索,指引我去想象杨克森的生活。我能想象他躺在床上翻书,也能想象他躺在床上听音乐,四面遍布他喜爱的事物,游戏、书、音乐和科学,他懒懒散散地待在自己搭建的小天地里,视一切为理所当然,肯定没有想象过要是没有这些东西,日子该怎么过。

书桌上有一张他留给我的字条,字条上写:"我把CD机留下了,我最喜欢的乐队是皇后乐队和U2乐队,CD在床头,希望你也喜欢。"字条上压着一个扁圆形的小机器,即他所说的CD机。我按照他所说,打开机器放入CD,把耳机塞入耳朵,按下播放键,巨大的噪声和轰鸣声钻入耳朵,震得我耳朵发麻,我立刻把耳机摘了下来。为什么会喜欢这个东西?

我洗漱好,坐在床沿对着摄像头发了一会儿呆,又乱翻了一会儿书,刚刚读到猫头鹰给哈利·波特送来魔法学校的录取通知书,杜丽来敲我门,要带我去吃早饭,吃完早饭再去商场里买新衣服和鞋。昨天见面时,她的目光在我的鞋子上停留了一会儿,但她当时没有说一句话。我的鞋是国胜花五元钱在集市上买的劳保胶鞋,穿了半年多,鞋底已经磨得只剩薄薄一层,鞋面发灰,虽然还能穿,但陈旧和寒酸已经引人注目。我没有逛过商场,或者说,我不知道真正的商场长什么样,歧流镇小超市也把自己叫作"商场",但大部分人并不知道这两个字的真正意义,好像觉得大抵是卖东西的场所,就那么用了。

商场离住处不远,走二十分钟就到,它比我想象中的还要巨大,是一栋宫殿般恢宏巨大的五层白色建筑,二层之上擦拭得干净明亮的玻璃上附着巨幅广告海报,店铺的招贴几乎要叠起来。阳光从玻璃穹顶照射进来,建筑内的小广场里有几棵发光的玻璃树,白色的大理石地砖又将灯光反射向每一处,白天里面已经很明亮了,可所有的灯光还是亮着,亮得晃眼睛。这里没有一处灰败和腌臜,闯入的我最灰败腌臜,我自惭形秽,跟拍的摄影师用镜头从上至下地打量我,路过的人也用同样的眼神扫视我,毫不遮掩,不用他们说,我也知道自己有多么不合时宜。

"这地方真像个样子。"我仰着头,情不自禁地感慨起来。

如果我一个人,是绝不会走进这样的地方的。我停住脚步,想退到外面。杜丽拉着我的手,一路上她都这样拉着我,哪怕我紧张得手心出汗,她也没有松开。于是我们磨磨蹭蹭地在商场里走了一圈。这地方真大,像许多个组合起来的城镇,一不小心就要在里面迷路。

我们先进了一家理发店，理发师的头发染得五颜六色，衣服和鞋子紧巴巴地贴在身上。他把玩着我的脑袋，左扭右扭地端详，问我："你想理成什么样？"这就和镇上的剃头匠不一样，剃头匠从来不多问，都是利落地拿起剪刀和推刀，几分钟料理一个头。我说："我不知道。"理发师胸有成竹地说："知道了。"他精细地剪了半个小时，又用吹风机吹干，最后用干海绵和毛巾轻轻拭去我颈间的碎发。我受宠若惊，承受不起别人这么对我。

之后我们又去逛了服装店和鞋店，杜丽三五下给我选好了衣物，白色的外套和浅蓝色的T恤，一条运动裤、一双运动鞋，全都合身合适，结账的时候竟然要一千多，我听了价格咋舌，杜丽却爽快地付了钱。我对她说："这钱够我们一家人过半年。"她笑了，说："说得太夸张了，现在哪有那样的人家。"我也笑了。

换完衣服，杜丽拉着我到镜子前，镜子里是一个崭新的人，一个被新衣服衬托着，被柔和灯光笼罩着的男孩，脸上的表情是疑惑和不安。在燕子窠，我们共用一面小小的圆镜子，镜子里甚至照不出一张完整的面孔，只有被切割成几片的五官，要靠想象力才能把自己的样子拼起来。现在从头到脚，"我"完全地出现在我面前。我比自己以为的还要难看，瘦弱黝黑，轻微驼背，羞赧又倔强，和国胜多么相似，我还完全遗传了他黑沉的眼睛，以及菊妹窄小的下巴。一个人脸上有另外两个人的影子，也负着两个人的运命。不过，这个我，和燕子窠的我又截然不同。我微微转了一下身体，端详这个新的自己，似乎一块刚刚被洗干净的石头，还滴着水，和商场中的明亮光鲜的一切，并不那么格格不入。一旁的沙发上，我的旧衣服纠结成一团，就像蛇刚刚蜕下的皮。

我们最后去了商场的超市，在入口处，见到排开如绵延山脉的货架，我竟然感到了一阵眩晕，耳内轰鸣。无论什么东西，牙刷也好，毛巾也好，饮料也好，都有那么多种选择，多到无从下手，人们推着小车悠闲地拣选，拿起又放下，简直是在流连。杜丽带着我去了零食区，她让我喜欢什么就拿什么，我走入其中，都是没有见过的东西，随手拣了几个，扔进推车里。我又想起歧流镇上那两个叫"商场"和"超市"的小卖部，多少有些觍着脸，且不知好歹了。回来的路上十分疲惫，倒不是走了多远的路，消耗了多少精神，而是因为冲击。整个上午，我都在反复确认同一件事，即我出身于匮乏，相比斯城，歧流镇是多么简单，乃至简陋。这原本也是不言而喻的事实，但究竟有多简陋，却一定要跳出来才能看清楚。

回到家，杨爵已经回来了，正在厨房烧饭。他探出头来看我一眼，说："果然是人靠衣装，这样一收拾和城里孩子也没差。"杜丽给我从冰箱里拿了一瓶汽水，我大口啜饮，扫视着书架上的书。她似乎看出我的兴致，走上前来，抽出一大摞书，放在我面前，说："这几本是我翻译的，这几本书是杨克森爸爸翻译的。"我没有伸手去碰那几本书，也没有表示惊奇和赞叹，我并不确切地明白她所谓的翻译是什么意思。那么多的书，没有一本是我读过的，耳闻过的，如果不是恰好来到这里，我大概一辈子都不知道自己这么无知。对无知的惊觉，又使我心脏突然挛缩，像被人伸手捏了一下。

我说："读完这些书要花多少时间啊？"

杜丽说："书是读不完的。"

饭后，杨爵又去学校，杜丽也把自己锁进书房，他们让我自己打发下午的时间，一时之间，屋子里又空寂又逼仄，杨克森如果在家，肯定也会躲进自己的小实验室去。此刻我孤身一人，无处可去，无事可做，这时候才感觉到燕子窠的好来——忙不完的活计，不暇有多余的念头，发呆也不会感到心慌，只是与万物同寂。我必须让自己有事可做，否则就会在陌生的环境中陷入无助，我钻回卧室继续读《哈利·波特》。我完全能理解杨克森对它的喜爱，那书把我也带走了，我完全忘了时间，一直读到天色发暗，暮色悄悄爬上窗户。我打开灯，靠在窗边，傍晚最后的斜照穿过法国梧桐的树梢，在地上拉出一缕缕绵长的金色细线，下班归来的人影绰绰，突然间，路灯啪地变亮，截断暮色，人影也一下子收入黑暗中，我长吁一口气。

杜丽喊我出来吃饭，晚上没有开伙，吃的是外面打包回来的酱肉和蔬菜，但用漂亮的碗碟盛好，摆好碗筷。在这个家里，且不论吃的是什么，晚饭是重要的事情。他们一边吃饭一边聊天，聊的是美国刚刚发生的枪击案和法国的大罢工，他们说美国如果再不好好管制枪支，只会酿成更多悲剧。欧洲已经衰落，衰落导致失控，频繁的罢工就是失控的明证，整个社会已陷入狂热和自恋，对外部危机没有反应。杜丽说起他们之前去意大利的那不勒斯，街上的小偷和摩托车一样多，一个发达国家的旅游城市，居然有这么多小偷。当然，意大利还是很美的，还有南法，也是很美的。他们随意评论着遥远之地和遥远的人，斯城市中心老房子里的这张餐桌也变成了我了解世界的浮木。我闷着头吃饭，偶尔点点头，对他们所言之物感到太陌生，我害怕他们突然转过头来问我"你怎么想？"，我是一句也说不上来的，杨克森在家的时候他们也会说这些吗，还是专说给我听的？

晚饭后，杜丽开始给我收拾明天上学的东西，他们给我准备了新书包新文具，课本也买了新的。我猜他们很瞧不上我带来的东西，衣服、鞋、书包，又破旧，又满是土和尘，所以将它们收到一个纸箱中，放在楼道角落。杜丽考虑周全，担心我会被其他孩子欺负，又怕我路上走丢，叮嘱了很多事情，怎么坐公交车，午饭去哪里吃，和哪些人来往。她说："已经和班主任打过招呼了，老师们会照顾你。"我让她放心，我不是小孩子。而且我心知肚明，镜头会一直对准我，对准也是一种关照，只要镜头还对准我，就有一层薄膜把我和真实世界隔绝开来，不会有人对我张牙舞爪。

在学校里，我果然受到了特殊照顾。才到学校，校长特意把我叫去了办公室，让我有任何困难尽管提，校方会尽力帮助我。在班上，他们给我配了一个"伙伴"，"伙伴"会带着我熟悉环境。校长忽然面带微笑，说："这个节目是非常有意义的社会实验，能参与这场社会实验是这所学校的荣幸，学校的全体教职员会尽力配合节目需求。城乡差距和教育公平也是我们一直在关注的社会话题，做教育最忌讳故步自封、因循守旧，必须打开视野、拓宽思路、放开姿态、回报社会。"她虽然注视着我，但这段话并不像是对我说的，我毛骨悚然，转过头，果然看见摄影师在我的身后举着摄像机。几天下来，我已经适应了摄像机的跟随，有时候几乎感觉不到摄影师的存在。

之后我到教室,老师和同学已经列好队,鼓掌欢迎。我从来没有被这么多人同时注视,一股子热气从耳根一直蔓延到舌尖,垂着头走向自己的位置。我不仅获得了他们的关注,也收获了他们的好奇,一下课,七八个人围在我的桌旁,七嘴八舌地问,问我从哪里来,要交换多久,杨克森人在哪里,节目还招人吗,上电视什么感觉。我胡乱应答着,或干脆不答。

一个女孩凑到我的跟前,凑得很近,近到我能看见她唇边的绒毛。这就是学校给我选的"伙伴",其他同学穿着清一色宽松的蓝白色校服,只有她穿了一条白色连衣裙,一下子显出特殊。她很白,白得像个雪球,眉毛很淡,瞳仁是浅棕色的,咧着嘴,夸张地笑了笑,表情不太自然。"伙伴"陪着我逛学校,摄像机跟在后面,她很紧张,身体板正僵硬,头高高昂着,声音也变得尖细。她带着我参观学校的教学楼、实验楼、多媒体厅、会议厅、室内体育中心,每栋建筑都有个响亮古奥的名字,譬如慎独楼、思惟楼、书琪楼,最后我们去田径场遛了一圈,回到了教室。

音响里响起广播,播报员也是一个女孩,抑扬顿挫地播报校内新闻,其中一条新闻就是学校新来了一个交换生——我,紧接着她又用英语复述了一遍刚才的新闻,美妙的标准的英语,就像母语般流利。

一路上,"伙伴"向我背诵她已经记得滚瓜烂熟的校史:斯城五中是中国最早成立的中学之一,距今已经有一百三十年的历史,第一任校长谁谁谁,第二任校长谁谁谁,战争年代经历了什么挫折,又出过哪些社会名人,斯城五中的校训是"维新惟德,志存高远",注意,第二个"惟"是竖心旁,不是绞丝旁,校名是前领导人题的字,校歌是李叔同填词作曲,每一年各项国际奥林匹克竞赛拿很多奖,院士已出了十多个,所以也被誉为"院士摇篮"。学校鼓励学生素质全面发展,积极展开校内校外的实践活动,和国内多所顶尖大学结成教研合作关系。至于百分之九十五的重点大学录取率,只是这个学校最微不足道的成就。

她讲这些话时,口气里没有夸耀,或许她是真心不觉得这些有什么,陪同我参观也只是完成任务,但仔细想,还是夸耀,不是她故意夸耀,而是那些大人,要叫我这个乡下来的小人开开眼。跟这个学校比,歧流镇中怎么也好意思叫自己学校,它不过是一堵墙围起一栋两层小楼、几栋漏风平房,圈了一些人在里面,蹉跎几年时间。

回到教室,"伙伴"低下头来小声问我:"你悄悄告诉我,要怎么样才能上电视?"

"你想上电视吗?"

"哈，谁不想上电视啊！"

我笑了笑，说："我不知道，他们选的我。"

"那你运气真好。"

"是的，我的运气太好了，杨克森的运气也很好。"

一天的课上完，我脑汁绞尽，感觉到未来一个月的艰难。杨克森所在的班级是面向尖子生的"火箭班"，初中已经开始学习普通高中才会学习的内容，还有竞赛的部分，进度和难度都和我在歧流镇中所学有着天壤之别，英语、数学、物理和化学的内容我根本听不懂，忍不住走神，又如坐针毡，周围的人却一副轻松的模样。之前杨克森说过，他们这个班的人都不是普通人，每一届大概有三四个学生会被大学的少年班提前录走，其他人进高中，或通过竞赛获得保送，或出国留学，再不济的还有高考，总能考上一个不错的大学。大家争分夺秒，只争朝夕，都有光明的未来。

所有课程里，我最难以忍受的是英语课，其他的还能装傻发呆，但英语需要开口，简直令人惊恐。英语老师对我好奇，点名让我读一段英文课文，我用手指点着那段课文，字母开始蠕动，像池塘里的红线虫拼命招摇，我竟然一个单词也不认识了。我又想起广播里念英语的那个女孩，自如得就像天生会那门语言，她是外国人吗？犹豫间，我还是开了口，尚未被驯服的唇舌发出蹩脚的腔调，磕磕巴巴断断续续，所有人哄笑起来，连老师也无法掩盖笑意。我讪讪地坐下来，接下来一整堂课脑子嗡嗡的，好像几百只苍蝇在脑内嗡鸣。嗡鸣声持续了一整天，课间我坐在自己的位置上，除了上洗手间，哪也不去，也不与人说话，同学们聊的那些话题我不了解，什么流行音乐，这个明星那个明星，什么唱歌比赛、漫画、青春小说。一个下午过去，没有人再过来找我搭话，他们对我的兴趣仅仅持续了半天，我想他们已经发现我是个一无是处的草包。

傍晚，"伙伴"和我一起放学，陪我一起去搭公交车——然后她的任务便结束了。下课铃一响，学生们鱼群一般向门口冲去，教室里立刻只剩下我和"伙伴"两个人。她走在前面，耳朵里塞着耳机，并不同我说话。

教学楼前的小广场上种着两棵对称的酸枣树，树围要两人合抱，树冠遮天蔽日，一些早熟的果实散落在地，果汁四溅，芬芳的甜味引来苍蝇和蜜蜂。我叫住"伙伴"，从地上捡起一颗酸枣，问她："知道这是什么吗？"她撇撇嘴，指着钉在树上的一块铁牌，铁牌上写着"南酸枣，树龄130年，古树名木"。我又问她："知不知道这个能吃？"她说："不知道。"我捡起一颗酸枣，放入"伙伴"的手中，她接过去，皱着眉头说："真能吃吗？你吃一个给我看看。"

我说："能吃，在我们那里，人们会把果实做成黑色的枣饼，冬天当零食。"我又捡起一颗果实，用衣角擦了擦，咬了一口，酸味从舌尖一直麻到舌根。"伙伴"大笑，把果实扔到地上，说："我们不吃这种东西。"她用了"我们"这个词，一个词就筑起一座墙，把我隔在外面。我蹲下身，捡起她丢掉的酸枣果实，放进口袋里。到了车上，我从口袋里拿出那个酸枣，用手抹去上面的浮尘，就着车厢里昏暗的灯光仔细察看，果实青绿，表皮失水发皱，布满褐色糖斑。我非常懊悔，为什么一定要捡起它，让别人笑话我，我伸出手，把它扔到了车窗外。

回到家之后，杜丽问我在学校的感觉如何，我不想把真实的想法告诉她，免得叫她看不起，我只想说一些场面话：什么都新鲜，学校真漂亮，同学很友善，老师很关照我，一切都好，比想象中还要好千倍万倍。我尽力控制表情，压抑起伏的心情，但喉咙还是开始哽咽，无法控制。

"有人欺负你吗？"

"没有。"

"那是为什么？"

我不知道如何回答。

杜丽轻轻拍着我的肩膀说："转换太快，刚开始都会不适应，不过没关系，过几天就好了。"

一个星期过去，那股子热闹又无所适从的劲儿过去，我带着惴惴不安又理所当然的矛盾心情适应了斯城的生活，像是从来如此。每天早上六点四十起床，吃杜丽准备好的早餐——一般是鸡蛋、温牛奶和面包，偶尔也会吃点杨爵早起买来的大饼油条，吃完饭搭乘公交车去上学；听自己几乎听不懂的课——我完全跟不上"火箭班"的速度，听不懂课上的内容，干脆放弃，每天充样子，在镜头前假装努力，老师们也知道我的斤两，不再单独点我的名字；我没有交上新朋友，"伙伴"时不时过来和我瞎掰几句，大家很明白我的出现只是偶然和错置，最终选择视而不见。撇去这些，这一个月其他部分还算不错。放学后搭乘公交车回家，吃完饭坐在杨克森的房间里，摊开书本和作业，胡乱写一通，熬到九点钟，抽出杨克森的《哈利·波特》，读上十几页，少年的冒险他喜欢我也喜欢，读完洗澡睡觉；我学会了用电脑，一台机器把四面八方的人串联起来，又不同于现实世界，我每天都玩到忘乎所以。这种生活规律得令人安心，就像一场缓慢的步行，每天向前挪动一步，前面总有什么好东西在等着自己。杨克森过的就是这种生活，我一度有过错觉，觉得这本来就是我的生活。

每个周末，杨爵和杜丽都会安排一场出游，这是节日组下发的任务，带着我感受城市的丰裕。第一周的周末，他们带我去参观了斯城博物馆。博物馆正在展出奥斯曼帝国的苏丹遗物，金筷子金汤匙金杯金碗，乃至金马桶，亮澄澄的黄金像批发一样不值钱。展柜前站满了眼睛发亮的观众。如果身边都是黄金，苏丹会知道黄金贵重，还是会以为黄金和石头是差不多的东西？我心里涌起这个疑问。

第二周的周末，杨爵带我参观了斯城大学。我们一起去了他的办公室，从办公室向外看去，是一片五颜六色的小花园，打理精细，植物生长旺盛，层叠错落，藤蔓从爬架上垂落，迎风开满紫色小花。我们在学校里悠闲踱步，杨爵自小在斯大长大，对每栋老房子每棵树的历史熟稔又自矜，他负着手，边走边讲，丝毫没有炫耀和卖弄，最后淡淡地说："你以后可以来这里读书。"我想，他根本不知道这对我来说有多难以想象，多遥不可及。

第三周的周末，我们一起去了一家法国餐厅，店主是法国人，杨爵和杜丽的朋友，已经在斯城住了十年之久。杜丽说，这个城市住着四十万外国人，他们要带我感受一下斯城国际化的一面。在那家餐厅，我出了丑，我不会用刀叉吃饭——也不知道为什么要用刀叉，这两样东西在我手里打架，刀从左手换到右手，又从右手换到左手，最后不小心将一整块肉掉到了地上。我慌慌张张地钻到桌子底下，用手捡起那块肉放回盘子里，却听见杜丽急促地低声说:"你不要捡,会有人收拾。"我又连忙把那块肉丢回地上,弄得满手油污。旁边几桌的客人朝我们看来,杜丽脸上闪过一丝不耐烦,但转瞬即逝,马上恢复了平静的表情。服务员过来打扫干净,我去洗手间洗手,回来的时候,听见杜丽轻声抱怨:"太丢人了,一个乡下小孩,什么都不懂,带他来这里干吗?"杨爵看见我走过来,轻轻咳嗽了一下。我坐回自己的位置,想到摄像机就在一旁开着,便什么话也说不出来,只装作无事发生。

比起他们带我见识的这些,我更期待能够和谁好好地聊一次天。至于聊什么,我没有具体的想法,反正不要一直把我一个人抛在玻璃罩子里,被围观,被保护,被隔离。

一个月的时间过得很快,马上就到了我和杨克森要换回彼此的人生的日子。他先回斯城,我们一起度过一个周末,节目组再送我回燕子窠。最后一周,我过得焦躁不安,学校没有什么变化,家里也没有变化,一如寻常,只是一想到自己即将离开,回燕子窠去,竟生出被抛弃的感觉。我差一点忘了自己并不真正拥有斯城的生活,只是窃据和短栖。在这里,我是配角,不相干的人,"冒牌货",没有人真正把我当回事儿,长达一个月的美梦即将结束。

到了杨克森回家的那天,杨爵、杜丽和我一齐到火车站接他。深夜的旅人带着困意和疲倦不断从车站涌出,杨克森最后才出现,身后也拖着一个影子般的摄影师。杜丽小跑上前,一下子拥抱住了他。我也走上前,伸出手,却不知道要做什么动作才好。他晒黑了许多,体格比之前健壮,甚至肉眼可见地长高了一些,也开始像一只羊。杨爵口中一直念念有词,像念经一样,说的是"长高了""晒黑了",而杜丽不断揉搓着他的脸和头发。一家人久别重逢,我作为观众站在一旁,此刻显得尤为多余。杨克森注意到我,主动拉了我的手,对我笑了一下。为了回应他的善意,我也挤出笑容,用力握了一下他的手。他的手掌上已经有了薄薄的一层茧,像砂纸一样,但这层茧只需要半个月就会消退得无影无踪,他的手会重新变得细嫩。

回到家,四个人的屋子立刻显得有些拥挤,杜丽想要拉着儿子说话,杨克森连打四五个哈欠,露出疲态。他推说累了,回到卧室。他一回来,卧室物归原主,又全是他的线索和气味。这些天,除了在那张床上睡觉,我小心翼翼,几乎没有留下痕迹。

杨克森在床沿上摸了一下,打开一个开关,天花板上立刻投影出星空,蓝紫色的微光可使我们看清彼此。我在这儿住了一个月,一直没发现这个开关和这个灯。杨克森说,这是星座灯,准确模拟了天上群星的位置,猎户座、人马座、水瓶座等,一比一还原,他去天文馆的时候买的。

斯城的光污染太严重,不太容易看到这么多星星,但在燕子窠的时候,抬起头来就能见到繁星,无数光点,四面八方落在眼中,银河像一条银色的河流,在夜空中无声流淌,真的,美极了。

我们躺在床上,面对面,和我们在燕子窠共度的夜晚一样。虽然没有接触,亲切感却在这一个月内与日俱增,我们完全交付了自己,共享了家人,分享了秘密,这是他人无法理解的融合和交流。我过他过的生活,听了他听的音乐,看了他看的书,甚至猜想得到他对哪个女孩有好感;他也过我过的生活,忍受我的艰辛。我拥有了他的一部分,他也拥有了我的,他仿佛是我的兄弟,又仿佛是另一个我,但是我对杨克森的感情比上次见面时更加复杂,我喜欢他也嫉妒他,又夹杂着一丝不易察觉的痛恨,我痛恨他拥有的一切。

"这些天,你过得怎么样?"我问。

"一开始不太适应,觉得太累了,每天要走十几里路去上学,到学校已经累趴下了,腿又酸又痛,后来,我花了一天的时间学会了骑自行车,虽然骑得不好,但是省力多了。"他快活地给我看膝盖上一块钱币大小的伤疤,说,"有一次我不小心摔到沟里了,还没落痂,我妈看见肯定要大声叫唤了。对了,你妈妈很想你,一直问你在哪里,你爸爸一直很忙……"

他马上要滔滔讲起我父母的事情来，我立刻制止了他，请他不要继续说下去，让我把美梦延长两天，反正我很快就要回去了，况且他要说的，我全部已经知道。

周末我和杨克森一道出门，有他在旁边，我心情十分放松，没见过的或者是没玩过的他会讲给我听，我只需要跟在他后面。我们去游乐场玩一整天，过山车坐了七八遍，直至冷汗津津；我们去逛了音像市场，试了各种型号的耳机，吃肯德基。晚上我们去了市区最大的夜市，在每个摊位前驻足，为那些闪亮的皮饰、不知道做什么用途的小玩偶、金属小玩意儿神魂颠倒；我们还逛了东湖，夜色阑珊，游人依然如织，天幕满怀凉意，我们坐在湖边，悠闲地看着对面彩灯招摇的湖光山色——灯光要到午夜才会熄灭。我们啃食夜市上买的糖藕，藕非常糯，在舌齿间化开，甜度也正好，身上的疲倦感和困意也恰到好处。

彼时彼刻，就像是梦醒前的缱绻，我头脑极为清醒，五感又放得很大，周遭的一切色彩浓烈，又雾气氤氲，似乎正在向上漂浮，连同杨克森一起，离我又遥远又亲近。此时，两个年轻的建筑工人从旁走过，他们看起来只比我们俩年长两三岁，身体尚未长结实，满身泥土，他们走得很急，像是在追赶什么，很快消失在视野中，世界的参差在他们从我们身边走过时轻易显现,杨克森没有发觉,他看着远处几只白鹭,好像那几只呆鸟比人更重要。本质上东湖并不属于任何一个人,但杨克森拥有它,比任何人拥有得都多。我并不知道自己下一次来斯城,再看东湖,是以怎样的身份,又怀着怎样的心情。

杨克森问我:"昨天晚上不小心睡过去了,咱俩都没有怎么说话。你这些天过得怎么样?没来得及问你。"

"还可以吧,不过学校里学的那些东西,实在太难,一个字也听不懂,去学校变成煎熬。"我说,"我的疑问是,如果你们在这个年纪就去读了大学,到二十岁的时候干什么呢?"

杨克森说:"时间很宝贵。这个观念从小就被父母老师灌输进了脑子里面,因为时间宝贵,所以不能浪费。你肯定很难想象我们这样的人承受了怎样的期待,这些期待来自父母、学校、社会,每天醒过来,期待转化成的压力立刻涌上心头,必须想方设法证明自己值得被人期待,证明自己异于常人,足够优秀。我也不能对别人说,嘿,能不能放低一点期待啊!没人会听你说话,我也根本无法想象不被期待的人生是什么样子。我们可能会过一种压缩的人生:二十岁,把三十岁要做的事情做完了;三十岁,又把四十岁五十岁该做的事情做完了。物理和化学教会我们,一个东西的质量和密度直接相关，体积固定时，密度越大，质量越大。"

"在燕子窠和歧流镇，没有人这么活。"

"对啊，太不适应了。第一个星期，还觉得挺新鲜的，后面我特别想家，倒也不是想什么具体的东西，就是觉得时间过得太慢、太空，经常一整天什么事也不发生，什么也学不着，和以前去塔里木参加天文夏令营不一样。一开始我觉得自己纯粹是在浪费时间，和节目组闹着要回家。节目组的人劝了我两天，他们说，我父母和节目组签过合同，不管怎么样都要待满一个月。他们让我把自己当成你，你在这儿怎么过，我就得怎么过，要不怎么叫体验人生？我尽力帮着你爸妈做点杂活，照顾你妈妈，黄昏时候爬到山顶去吹风，在山上闲逛，我碰到了你说的野猪和猫头鹰，还认识了一个跛子，他带我去荷塘里钓鱼，去山溪里钓鳜鱼，钓到的鱼给你爸烧一烧，下一顿饭。周围的人不会给什么压力，大家都过得挺散漫无聊的，没有什么具体的目标，但换句话说，也过得真悠闲。在斯城的时候，我们总是很着急，每分每秒都要用起来，如果我在斯城一整天什么也不干，只是跷着脚钓鱼，我妈肯定会气坏了。"

他说这些话时，眼睛仍是晶亮的，我被他戳到了痛处，我说："如果让你真的跟我交换人生，你愿意吗？"

"不愿意。"他斩钉截铁地回答,"我庆幸自己不用过那种生活,因为我不知道那种生活的终点通向哪里,我想人最好还是有个明确的目标,哪怕是去争一个竞赛的奖呢,去考一次试呢?我已经习惯有人把目标放在我的眼前,看得见,就花时间和精力去争取,就这样一步一步向前,尽量不出错。但在歧流镇和燕子窠的目标是不明确的,心里很难绷紧一根弦,一旦松掉,就错失了,至于错失了什么,我说不清楚,不过我想你比我清楚。"

我不说话,答案毋庸置疑。

他说:"其实,我明白,这样的交换人生,对你我而言,都没有什么意义。你在斯城,也没有机会进入我的生活,我是说,真正的生活。同样的道理,我也没有真正进入你的生活。我们都被隔开了,绕过了真相。你觉得我可以从燕子窠抽身离开,可你也是啊,我们都只是'挥一挥衣袖,不带走一片云彩'。"

"你说得不对。"我说,"我来这里,和你到那里,意义并不一样。你回来,你还是你,我回去,却不是从前的我。"

"我们是一样的。"他以戏谑的口吻说,朝着我眨眨眼睛。

我们说这些话时,摄影师扛着摄像机一直在我们身后,拍摄始终在进行。我不知道，杨克森说这些话时，有没有意识到摄影师的存在。还是说，正是他意识到这一点，才说的这些话。

起风了，我身上发冷，对杨克森说："回去吧，我还要收拾行李。"

在回程的火车上，我眼圈一直发红发痒，却没有流泪，摄影师对我说，杨克森离开燕子窠的时候，可是哭得好大声呢。我听了哈哈大笑。我知道他会哭，他可以任性地表达感情。来的时候，我只带了一个书包，里面瘪瘪的几件换洗旧衣，去的时候，多了一个巨大的行李箱，里面塞满杜丽和杨爵给我准备的礼物，衣服、鞋子、书本、零食，杨克森把他的CD机送给了我，杜丽还准备了一个装了钱的信封，我假装没有看见，任由她偷偷塞入我的书包。车站临别时，杜丽许下承诺：如果遇到困难，一定要找他们，他们会尽全力支持我。我低下头去，以遮掩湿润的眼角。

很多年后，我再度回想在杨克森家的一个月，也会忍不住揣度，他们对我的善意，究竟多少是由衷，多少是表演。恐怕连他们自己也难以区分，正如我也难以区分自己在斯城度过的那一个月间，说了多少场面话，吐露了几分真实的想法。

相处久了会发现，杜丽有些怪癖，家里的每一样东西都必须保持在特定的位置，弄乱了她会发脾气。她喜好安静，长时间伏案工作，不喜欢被人打搅，我不能在她面前晃来晃去，她也不喜欢看到人无所事事。"去，找点事情做"，这是她的口头禅，所以在家里，我的神经时时绷紧，尽量听从她的命令，满足她的要求，不过她对我的要求也没有对杨克森那么高，我们的关系维持得不错，她无微不至，极致的周到和耐心，这些都是真的，我妥帖地收纳进了心里。

而杨爵和很多父亲一样，他不怎么着家，更喜欢待在办公室，却是给我留下更鲜明印象的人。有一日，大雨如瀑，很快把路面淹了，杜丽不在家，他本来也要出门，走到大门口又折回来，问我要不要和他一起听音乐，大雨天适合听些激烈的东西，一个人听又嫌苦闷。他说自己家的音响是一个日本朋友留下来的，虽然是二手的，但音效特别好。他将一张碟推进机器，我们坐在沙发上，他教我，不要拘谨，手脚放松，好像全身只剩一双耳朵。音乐响起，鼓动不安的雨声汇入其中，时而舒缓时而轰鸣，我不知道有多少种乐器在发声，只觉得身入波涛，随之起伏，一会儿音乐收束，血液凝结，过一会儿又翻沸。一个半小时后终章结束，我仍在错愕中，闭着眼睛的时候，隐约看见一团火球飘向半空，散作烟化，消弭暗翳。

杨爵说:"斯特拉文斯基的《火鸟》,一年只能听一次,听多了心脏受不了。"

我问:"这讲了个什么?"

杨爵说:"你觉得讲了什么?"

后来很多事情的细节我记不清了,但这个午后的一切我记得很分明,杨爵穿着灰色的羊毛马甲,里面是蓝色衬衫,头发夹白,听音乐时闭着眼睛,手指敲弹,整个人窝在窗下的沙发里。声音是主角,这声音不是旷野的风声,也不是远处稀松的人声,不是鸟鸣声、流水声,而是经过缜密计算、精心排布的所有声音的集合。怎么会有这样的声音呢?声音里有白光和火种,听过那种声音的人注定不会堕入虚无。

这样的声音,我想一次又一次听到。

6

《遥远的生活》播出时,季节已经转拨到深冬。那一年天气冷得惊人,屋檐下的冰凌子有手臂那么粗,湖面结冰可以站人,地里的白菜从早到晚覆着一层不化的白霜。自我有记忆以来,歧流镇还没有这么冻过。

经过七个小时的火车，两个小时的汽车，我又被节目组送回灰暗破落的小镇，拓宽视野之后，再看镇子，更觉得它平凡，滞后，像跟不上趟的可怜的侏儒。同学和老师正在校门口迎接我，他们似乎等待已久，我知道他们想看什么，他们想看一个月优渥的城市生活有没有让我脱胎换骨，但他们一定会失望——在火车上，我已经把衣服和鞋子换了回来，新衣服和新鞋子塞回了行李箱。蜕掉的皮又被我重新穿上，虽然这一个月间我长高长胖了一些，这层旧皮已紧巴巴有点不合身。他们见到我时，我贫寒如初，陈旧不起眼。美梦已经结束，不能活在对美梦的眷恋中，我有惨淡的现实需要面对。

录制结束后，整个节目组的人骤然从歧流镇消失，再也没有联系过我，我也再没有见过秦导。他走之前说，录制只是第一步，接下来还要剪辑和制作，节目播出至少要两个月以后，如果慢的话，四五个月也有可能。大家一开始还翘首以盼，等着上电视，巴望着能在画面里找到自己的身影，这辈子要是能上一次电视，对乡下人来说真能吹一辈子。但左等右等没有一丝消息，他们的耐心和信心耗尽，滚滚而过的日子本身也让"上电视"这个事儿变得越发不重要。回过神来，又有些怀疑，莫不是碰到了骗子，又或者是一场集体梦魇。

不过，有两三个月的时间，我一直和杨爵与杜丽保持联系，时不时会给他们打个电话——借用学校的电话，向他们问好，报告自己在学校里微不足道的成就。从斯城回来之后，我在学校比以前有干劲多了，什么都要做到最好，我并不是在跟学校里的人比较，而是在和自己未曾谋面的对手比较，他们不在我的视线中，却和我身处同一个拥挤的赛道，我那时候傲慢得很，觉得歧流镇上已经没有可以交谈的人了。我想要延长自己和大城市之间微弱的联系，想要不断引起杨爵和杜丽的注意，维系那一个月建立起来的薄弱感情，一旦和他们失联，我和斯城便没有关系了。

一开始我们还能够不咸不淡地说几句，不过几次通话之后，话就说尽了，只能没话找话，感情消退，我能听出电话里徒劳维持的亲昵，故作轻松的紧绷。歧流镇与燕子窠和他们没有什么关系，那我跟他们又有什么关系。他们待我很不错了，隔三岔五地寄来一些旧书，还有杨克森的旧衣服，书我会留下来，衣服和鞋子则分给其他人，虽然那些衣物都比我身上的新，但我心里还是很不痛快，这些东西不是我真正想要的。

"你最近还好吗？要好好学习。放暑假再来玩吧，我们给你寄了一些东西。"杜丽总是这样说，口吻亲善温和，但翻来覆去就这几句。我也会跟杨克森聊几句，他跟我分享秘密,他说最近瞒着爸妈偷偷在做一些厉害的东西。我说,别搞不好把自己家给炸了。他说不会的,他能控制。我对此毫不怀疑。他给我寄过两张CD,不过我已经把CD机卖给一个同学,换了一百块钱。

喧嚣平复下去,日子复归平淡,直至秦导打电话过来,让我有心理准备,节目马上要播了,每周三下午三点钟首播,周六下午三点重播,每集九十分钟。

"你们那一集,特别好。"秦导说,"我预感,反响会特别热烈。"

"好在哪里?"

"你和杨克森,都是特别好的孩子。你们像彼此的一面镜子,尤其是你,你会让很多人想起自己,会激起许多复杂的情绪,会成为讨论的焦点。你会出名的,你会改变命运。"他又说了那句话,改变命运。

播出那一天的下午,学校放假,全体师生拥到摇摇欲坠的旧礼堂,校长搬来一台电视机放在讲台上,提前调好频道,比此前任何一次讲话和会议都更加正式。电视机屏幕小,音量低,大家伸长脖子也只能看到画面上并不清晰的轮廓。我坐在第一排,紧盯着电视机,却心不在焉,如同在等待审判。直至有人提出,这一期播的好像不是歧流镇,大家才反应过来,电视里面的主人公是两个女孩儿。

看节目预告，我和杨克森的那一集还要两个星期后才播出，人群发出失望的咿呀声，鱼贯而出。经过等待的磋磨，再加上这么一场闹剧，大家再次意识到这件事情跟他们本质上没什么关系，上电视的热情又消退下去。两个星期后，我在镇上小卖部的电视机前，独自一人观看了那一期《遥远的生活》。在节目播出的九十分钟里，我如坐针毡，节目采用平行剪辑的方式，基本上，我的部分占二十分钟，杨克森的占二十分钟，就这么来来回回地切换。

电视里的那个少年，明明长了和我一样的面孔，举止和言谈却和我不太一样，一切都放大到乖张的程度，羞涩、局促、愤怒，乃至我自以为掩藏得很好的嫉妒，全都暴露出来了。镜头是放大镜，照得人无处遁形，也是变形镜，把一个人变成另一个人，我看着屏幕里的自己，怀着强烈的陌生感，就像看着一个完全不认识的人，有那么几分钟，我甚至意识不到，电视里的人是自己。杨克森也是，和现实里的他也有很大偏差，和我相反的是，他被美化了。

那期节目起于一片静谧的乡村风光，朝日升起，驱走山谷中的薄雾，照出几栋陈旧的屋舍，一个低沉严肃的男声旁白说："两个早慧少年，有着截然不同的命运。"

镜头切到我在燕子窠的家，四壁如洗，破败不堪，再切到国胜的脸上，对准他那双含愁的眼睛，他在田间忙碌，拔除垄间的杂草。杂草密集，淹没他的脚，他低着头自顾自拔着，显得那么徒劳。而后，镜头又切到菊妹身上，主要是特写，特写她一直颤抖的手、滴落的口涎，最后落到主角——我，我骑着车从山隘处俯冲下来，脸晒得焦黑，身体单薄，面孔又薄又紧，不看镜头时面无表情，看向镜头时则永远带着警戒和怀疑，像一只阴郁的狐狸。仅仅两三分钟的时间，电视就勾勒出我的"贫苦"，可怜得不能再可怜，连我都差点对自己心生怜悯。画面中的一切并非虚假，又并非真实。贫苦并不是燕子窠的全貌，也不是我生活的全部，但节目组似乎只想让人看到这一点。

接下来是节目组对歧流镇中的展现，他们采访了校长、班主任，问他们对我的评价。大人们带着笨拙的乡音，异口同声地说，我是他们见过的最聪明最勤奋的学生。他们担忧的也正是这一点，在偏远的乡镇中学，上升渠道实在太窄，整个学校的升学率，只有低得吓人的百分之六。校长略带悲愤地说，一块璞玉如果不被雕琢，也许会被永远错认为石头，而它以后再也不能自证自己不是一块石头。

我的老师们不会这么说话，很明显，这是电视台塞给他们的台词。

镜头又切到了杨克森家，先是房屋的全貌，是熟悉的杂乱和拥挤，四处塞满小玩意儿，我看见了熟悉的杨爵和杜丽,他们坐在客厅的沙发里相觑无言。旁白告知观众,这对体面夫妇的困扰来自他们足不出户的儿子。而后杨克森从卧室走出来,径自钻入他黑洞般的小实验室。摄像机跟随杨克森进了他的实验室,他坐在椅子上,对着镜头说,自己没有什么朋友,也不喜欢出门,只喜欢待在实验室里捣鼓自己的玩意儿,然后他开始向节目组展示他收集的矿石标本,这是铜蓝,那是钛铁矿,那是石墨。他说话时,带着坦然大方的笑意,口气又有些玩世不恭,电视中他看起来比本人气色鲜润,唇红齿白。

而后就是杨克森蹚着大水来到歧流镇,又跟着我去了燕子窠,与我同住的经过。那一晚在电视上显得温情脉脉,实际上,他一出现,画面就会呈现出某种温暖的色调,冲淡节目前面渲染的苦寒,他伸手去抱猪,被母猪吓得后撒摔跤的画面,甚至有些滑稽可爱。他和菊妹的互动,和我的交谈,以及他那既来之则安之的神态,多讨人喜欢。舒展是天赋,我就没有,作为观众,我差点儿被杨克森迷住了。

我并不记得自己流过眼泪,但在电视里,我反复用袖子擦拭眼角,避免眼泪落下。当我下火车,坐上车子看着窗外高楼大厦时,当我环视杨克森的家时,当我走在商场时,与人交谈时,很容易红眼眶,眼泪打转——真是个叫人难堪的爱哭鬼啊。旁白解释说，我因看到和感受到的巨大落差而流泪，这话没错，但自尊告诉我，不能轻易在人前展露脆弱，那样得不来尊重，所以我又强忍着。"我"既紧绷又老成，怀疑又警惕，头顶始终笼罩着一片乌云。没人喜欢这样的少年，大家都喜欢漂亮聪敏、热情满溢的人，像杨克森那样，青春应当是他的样貌，而不是我的样貌。

与此同时，杨克森在燕子窠的生活也刚刚开始，他找不对节奏，被日升月落牵着走，过得浑浑噩噩。每天早上天不亮起床，走路去学校，累得蹲在路边大哭，节目组的人不断给他打气加油，他才能站起来继续走，累到在教室呼呼大睡。老师和同学对他充满好奇，总是一群人围着他，他也露出不胜其烦的样子，傍晚走路回家，脚又肿一回，这么折腾两天，他耍赖，一定要节目组开车送他，不然就不去学校。国胜怕他累着伤着，什么也不让他干。他在燕子窠找不出一个可以说话的人，找不到一个可供消遣的地方，回到家不是在廊前呆坐，就是在床上躺着，或去溪边蹲着。他对着镜头诉苦，说自己被流放了，说无聊是一项酷刑。即便是他耍无赖的样子，也并不令人生厌，反而招致同情。

镜头又切回到斯城，一个星期之后，我已经熟悉了斯城的生活，每一天都比前一天更加适应城市生活。至少在镜头中，无论我身处学校，还是待在家中，抑或是出街，都比刚来时从容。但我并没有放下戒备，再加上举止拘谨，始终有沐猴而冠的感觉，而且镜头也不惮于——甚至乐于暴露我的种种窘态。

镜头再度切回燕子窠，杨克森和节目组闹了好大的别扭，甚至扬言要步行回家，被劝阻之后，歧流镇中的校长把他叫去办公室呵斥："这里人人过这种生活，你就过不得?!"他好像一下子明白过来，飞快进入状态，几乎变成另一个人，一点脾气也没有了。后来他和国胜相处得很好，每日干些力所能及的农活儿，国胜甚至跟他讲了许多没有对我说起过的往事。他也帮菊妹洗衣晾衣，收拾庭院，养护蔬菜。他和学校的老师同学也很融洽，甚至和燕子窠的乡邻们也谈得来，还学会了钓鱼、兜虾、打板栗、采木耳、上山劈竹子。这些事儿我也经常做，可视角转到他这儿，怎么就变得那么有意思？他动作笨拙，做事蛮手蛮脚，但是不避苦辛，全情投入。镜头还记录了他学自行车的过程，笔直平坦的水泥路，摔了十几次，摔得灰头土脸，手上脚上全擦破了皮，摔完一声不吭地爬起来继续骑，直至稳稳当当，一口气骑上山隘，他兴奋地对着夕阳大叫，金色的光照耀他的每一根头发，连电视机前的我都忍不住喜悦。一个月的时间，所有人都爱上他了，他走的时候，我的家人、老师同学、乡里乡亲对他依依不舍。"多好的孩子啊!"好到我回去时,他们甚至感到有一些失落。

后半部分我是主角,我发现自己在镜头里干什么都像是僭越,必须接受更严苛的检验和批判;我不吃胡萝卜,把饭菜中的胡萝卜挑拣出来,这是我一直以来的习惯,但镜头追着我的筷子,就显得我骄纵;我打开了电脑,玩了半个钟头电脑游戏,旁白那低沉的男声已经开始担心我沾上网瘾;杜丽给我一笔零花钱,我用来买可乐,就成了花钱大手大脚;我上课走神,不珍惜得之不易的教育机会;我说话太大声,和杨爵、杜丽相处得太随意——我怎么那么把杨家当成自己家呢?我是不是乐不思蜀了?我是不是被城市生活腐化了?我是不是马上要变成一个坏孩子了?但最后,这个即将被城市生活腐化的男孩,心甘情愿地脱下新衣服,换回了旧衣服,告别城市,回到自己的故乡,美梦消散,附着在镜头上的道德指控也一下子消失了。

节目结束于杨克森在湖边的那句轻描淡写:"我们是一样的。"

看完节目,我坐在椅子上蒙了好一会儿,心中满是不解。我不理解为什么里面每一个画面都是真实的,最后却呈现得不真实。有些事情发生的时间顺序被颠倒了,有些对话截掉前后文,意味完全变化了,虽说两个人分配到的镜头和时间几乎一样，但从始至终，我都像个用以衬托杨克森的小丑。

秦导打电话给我，问我看完节目的感受。

我说："说不上来，很别扭。"

秦导说："我们做了一点艺术加工。你想想，拍了整整一个月，要是把那些鸡零狗碎的事情都拿出来，节目会变成无聊冗长的流水账。必须放大冲突感，必须安排两条完整的故事线来，你一条，杨克森一条，这样大家才会看下去。你看，它现在真的火了。"

有那么一两个星期，大小报纸都在讨论这个节目，我在好几种报纸上看到有关《遥远的生活》的文章。

"头版次条，你的名字也在上面。"小卖部老板用圆珠笔在我的名字下面画了线，他羡慕地说，"小小年纪就出名了。"

我向他借来那几份报纸，把提及《遥远的生活》的文章都看了，看完一遍又翻回去重读。有一篇文章讨论的是城乡差距，农村的贫困问题和教育问题亟须得到关注，节目本身并不是作者的主题，只是作为讨论的背景。这篇文章写得佶屈聱牙，语气又一惊一乍，我看了好几遍也没看懂他要说什么。我看着报纸上自己偌大的照片，只觉得文章里写的事情和自己并没关系，他们评论我，好像我只是个摆在那儿的物件，至于我到底是个怎样的人，他们并不关心。我想，出名大概就是名字和照片出现在和自己无关的地方，被无关的人看见，被无关的人说嘴，承受多余的重量。

下午我回学校，班主任冲过来说，有个老先生打电话找我，一定要同我说几句。我接过电话，那头的人操着浓郁的口音自我介绍，说自己是一个退休的语文教师，在湖南怀化的一所乡村中学教书，十几年前他曾有一个学生和我有些像，有个顶好脑瓜，但父母早亡，跟着奶奶过活，穷到不得了，"什么东西一点就通，是看见就叫人眼睛发亮的人，就是家里条件太差了"。他说那小孩奶奶生病死了，家里没有生计，学校组织募捐，他觉得伤自尊，不肯接受，一定要跟着别人去外面打工，而且他自负，觉得自己脑子好用，做什么都能成，不念书也可以。老师们花了很多时间劝阻这个孩子，说他年纪还小，什么都不定，眼前的出路只有一条，他的脑瓜子适合念书，现在苦一点，再熬十年，一定能熬过去的。可对一个十三四岁的孩子来说，十年就是半辈子，太漫长了，那孩子在一个早晨突然从学校消失，再也没有消息，就像一块真金被投进了江水中。老先生虽然语气急切，但口齿黏滞，说一句顿一句，我一直在等待，没有打断他，那通电话打了将近一个小时。

我记得他说的最后一段话。他说——

"你不要觉得自己有一丝了不起，要把自己当成一群蚂蚁中的一只，要下大雨了，水马上就要淹起来，你无处可去，这时候天上飘下来一根细线，要想不被淹死，你就要顺着这根线往上爬，最底下是蚂蚁最聚集的地方，互相踩着踏着，谁也不让谁，谁都想把别人挤下去，你要是恍了神，一脚踏空，就跌下去了，要么从头开始，要么就落到水里。你怎么知道水往哪里流，雨什么时候停，它万一把你卷到沟里，或者是把你冲到河里，你就沉下去了，唯一可见的生路，就是那根白白的细线，你只能顺着它往上爬，千万不能松了劲，千万不要恍了神。"

节目热播的那阵子，来过许多通电话，有觉得境遇和我相似，来求安慰的，有专门打电话来骂的，有要教我为人处世道理的，有想给我捐款的，有报社媒体要采访的，电话嘀嘟响个不停，接线的老师烦了，也知道打电话过来的人无非逗逗口舌，干脆把电话线拔了，不再喊我接电话。骂我的我都听了，媒体采访我也没有接受，没有什么特别想说的，说了也会被曲解和放大。各地的信件也像雪花一样飞过来，根本来不及拆。好话和歹话一起受了好几天，每天早上醒来浑浑噩噩，身体像蒙了一层油布，想到那么多人注视我，讨论我，鄙视我，周遭似乎凭空多出无数眼睛，冷冷看向我，让我很难忽略这些目光。学校里，有些人和我套起莫名其妙的近乎，或又投来莫名其妙的嫉恨，我原本就没有什么朋友，现在被放逐得更远。而后又有传言，过不了几天，我会离开歧流镇，也不知道是谁传出来的。

关注杨克森的人远比关注我的多，但他从这个节目里得到了和我完全不一样的东西。他琳琅的奖杯和奖牌，他在电视中所呈现出的活力，就像美丽的模范，引人向往，我听说甚至有人想找他去演电影，不过杜丽替他回绝了。

节目播出后不久，县一中又来人了，还是那个白胖的老师，这么冷的天，鼻头上还出一层薄汗，他一边揩汗一边说，这次几个县中都想抢我，开出的条件都会不错，但他是来得最早的，诚意最足。果然，下午其他三个县中的人都找过来，让我转学到他们那儿去读书，条件给的都差不多，免学杂费、住校费，还给生活补助费。因为那个节目，我忽然变得炙手可热，眼前有了选择。

我问他们一样的问题："是看中我这个人，还是看中节目带来的名气？"

他们都给了一样的答案："是看中你这个人，现在县里的领导对你很重视，要把你当典型树起来。"

这不是实话，他们看中的还是名气，我不知道他们会拿着这份名气去换什么，但我知道，他们并不是冲着我来的。我不算愚笨，但也说不上绝顶聪明，远不到引人注意的程度。在斯城时，我见识过精挑细选的拔尖的人，他们被归拢在一起，以无限的耐心和用意培育长大，小心安置在高处，与普通人隔绝，我已经明白，人和人之间有许多屏障和高墙，天赋也是其中之一。

两天后，又有省中的人摸过来，两个老师，一个是和颜悦色的中年女人，另一个是花白头发、面无表情的男人。女人和我聊了半个小时，只问了几个家长里短的问题，我支支吾吾地回答。那个男人坐在她身后，悠然地喝着绿茶，时不时瞟一眼，眼神直而锐，似乎要从我面孔上挖走一块肉。和我絮叨完，他们又和校长、班主任聊了一会儿，而后驱车离开。放学后，班主任将我叫去办公室，告诉我，那个男人专门"相人"，帮学校挑资质卓群的学生。他在电视上看见我了，但有点拿不准我是良还是劣，特意过来见一面，见完之后，他说，是个心思深的孩子，不是他们要找的那种人。

不过那个同行的女老师还是给了我一个去省城读书的机会，她说，虽然进不了他们的"尖班"，但是可以进平行班，努力一下，也能读个好大学，重要的是可以离开镇子，离开县城，这是多少人求而不得的机会。我满口回绝。在不属于自己的地方待着如被文火炙烤，看得见，够不着，这滋味我已经饱尝，不必一直让自己处于错位中。

最后，我选择去县一中，他们给的条件不算最丰厚，却没有提任何多余的要求。这一次，我没有犹豫，直接做了选择。

这所学校以每年清北录取人数闻名，也以苦读闻名，老师和学生从早到晚都像行军打仗，天不亮开始跑操，日出晨读，夜里晚自习，一周只休一天，平常不能出校门，学生们大多来自周围乡镇，命都扎在学校这巴掌大小的地方，学校围墙上用红漆赫然刷着"吃得苦中苦，方为人上人"，这一标语对未来没有任何具体的描述，有的只是要将别人踩在脚下的野蛮热望。歧流镇中松松垮垮，老师和学生没有野心，读书上进全看个人，我早晚要回燕子窠的家，路途遥远，虽然对学业上心，但也没有尽过全力，哪里见过像县一中里的人这样用功的，大家都铆足了劲儿向上攀，到处贴满"奋起直追，永不言败""百炼成钢，百忍成金"之类的口号。学校里所有人都步履匆匆，甚至没人大笑，人人绷着一张脸，快乐是松懈，松懈是罪，忍耐和坚韧才是值得赞颂的品质。

学校通过考试成绩将学生分为三个等级，成绩最好的进入一等班，中等的进二等班，最次的进普通班。每半个季度一次能力测试，按照学生成绩，再次分班，一等班"吊车尾"的人滑入二等班，二等班"吊车尾"的人归入普通班。每个等级的老师也不一样，最出色的学生配最出色的老师，一个人如果一直读普通班，那几乎没机会读大学。滑落是耻辱，上升者却没有时间来庆贺和沾沾自喜，马上就得进入下一轮竞争中。

从初一到高三，这套规则会运行六年。第一个想出这个办法的人真是个天才，把每个人都编入不停转动的铰链，前面的人和后面的人互为动力，拧得紧绷绷的，催动向前，除非你主动掉到最后，否则永远要拼尽全力向前。如果六年都在不进则退的残酷竞争中度过，我不知道自己会变成什么样子，是会因一直忍耐而麻木，还是会一不小心松手，掉落到泥淖之中。

此外每个年级还有由三十个特别优异的学生组成的"清北班"，"清北班"教室和其他班级并不在一处，配置有点像斯城五中的"火箭班"。这些人如传说般存在，只有做早操的时候才能撞见。

来的第一天，安排好宿舍，老师叫我去谈话，把规则给我讲明，他说："你现在已经进入一个新的赛道，这个赛道要拼命，不拼命就会被远远甩在后面。"随后他给我单独进行了一次摸底考试，考试不算难，大部分题目是基础知识，考试时我冷汗淋漓，异常紧张，深恐被划入普通班。我是上过电视的人，全校都知道我，都想看看我的斤两，如果费尽周章来到县一中只是来读个普通班，我还不如滚回歧流镇，在燕子窠里好好窝着，免去丢人现眼。

这学校干什么都很讲效率，不到两个小时，老师批出成绩，将将可以进一等班。得知结果时我松一口气，在楼道里坐了很久，等待心脏从疯跳中恢复平静，随后跟着一个年轻老师去了教室。正好是课间，学生们都挤在狭窄的过道上，我必须从人群中擦过去，其他人漠然看过来，互相交头接耳，我低下头，不看任何人。

我突然想象起沿白线攀缘向上的群蚁，像一团黑云，乌泱泱地挤在一起，近看去那些蚂蚁都长着人的面孔，如果我们正在互相踩踏，那歧流镇中的人们其实已经从白线掉落，不在视野中了，我不禁心慌，浑身紧迫，为自己之前浪费的时间和精力而深深懊悔。

7

在学校的日子像坐牢。那种生活只要短暂经历，心灵的形状便被永远塑造。

呵气成冰的天气也要天不亮就起床跑操，早上五点半铃声准时响起，五分钟穿衣洗漱下楼，老师一样哈欠连天，带着我们边跑边喊口号，然后在教室里坐到夜深才能回宿舍睡觉，其中的辛苦和疲惫并不比之前在镇中读书每日赶路来得少。

中午吃饭只给了三十分钟，下课铃一响，三千多个学生涌入食堂，排着队打饭，囫囵吃完，赶紧回教室。每天第一堂课之前，老师都会在课堂上念一遍去年全省高考人数和211、985高校的录取率，"五十万人参加高考，985高校的录取率只有百分之一点六五，也就是说两百个人里只有三个人考上了重点大学"，这组数字我听过很多遍，还是觉得骇人，正因为它的骇人，所以必须去争，不争就没有。实际上，老师还忽略了一个关键的步骤，中考，初中毕业之后，学生中大部分人就会被筛下去，但他们有意只给一个更遥远的目标，似乎这样就可以减少过程的残酷性。其实真正耗人心力的并不主要在学习上，而是花在跟随其他人上。别人向前，我也必向前，别人拼命，我也必须装出拼命的样子，无暇他顾，大家自觉地压缩掉了所有休息时间，课间走廊上也几乎没有人。一天之中，几乎没有一分钟属于自己，让人心力耗竭，既无法出逃又无法叫喊。在这儿最好放弃多余的念想，不做多余的动作，省些力气，削尖脑袋向上。向上，是唯一被赞许的动作，也是唯一的目标。我在斯城生活过一个月，在杨克森的家住过，我知道另一个世界的模样，其他人呢？其他人又是被什么鼓舞着，是被什么幻象蛊惑？歧流镇中和县一中是两种不一样的囚笼，歧流镇中没有什么出路，县一中却是一个更加沉闷的铁笼。

但人的适应能力真是强，两周之后，我已经完全适应县一中的节奏。夜里躺在床上时，偶尔会想家，想燕子窠的点点滴滴，这种想念又和在斯城时的不太一样。到县一中后，才发觉自己已和燕子窠远隔天际，像一只小船启航离岸，远游而去。我也会想到杨克森，他在做什么，我是否已经进入到他所谓的"真正的竞争"。

马上到了期末考试的时候，考完之后，又要重新排序分班，学校会公示每个人的成绩，周围同学更是铆足了劲儿。我也跟从大流，放弃了每周唯一的休息日，待在学校上自习。来回燕子窠花费的时间太多，只够赶回家吃顿饭，吃完马上折返，怎么算都不划算。

自从我来到县一中读书，国胜也在县城找了一份工。菊妹快生了，有一笔天价计生罚款在等着我们，之前节目组给的那点钱不够，他到处找钱，什么都干。有个远亲邀他去县城打工，县政府盖新大楼，招泥瓦工，五十一天，十天结算一次，包吃住，正好农闲，干一个月就要过年了，还可以时不时来探望我。菊妹一个人待在燕子窠，邻居帮忙照看。

那个活儿赶工期，要在次年的五月份完工，所以还加夜班，干到晚上八九点钟。周末，国胜带着一斤水蛋糕来找我。水蛋糕虽然不是什么金贵东西，但是我很爱吃，每次他来县城都会给我带。不过十几天没见面，国胜黑瘦了很多，背微驼着，站在门卫室门口等我，为了来见我，他洗头修面，换了干净衣服，鞋子也是新的。国胜年纪只有四十出头，但头发花白，看起来比同龄人苍老。三十来岁的时候他还十分强壮精干，一过四十，人突然像泄了气，变得干瘪枯槁。

我们去附近一家小饭馆吃了午饭，奢侈地点了三个炒菜，他又要了一瓶啤酒。他很少喝酒，一口下肚，痛快地呼出一口酒气，只说，做工累得很，特别想这一口。吃完饭后，我们一起走到附近小公园临水的长椅上坐着休息，吃水蛋糕，一群麻雀落在附近，我捏碎了一小块蛋糕，扔给它们，更多麻雀聚拢过来，啄食空无一物的水泥地。国胜见我这样浪费也没有制止，反倒颇有兴致地观看。

他也没有特别的话对我说，只是一个劲儿地问我，习不习惯，过得好不好，最后再来一句劝诫——学习要努力，人在外面终究要靠自己。这些话其实没有多余的含义，只是表达关爱，他也不会说别的。我让他在工地上也别吃太差，别太省着钱，也别太拼命，人也不能一直像柴火那么热腾腾烧着，烧久了会生病。

他笑一笑说："我这个牛马命，想病都难。"

我们聊到了即将出生的婴儿，他说："一准是个女孩。老人们帮忙看过了，百分之百是女孩。女孩好，我一直想要个女孩。"

之后我们又一起闲逛了半个下午。县城小，商业街一百米不到，不用多久就能逛完，有些新开的服装店和饮食店，装修雪白，白日灯炽，连阳光也显得黯淡，我们连门也不进，只在外面流连。我跟国胜描述斯城像宫殿一样金碧辉煌的商场，几十米高的穹顶，地上铺满白色大理石，人走在里面立刻就被淹没，与那些相比，县城这些是小巫见大巫，这些见闻此前我从未跟他提起，我以为他不想听。国胜说他看了那个电视节目，知道我见识了什么，也知道我在想什么，甚至知道我不是很看得起他。我突然想起，国胜是见过外面世界的人，他并不是一无所知。

我问他："那时候为什么要离开广州呢？在那边再待一段时间，说不定真就发财了，当时和你一起去的那个人，后来就做了很大的生意吧？"

他摇摇头说:"我不喜欢那里。在那里,我吃不下饭,也睡不好觉,一直不适应。"

停顿片刻,他又说:"每个人都说要向前看,为什么不能向后看?大家都闹哄哄地往前,我不想走远,我想留在原地,但是我觉得你会走得很远,你会离开我们,去很远的地方。如果有那么一天,你不要忘了我们。"我很奇怪他竟然说出这样的话来,就像是书本中智者才会脱口的箴言。我看向我的父亲,大部分时候他的样子都显得木讷腼腆,唯有此时,我从他操劳过度的面孔上看出些许不凡的平静。

国胜指着街道说,他小时候来县城,觉得它不过是大一点儿的镇子,人口多些,热闹些。这几年县城的面貌也在发生变化,城市的边界向外急遽蔓延,旧屋成片推倒,尤其是沿河的那条老街,他小时候坐船来过,渡口出来就是集市,什么都能买到,往北走一里多地是牲口市集,每个月大集还有耍杂的呢,往南是人民大道,走到工人文化宫门口,可以买到甘蔗汁和五香牛肉,再走半里路就出城了——县城就这么大。他说的沿河老街早已经消失,消失也许是一个持续的过程,也许是骤然的发生,身处其中的人很少注意到变化的发生,但我们每一代人都在经历巨变。

之后连续两个周末的下午国胜都来找我,也没其他事情，就带着我出去吃顿饭，逛几个小时，这几个小时于我们都是喘息，自小到大，我们极少有这样的同行时刻。我去了他的宿舍，铁皮和石棉瓦临时搭起的棚子，棚子里放满上下铺的床，十几人一间，屋檐延伸出去半米，檐下架着一个临时煤气灶，算是厨房，唯一一张桌子，用水泥板和砖头混搭起来，上面摞着十几个不锈钢大碗，什么都是临时和将就的，一阵风就可以刮走。住的都是男人，棚内的味道闷、咸、膻，熏眼睛，国胜的床在角落，被褥又灰又潮又油，也不知道是不是错觉，我觉得地上满是弹跳的跳蚤，不时弹在我的腿上，发出极其轻微的啪嗒声。国胜平常爱整洁，大概实在顾不及，也没人把这里当家，都是凑合。

他向工友们介绍我，满心骄傲，说："小子正在县一中读书，上过电视。"其他人拥上来，像打量瓷器一样看着我，或伸出手来摸摸我的衣角和耳朵，掏出一些糖果花生之类的放在水泥桌上，招呼我吃，把我当小孩。工友中大部分人年纪和国胜差不多大，算是我的父辈，也有十几二十岁的年轻人，脸上稚气未消，却又有与年龄不相称的沧桑，他们看我的表情比其他人紧绷，似乎对我毫无兴趣。我想，进入社会的人和在校学生真是界限分明的两种人，他们品尝过我难以想象的艰辛，在他们面前，无论我什么年纪，都会被视作什么都不懂的孩子。我在众人的目光中闷闷地坐了一会儿，借口回学校上课，起身离开。国胜一直送我到学校门口，叮嘱我好好学习、好好吃饭。他从口袋里摸出几张钱来，想要塞给我，我挡了回去，我说在学校里没有用钱的地方。看过他住的地方，我心疼他，实在没有必要给他增加负担。

那段和国胜一道走在县城大街上的回忆极其鲜明，多年之后，我脑中仍然能浮现县城欣欣向荣又似凋敝的街景。当时冷冽的阳光，柏油路新铺沥青的银色反光，身边走过的半土半洋的年轻男孩和女孩……周围的一切像流动的水，我和国胜像两条鲫鱼从中悠然地穿游过去，没留下一点痕迹。

从斯城回来之后，表面上我并没有什么异样，内心却始终无法真正地接受落差，直至进入县一中一段时间之后，我才把它看作一个事实，即我和杨克森天然是两种人，但我自有一条向上的途径，自打进入县一中，便已经走到了这条路上。从燕子窠，到歧流镇，再到县一中，我已经迈出了属于我的一大步。接受事实，让我有种如释重负的感觉，不被幻象迷惑住眼睛。

很快迎来期末考试，与平日紧张的学习节奏相比，考试轻松得像放假。第二天上午考完所有科目，下午放假，我去工地找国胜。那天风大，疾雨要来，天地阴沉，远远看见那栋醒目孤耸的楼，水泥色骨骼结构已经基本建完，只等着贴肉敷皮，之前来看，房子还只盖到一半，如今即将封顶，进程果然迅速，即便国胜为这栋楼工作了好几个星期，讲过不少关于它的事情——它会有两台电梯，每层都配有厕所，大厅地上铺非洲进口的石板，我仍然觉得它和我没有一丁点儿关系。它属于谁呢？我不禁想。但整个县城的人都关注着它的进展，好像它属于每一个人。

顶楼几个工人正在忙活，大概在清理多余的建材，戴着红色和黄色的安全帽，远看像是玩具小人。我朝着那栋楼走过去，目不转睛地盯着那几个小人看，想要认出哪一个是国胜。走到离楼还有两三百米远的巷口，几声惊雷炸响，冷雨登时落下，我在附近小卖部的屋檐下避雨，朝着工地看去，恍惚看见一个戴着红帽子的人从高楼坠落，然而速度极慢，像一片树叶缓慢地飘落，情境似真又似假，声响被落雨声盖住了。我不可置信地大喊一声"啊"，揉一揉眼，眼前又什么也没有发生。

雨下得着实太大，天都下白了，也不知道会下到什么时候，今天是不好再去找国胜了，我又回头看了一眼那栋未完工的楼，楼顶工人全都不见了，又只剩大楼灰白色的骨骼悚然而立。我冒着雨快步跑回学校，宿舍里面一个人也没有，周末大家都出去了，我剥掉湿衣服，躺进被窝里，胸口上压了一块大石头似的，只觉得手脚和腹内冷得像冰，到傍晚已经烧得神志不清，同学帮忙找了校医过来，开了两粒退烧的药，吃下后熟睡了几个小时，做了一大团乌黑浑浊的梦，好像在泥浆里游泳。

醒过来时，班主任坐在我身边，神情忧虑地看着我。

他告诉我，下午，我的父亲从高楼跌落，人是当场没的。

我当时想，这一大团乌黑的梦还没醒，甚至越做越可怕，到了离谱的程度，干脆又闭上眼睛，拿左手掐右手，直至疼痛难忍，睁开眼班主任还坐在我旁边。

他说："你想一下后面的事情吧，接下来我们能帮的都会帮你。"

我想找一句合适的话来表达感谢，至少应该表现出惊骇和痛苦，但我内心平静得像一面镜子，甚至，有生以来从来没有这平静过，所有的感官都暂停了，只剩下一片空白。事发突然，心里没有一丝一毫的防备，似乎还不知道该抽调什么表情来回应眼下的一切，只能卡在那里，等待死结自解。我什么也说不出来，只能目视着班主任离开。

空白的感觉延续到了第二天，我在一位国胜工友的陪同下去认领了尸体，就是他把国胜从燕子窠里哄了出来。

国胜从十五层高楼失足坠落，头骨瞬间摔得稀巴烂，面孔像抹布一样揉皱，一时难以辨认，但衣服和鞋子，以及一只随身揣着却极少吹响的骨笛是他的，不会错。我生出极其强烈的不真实感，几天前，我还和他一起在街道上闲逛，如今他冷冰冰地躺着，再也不会醒过来了。

冷冻尸体的费用不知道谁垫付了，同来的那个男人让我不要担心，这个钱没有人会找我要。他又对我说，国胜是自己跌下来的，他自己没系保险绳，责任不能算在工程队的头上，但他们会把国胜这些天的工钱结给我，之后的遗体火化也不需要我来管。我怔怔地站在那里，不知道该怎么回复这些被温言软语包裹着的欺哄，我想自己应该躺在地上撒泼打滚，应该用最大的声音怒骂，但我身体僵直，口舌发硬。我什么也没做，顺从地被他们带去了一个办公室，在众人的簇拥下稀里糊涂地签了一份文书，大概是放弃追索工程方的责任，可得五千元的赔款。我签了那份文件，他们拿走文件，之后再没有来过人，我也不知道该跟谁去要钱，到最后一分钱也没有拿到。

两天后，我带着国胜的骨灰回到燕子窠，将它埋进院子里，又向菊妹说明事情的始末。她一句也没听进去，一个劲儿地问我"他什么时候回来"，那时候我才感到无边的绝望，没有人帮得了我的忙，不过那时我已经没了一丝一毫的力气，裹着一身泥泞爬上床，睡了一个长达二十小时的觉。

醒来之后，脑中无比清澈。我没有起身，看着天花板，思考我父亲的一生。我不能理解一个人为什么会把自己活得这么悄无声息，从生到死都这么微不足道，无人在意，也无人真正关心。人活一世，一声响动也没有发出，就像燕子在空中划过，留下的只有一阵无形的扰流，最后什么也没留下。悲恸尚未抵达，我先对他生出几分怨恨——怨恨他的无能和软弱，带我们上了一条孤舟，随着他的死，这船破了碗大的洞，水汩汩涌进来。我有一种紧迫感，如果再不做点什么，自己终究要成为一只落下白线的蚂蚁，失去向上攀爬的资格，只能随水漂流，不知被卷向何处。国胜是一个反例，我暗下决心，绝对不要变成他这样的人，绝对。这种急于与国胜的人生切割的焦虑冲淡了失去他的遗憾，只让我陷入长达数月的感伤。

国胜死后，家中唯一的经济来源已断，我把家里翻了一个底朝天，积蓄几乎没有，不知道钱都到哪里去了，接下来或许要靠我来养活菊妹，还有即将出生的妹妹，我对此束手无策，我们既无人接济，又无人倚靠。我急需一笔钱，这笔钱能让我暂时找个人照顾菊妹，让我能安心地待在学校。

我先是寄希望于学校,不过班主任说,针对个别学生的专项补助要专门申请,周期很长,学校也很困难,不能兼顾所有困难的学生,境况比我差的人大有人在,他们让我自己先想办法。"回去吧,要上课了。"班主任说。我坐回自己的位置,腹中一片寒凉,断绝了从他们那里得到帮助的想法。

《遥远的生活》热度已经过去——也不算完全过去,还有人跟踪报道杨克森,但已无人再谈论我。我从歧流镇中校长那里要来了秦导的电话,我想或许他可以帮助我。电话拨通之后,我支支吾吾了一阵,感到难以启齿,连自报姓名也忘了,秦导并没有着急挂断电话,他等待片刻,并未显示出不耐烦,直至我平静下来。我将最近发生的事情告诉了他,他听完沉默,安慰了我几句,然后说,他不知道有什么能帮到我,他已经在拍摄一个新的节目了,日夜颠倒地忙碌。电视台觉得他之前跟踪一个月的拍摄方法成本太高,所以把《遥远的生活》的续集交到了另一个导演手中,他现在在台里没有什么话语权。不过他可以给我介绍几个媒体的朋友,兴许其中有人会对我的故事感兴趣,只要有人关注,就有机会。

"对不起。"他清了清嗓,以此作为聊天的结语,但我不知道他在为哪一桩事情道歉,是曾经"改变命运"的允诺，还是此刻对我呼救的无能为力。

之后数日，没有人联系我。或许这个故事太过平淡，平庸的不幸没有被关注的价值，这么大的国家，这么多人，每天发生无数好的坏的事，各种各样的奇遇和冒险，大到国际关系的纷争，小到邻里口角，一个人的失败或一个家庭的毁灭都不值一提。

我想过联系杨克森一家人，但那太像乞丐，我不想变成摇尾乞怜的人。我已经接连被学校和秦导拒绝，如果他们也拒绝我呢？

但我没有时间失望，眼前有件大事要解决——菊妹产期将至，我把家里的猪都贱卖给了寨里的邻居，凑了一笔钱，把她送到了镇上的卫生所。几天之后，我的妹妹出生了。初生的婴儿皱皱巴巴，满身通红，眼睛紧闭，被一条旧毯子裹得严严实实。我坐在床边，注视着这个孩子，没有丝毫欣喜和爱意。来得可真不是时候啊，我唯有这个感慨。

菊妹正在熟睡，婴儿窝在她的身边，母亲和新生儿散发着甜腻的乳香，而我脑中盘旋不去的想法却是：如果她们都消失了该多好。我不想承担责任，我想要逃走。我心想，菊妹只是一个什么都不懂的傻子，活在世上只会给人增添烦恼，她这样的人，如果你在路上看到，心里难免生出同情或是嫌恶，但绝对不会希望这个女人和自己扯上什么关系。她脑子一团糨糊，不明事理，只能依赖别人的施舍活着，她对活着大约也没有概念，只晓得吃喝拉撒睡，可她也并不是一个单纯快乐的傻子，依然承受着生活的艰辛。从小到大，我一直试图拉开自己和她的距离，从来不叫她"妈妈"，绝少和她走在一起。如果有得选择，为什么要做她的孩子？正因为没有选择，所以和她捆绑在一起才格外痛苦。

领着她们蹚过湍急的河流，看起来身姿固然伟大，但我不可能做到，我应该把她们丢了，否则大家会一起卷入洪流中溺死。

8

我试图继续自己的生活，回到了学校，把菊妹和妹妹留在家里，每一天都在心神不宁中煎熬。周末回家时，站在熟悉的隘口上眺望燕子窠，燕子回来了，但窠里还是没有什么生气，房屋也显得破落稀疏。我在山坳口的石头上坐了许久，鼓起勇气往家走去。和预想中一样，家里乱得一塌糊涂。菊妹产后虚弱，没办法下床，大人小孩的粪便都拉在房间里，恶臭逼人，她靠村里人的接济度过了一周，有人来送点吃的给她，她就吃，没人送吃的她就饿着。哺乳不及时，婴儿又黑又瘦，背部和屁股上发满红疹，体重甚至轻过刚出生时，如果继续这样下去，可能会夭折。我把屋子里的粪便清掉，又洗了一大堆的衣服，把衣服摊在炉子上烘得又干又暖，我烧了热水，给婴儿洗了个澡，用暖烘烘的衣服和干爽的尿布包裹住她，抱着她，她睁开眼睛，一动不动地看着我。我把她抱到菊妹的身边，菊妹本能地接过孩子，眉头似皱非皱，嘴角向上，瞪着眼睛，这是她一贯的表情，我不知道她是想传递什么，还是什么也没有想。

周一早晨，我本该去学校，但我没去，因为没有电话，也无法向学校请假。除去照顾产妇和婴儿，我还得想方设法赚一点钱，除了卖力气，也没有别的路子。凌晨骑车去寨外帮人割白菜，一天能赚十块钱，一个星期就有五十块钱，这是个苦活儿，需要一直哈着腰，干上两个小时，腰间酸麻胀痛，来干的都是附近村庄的老弱，唯有我一个十来岁的少年，四点钟开始，八点钟我们将收菜的卡车全部填满。酬劳按斤计费，收五十斤白菜给一块钱，手脚快能收八九百斤，手脚慢的只有二三百斤，我不快不慢，能收五百斤。收完白菜，回到家，还要做饭，疲倦压得人喘不过气来，今天只能想明天的事，后天便顾不及。一个星期后，我整顿心情，再次准备离开，但临走时，像是有什么东西从地底生出，捆住我的脚，叫我生出不舍和怜悯，我在燕子窠又待了一个星期。

学校终于来了人，年级主任和班主任驾车过来。他们出现时，我正在地里拔草，准备清理出一块地方种些土豆，满身满手泥，抬起头来看见两个人影向我靠近。才十几天过去，他们看起来已有些陌生，或者说，校园生活已经变得陌生，与之相连的一切正离我而去。我木然地看向他们，有所怨恨，又有所期待，怨恨他们到现在才来找我，又期待他们能够再给我一次选择。对我而言最珍贵的是选择权利。

班主任说："你应该回去上课了，开学一个月，除了第一个星期你来了，后面不见你人影，同学们不知道你的去向，我们只好来你家里找你。你拿着学校的资助金，不能不说一句话就走，要给交代的，如果你决定辍学，我们也不会说什么，但你最好别这么做，太可惜了。"

我说："我有母亲和妹妹需要照顾，如果我去上学，她们怎么办呢？"

"我们知道你家里的情况，知道你不容易，你多想想自己吧。你的学费和生活费都是学校出的，对学校来说，你的离开算不上什么损失，但是对你来说，这一次离开学校，或许以后再也没有机会回来了。这里的人没有试错的机会，希望你明白这一点。"

"我知道。"我说。

"再好好考虑一下吧。"

他们并没有说什么意料之外的话，他们的到来本身就是提醒，提醒我一些急欲回避的真相。两个老师走后的第二天，我收拾了几件衣服，带着破釜沉舟的决心搭乘汽车返回学校。我给菊妹做了够吃几天的饭，又叮嘱邻居们多多照看，但我明白这些都非长久之计，我在放任她们自生自灭。

燕子们回来了，在田野中盛开的成片紫云英之间低回穿梭，虫鸣断断续续，道路上飞出早生的白蝶，春寒中瑟瑟发抖，但天气已经开始变得温暖，草木飞快生长，提醒人们时不我待，催动人向前的脚步。我决定将燕子窠的一切抛至脑后，我幻想这一切和我没有关联。

不过每个周末我都会回去一趟，照料菊妹和我妹妹。有好几次，我发现窠里的跛子出现在我家门口，闲晃却不进门，看见我转身就跑。跛子看起来和国胜差不多年纪，或许还要再长几岁，他以前不跛，十五六岁时在镇上被摩托车撞断了腿，之后吓破了胆子，说话不利索，也不怎么出门，在窠里守着父母过日子，杨克森在燕子窠里最好的朋友就是他。他的父母一直都想给他寻觅一个女人,但根本没有人愿意嫁给他。国胜死后,有人对我提过,跛子家想要讨走菊妹,反正国胜已经没了,菊妹总得有人接手,与其放到窠外去,不如留在窠里。我当场拒绝了。

因为考试,有一个周末我没有回燕子窠,再度回家时,我有不好的预感,因为家里太整洁了,菊妹的衣服和鞋子都被人洗刷得干干净净,院子也被人打扫过,菊妹甚至变胖了一些,婴儿也没有继续消瘦下去,有人在精心照料她们。我想不出其他人会这么干,只有跛子一家人——他们一家人向来以耐心和细致出名,房子、院子拾掇得齐整明亮,连田垄都是最规矩的,但我想他们这么做并非全然出于"好心"。

随着时间推移,跛子要讨菊妹的事情似乎已板上钉钉,窠里的人谈论这件事情时开始不避我,甚至直接来问我。住在我屋后的一个婶婶充当了说人的角色,她当然不是坏人,在我小时候照拂过我,国胜刚没的时候也照顾过我们一家,她觉得这是对的,一个家不能没有男人,一个女人不能没有丈夫,更何况痴子配跛子,多么门当户对。

她说的时候,脸上还堆着笑,是那种柔善又憨恳的笑容。她说:"跛子人不错!菊妹和小孩在家,你一个人在外面读书,也管不过来,不如让他们讨去,他们来帮你照顾你妈还有妹妹,你什么都不用担心。这是对大家都好的事情。"

"我不同意。"

我不喜欢她用谈论物品的口吻谈论菊妹,也不喜欢她满怀期待的神色。平淡无澜的生活让窠里的人有一种大惊小怪的特质,一旦出点什么例外,他们会一直谈论下去,直至无话可说,从国胜去世到现在,他们的视线从来没有从我家身上移开。我让她别说了,把她送至门外。傍晚,我在院子门口见到了跛子,这一次他没有转身离开,而是在路边与我对视,一两分钟之后才背过身去,这种对视让我想起老弱的兽。他似乎告诉我,他有的是时间和耐心。乡村生活的温情脉脉之下,有残忍荒蛮的一面。他需要一个女人,需要生个孩子,需要延续香火,继承如此往复的人生,这就是他能想象的生活的全部。但这事儿提醒了我,国胜也是这样得来的菊妹,我不是爱情的产物,我也是荒蛮的一部分,这让我恶心。

我走回房间,看着躺在摇篮里的婴儿,她睁着眼睛,眼睛滴溜溜地转动,看向四周,吞吐着唾沫。她还没有名字,五官长开了一些,一双硕大下垂的眼,让人忍不住怜爱,但我极少抱她,也极少抚摸她。菊妹在厨房灶前坐着——她最近很喜欢待在那里,守着灶膛里的余烬,家里安静得能听见老鼠啮齿的声音。我又走到屋外，万籁俱寂，四周山影重叠，好像要从我们身上碾压过去。晚上我躺在床上，一直无法入睡，我依稀听到院子里细碎的脚步声，似乎有人闯了进来，推开房门，在我家进进出出，我竖起耳朵仔细听，又只有山风呼啸，以及山中禽兽寂寞的哭喊。

母亲、新生儿、老房子，我仅有的东西，如果被这些东西困在这里，第一步都迈不出去，往后只能在下沉的旋涡里打转。我必须舍弃，必须轻装上阵。绝望和急迫感像胸口的一块巨石，压得我喘不过气，几乎没有多余的挣扎，我就下定决心，缴械投降。

第二天一大早，我去了跛子家，他们家刚刚做好热腾腾的稀饭，就着腌豆腐和咸菜下饭。看见我来，他们给我也盛了一碗。吃过早饭，我才有了一些说话的力气。我停顿了很久，实在不知道怎么开口，他们一家三口就那么一言不发地等着，屋堂里悄无声息。我想了想，对他们说，他们可以讨走菊妹，甚至那栋老屋，屋里的一切，都可以给他们，唯一的要求是请他们照顾好她和小孩，给她吃好穿暖，免她们受冻挨饿。他们满口答应下来，喜不自胜的样子，说，那自然会的，乡里乡亲本来就应该互相照应，就算我不说，他们也会的。我觉得事情到此差不多了，向外走去，跛子忽然把我叫住，叫我等一等。我站在门口，大概猜想到他要做什么，漫无目的地看着院子里肥硕的鸡。过了一会儿，跛子走到我身边，手里拿着一个油纸袋，打开，里面是一些旧钞，蓬松而齐整地叠在一起。他说，不多，拿去吧，好好念书。我一时面红耳赤，略等了一会儿，等那个纸袋降下"温度"，才接过来。到家后，我数了数那些钱，有一百的，五十的，二十的，一共两千整，钞票上沾着油渍汗渍，闻起来发咸，却被抚摩得很平整，每个折角都拗正，也不知道攒了多久。

当日下午，我拿着钱，简单收拾了一些行李。菊妹抱着孩子坐在前廊的石阶上，似笑非笑地看着不远处的鸡，我走过去，看着她，叮嘱她好好吃饭、好好睡觉，她根本不知道发生了什么，只是木然点着头。我很想伸出手去摸一摸她的脸，又怕真的摸到温热的皮肤，心里生出不忍，最后什么也没有说，什么也没有做，丢开一切，走出了家门。

事情暂告一段落，我回到学校，学校密不透风的隔绝生活反倒令人安心，早起、读书、考试、自习、睡觉，时间被塞得没有空隙，精力也被消磨殆尽。学校的节奏和原来一样，不断考试，按照成绩排名，重新分班，每个人每天都被这套秩序牢牢绑缚，不得脱身，也不暇多想。但我比此前任何时候都更加适应这种生活，更加能专注于竞争本身，将之视为游戏，完全投身其中，认真地参与，不像之前那样感到煎熬。那时候我又想起节目刚播出时，给我打电话的老人的比喻，我要牢牢攀附向上的细线，不能再向下滑落，落入流水之中。我认同他们建立起的不进则退的规则，认同残酷烈性的竞争，并且从中拾取高度的专注和微薄的欣快，以及永远都无法消除的焦虑。这些情绪前所未有地充沛，让我充满干劲。在最近的一次考试中，我反倒表现得比之前任何一次都好，几个向来不是很瞧得起我的老师也对我刮目相看，他们找我聊天，说，得拿出这种劲头，一直跑到最后。

已经没有任何能够牵绊住我的绳索，也没有拉扯我下坠的石头，我孑然一身，虽然穷困，负重却已被抛下，我甚至感到前所未有的轻快，没有家人，没有责任，没有枷锁，一个人，只需要挣出自己的命就好。夜深人静时，我也会对自己感到好奇，为什么我不伤心、不羞愧？我想要挖开自己的胸膛看一看，自己的这颗心是不是腐烂馊坏了；又或者已经不是血和肉，而是冰与铁，拿起来会不会冻手，会不会扎人；又或者打开了胸膛，里面其实什么也没有。

中

我们生活在人和人无法互相看见的事实中。

1

两千元,能做什么呢?

杨克森的妈妈带着我去商场里买一套行头,花去一千多,吃顿饭,三四百,买张CD,四五十,买本书,十几二十,如果把钱换算成这些东西,这个数目,聊胜于无,但对于现在的我来说,它是六个月的饭资,但即便再苛省,它也会有穷尽的一天。我仍然在困局中,最坏的结果会在不久之后到来。

我从《遥远的生活》节目获取了一些重要的人生经验,名声看似虚无缥缈,却会带来一些实实在在的东西。最可怕的并不是被误解,而是被遗忘和忽略。如果变成一个无人在意的人,即便身处人群,大喊大叫,也不会被看见和听见。以前我总是被选择,在《遥远的生活》里,是不折不扣的配角,被杨克森衬得灰暗,现在我想主动伸出手去,去争取什么。休息日我到校外报刊亭卜抄下了一些访谈节目的邮箱,给他们写信,告知自己的身份和遭遇。信的内容我反复斟酌、删改，既要能说明真实的情况，又必须藏起一些居心，隐晦地表达自己的诉求，口吻又不能掺杂太多情绪。走出这一步并不容易，需要克服鄙薄的自尊。

同样的内容，抄写十五封，字迹工整，装入信封，贴好邮票，投入信箱，开始漫长的等待。我不知道向那些地址寄出的信件是否有人会拆开阅读，也不知道读信的人是谁，也不知道是否会有人被打动，不知道一切是否徒劳无功。两个星期过去，我没有收到任何反馈，三个星期过去，仍然杳无回应，到第四个星期，希望渺茫，正当心灰意冷时，我被班主任叫去办公室，他们告诉我，一个名为《群声》节目组的人想要和我谈谈。

"那是什么？"我问。

"我们也不太清楚，他们说读到了你写的信，对你很感兴趣。"

"他们还说了别的什么吗？"

"没多说什么，他们要跟你谈。"班主任笑了笑，"你看着是个闷葫芦，心里鬼着呢。"

五分钟之后电话铃响起，我接起电话。电话那头的女人语气冷静而威严，自报家门，说是《群声》节目的策划和导演，姓朱。《群声》是中部卫视的一档访谈类节目，邀请的访谈对象并非名人，而是各行各业有故事的普通人。

由于大部分选题已经匮乏新意，这位姓朱的导演每天都在发愁，她每周会抽出一天的时间，用以阅读节目来信，判断哪些话题可能会引起反响。而后，她从中选出了我的信，她看过《遥远的生活》，知道有我这个人，读完信之后，她立刻敲定了选题。

朱导说："我们会让你收获比之前更多的关注。"

我立刻回答："感谢你们，但我想要的并不是这些。"

"那你想要什么？"

"我在信里写了，我现在碰到了很实际的困难。"

她干干地笑了一声，说："我明白了。"

拍摄的日子马上敲定，就定在七天后，他们会派一个主持人过来，和我面对面坐着聊天。

"聊些什么呢？"我说。

"随便聊聊吧，聊聊你现在的生活，聊聊节目对你的改变，你肯定有许多话要说。"朱导说，"你想说什么就说什么，不合适的话我们可以剪掉。"

事情当然并不如她说的那么简单。录制《遥远的生活》前，秦导曾经提醒过我，镜头是放大镜，也是变形镜。不要试图在镜头前展现自己没有的东西，矫饰最容易被察觉，也最招人反感，但也不要完全袒露，真实也令人恐惧。我已经知道镜头意味着什么了——镜头并不意味着真实，只

149

意味着他人的期待。我在电视里看见过自己的模样，腼腆沉默，一年多时间过去，一个人经历了那么多事，他必须脱胎换骨，最好有些惊人之语，才能形成反差。

等待的夜晚，我躺在床上，构想了很久该说些什么话，或者说，该怎么表现自己。他们对我毫无了解，可依据的不过是《遥远的生活》和我寄出的那封信。我预想他们可能提出的问题，在心里逐一打好腹稿，背得滚瓜烂熟。深夜时分，我独自一人，面对镜子，自问自答，一字一句地练习，语气、眼神、表情，仔细雕琢，修正和美化。

拍摄之前，我跟学校报备，学校特地将会议室空出来，不过节目组没有用，反而将拍摄地点选在了操场。在空旷辽阔、杂草丛生的操场中央摆放两把椅子，显得突兀，十几个工作人员沉默忙碌，灯光、摄像机已经架好，下午的阳光温暖柔和，泛着浅金色，看到这个场面，我不甚紧张，只觉熟悉，继而心生舒畅。和我联系的朱导并不在场，《群声》的女主持人坐在一边，拿着一沓纸背诵，我走过她身边时，她抬头看了我一眼，又垂头做自己的事。我在场内闲逛了四五分钟，观察工作人员摆弄各种复杂的机器，没有人理会我，直至有人召唤，为我夹好麦克风，把我带到灯下，灯光照得我几乎睁不开眼睛。

女主持人走到我的身边，她个头意外矮小，和我差不多高，面孔上是温和而职业的笑容。她走上前轻轻拥抱了我一下，让我不要紧张，我瞥到摄像机闪烁的红点，意识到已经开机，我们坐在椅子上，正式进入表演环节。

那张椅子很硬，坐着不太舒服，我调整了一下坐姿。我担心自己的样子难看，心想面前如果有一面镜子就好了。

女主持人先对着镜头从口袋中取出一封信，说："一个月前，我们节目组收到了一封特别的信，信件来自一个少年，信写得不长，但引起了我们的注意，他在信中问了一个朴素的问题，却叫我们无法回答，我想先给大家读一下这封信。"

读信的人，你好！

如果有一个人突然跑来告诉你，他可以帮你改变命运，你会相信他吗？一年前，有一个人对我说出这句话，于是我参加了一档名为《遥远的生活》的电视节目，和一个城市小孩杨克森交换了一个月的人生。

我出生在一片抬眼就可以看到山的地方，山又绿又多，延绵不绝，很难走出去。大城市对我来说，是很遥远的地方，几乎不可能去到，但在这个节目的帮助下，我去了斯城，过了像做梦一样的一个月，见识到了许许多多自己此前不敢想象也想象不出的事物。

录制结束后,我又回到了乡下,继续自己的生活。

明明这个机会是别人给的,明明什么也没有丢失,但回来之后,看到不变的人和不变的山,我还是觉得有什么东西被夺走了,感到没由来的愤怒,愤怒持续了很久,但我不敢显露。

因为那个节目,我成了镇上的"名人",在很短的一段时间里,我变成了话题中心,收获了许多关注。之后,又从镇上的中学调入了县城中学,学校为我免去了学杂费,这算是改变命运了吧?可是一年之间,家中接连出现变故,我父亲在一次意外事故中去世,失智的母亲不久之后改嫁,现在我独自一人,失去了仅有的支持,向人求助,却没有得到回应。我抵达过远处,知晓外面世界的面貌,不想被困在进退两难中,也不想再被任何人用施舍的态度对待。读信的人,如果有一个可以聊一聊的机会,你能不能告诉我,我此刻的无助有没有解法,哪怕只是听一听我的想法,都会让我感到宽慰。

那封信被她用抑扬顿挫的抒情口吻念出,沾染上远超内容本身的魔力,又有奇特的娇柔感。我的脸顿时红了。

信读完之后,她停顿了片刻,像是等待掌声,然后才开始正式的采访。这个女主持人来之前做足了功课，不仅看完了《遥远的生活》的每一期节目，还打电话给节目组的工作人员了解我的情况。整个采访的大致内容和我预先估计的差不多，先问我的年龄和学业，又问我的生活近况，主要围绕的还是那个节目之后生活和心态上的改变。唯一让我感到无力招架的是，她一直试图挑起我的愤怒，想让我对着镜头咬牙切齿。她一只手扶着椅背，侧身对我，眼睛一直半眯，盯着我的脸看。

"他们当时找到你的时候，就已经预想了播出的结果。"她说。

"我猜是的，他们一开始就想好了。"我说，"很多人对我指指点点，但我想那些人要是在我的位置上，不一定有我做得好。"

"不管你承不承认，你的生活还是被这个节目改变了。"

"某些方面是的，上那个节目，本来就是很罕见的机会，居然落在我的头上，当然可以说是幸运的，可是这个幸运也得看和谁比，和那些情况和我差不多的人比，我是幸运的，但和杨克森相比，我就是不幸的。而且，不能因为我得到了一次机会，就觉得我幸运吧，跟我相比，有些人简直像是躺在机会上，他们不是更幸运吗？"

女主持人显然来了兴致，身体向我凑过来："你不为此愤怒吗？"

我摇摇头，说："说不上愤怒，就是很不甘心。我有一位老师说过，落差是每天必须面对的事实，人不能一直活在对事实的不满中。只是我后知后觉地意识到，那个节目看似公平，其实一点也不公平。杨克森来歧流镇，心情就像出去春游一样，很放松，他知道自己并不属于那里，走的时候他只会带走新的体验；对照组的我们，似乎是得到了好处，有了一个机会去看看外面的世界，看到的全是我们渴望却没有的东西，刚刚尝到一点甜头，又把我们赶回去。对比很可怕。我后来看了那个节目，意识到自己以及另外三个乡村组的小孩，都只是'交换人生'游戏里必要的环节，只是为了让这个节目看起来公平的摆设，没有人在意我们到底是谁，真正的主角是那些城里来的小孩。那个节目也不是拍给我们看的，是拍给和他们一样的人看的。"

"所以你后悔参加了那个节目？"

"不后悔。眼见为实，我觉得这种差距看到比看不到要好，早点看到比晚点看到要好。"

女主持人眉头紧皱，但她还是保持了温和的语调："你是从什么时候开始思考这些问题的？拍完《遥远的生活》之后吗？"

"可能更早一点就开始了。"

"大部分像你这个年纪的人不会想这些问题。"

"因为大部分人没有什么机会离开熟悉的生活，只能照着眼前能见到的道路走下去。"

"一种刺激。"

"嗯，促进思考。不只是这个，我还在想，人到底是被什么塑造的。我爸爸是个特别好的人，在他……去世之前，我们周末会一起吃饭，经常坐在一起，面对着面，无话可说，他是个特别无聊的人，没有什么想法，也没有什么活力，就像很浅、很清的水洼。但我到杨克森家里，见到了杨克森的爸爸，他懂很多东西，去过很多地方，讲得出很多道理，就像是一片大湖。为什么我爸只是水洼，而杨克森的爸爸是湖泊？以后我和杨克森也会是这种关系吗？我会想这个。"

"你想过原因吗？"

我反问："你想过吗？为什么你是你，我是我？"

她笑了，说："我有我的答案，但现在我想听你的答案。"

我说："想过，但是想不清楚，它肯定是一个很复杂也很深的问题。如果不是有《遥远的生活》，我和杨克森不会相识，他看不见我，我也看不见他。有一点我是肯定的，我们生活在人和人无法互相看见的事实中。"

"你嫉妒杨克森吗?"

"也许有一点吧。"

"你想过怎么抹平自己和他之间的差距吗?"

我被这问题吓了一跳,张大了嘴,说:"啊?我还小呢,怎么抹平差距的问题不是应该大人去想吗!我只能管自己活下去。"

女主持人连忙挥手,解释说:"我的意思是,你可以通过自己努力,考大学,去大城市,找个好工作,靠自己的努力,你是可以抹平你和他的差距的。就像先后起跑的人,只要后面跑的人速度足够快,未必不能追上前面的人。"

就像故事的最后总要定一个希望和光明的愿景,以愿景掩饰我们解决不了的任何问题。我顺着她的话说:"会的,我会努力的。"

女主持人的手搭在椅子上,一丝不苟地端坐着,满脸写着"我理解,我明白",但我能感觉到她不理解不明白,因为人和人无法感同身受。

起风了,天色开始暗淡,不知不觉我们聊了两个小时,女主持人以一段煽情的祝福语结束了采访,她祝福我前程远大,但摄像机的闪烁甫一停止,她的表情又显出一丝疲惫,结束之后,她握了握我的手,兴奋地预测,这一期节目会火:"这个年代,做火一期节目多难啊!"我笑了笑,之前听过类似的话。向工作人员告辞后,我独自走出操场,向教室走去,回头看,工作人员正在收拾器材,那些亮眼的大灯逐一熄灭,操场又会变得空荡荡的,只剩两张椅子立在草地上。

不像《遥远的生活》,《群声》的访谈一个星期之后就播出了,果真如节目组预测的一样,这一期节目引起了广泛的关注。但我不像之前那么关注这个节目,甚至忘记了它的播出时间,直至有一天,下了课,我在教室里呆坐,门窗边忽然攒聚来许多外班的同学,抻着脖子向里看我。我还有些奇怪,直至一个同学提醒,节目播出了。

那几天我又变成了什么不得了的人物,无数电话和信件如洪流向我奔来,但我隔离在学校里,并不知道外面发生了什么,学校怕影响教学秩序,对我三令五申,不得再接受任何媒体采访。

只有到了周末,出了学校,我才见识到舆论汹涌。报纸和电视又纷纷讨论着教育公平和城乡差距,人们又好像第一次知道有我们这一群人,一切都那么熟悉,重蹈覆辙的感觉。不过也有人猜测,我是节目组请来的演员,我所有的经历都是编的,我在采访中说的话是事先准备好的台本,我在谈及父母遭遇时神情漠然得不像一个孩子,说的那些话也不像一个十三岁少年能说出的话——总而言之，他们认为整一期节目都是节目组的策划，电视台为了收视率什么事儿都做得出来，这种事儿也不是第一次发生。

想到外面有那么多人在谈论我，我有些飘飘然，又有一些胆怯。只不过这一次，我更明白自己应该怎么做。如果是一年前的我，大概会为漫天的议论感到恐慌，但我曾经历过，知道他人的关注会像浪一样扑打过来，既不能拒绝，也不能躲开，它还会给人一些不切实际的希望，以及翻涌的悸动，浪很快会退去，留下一地狼藉，但浪也是一种力，如果借用得当，说不定一下子就能去到本来无法抵达的地方。

节目播放之后，有些人打电话给电视台要资助我，不过大部分人的数目都不多，有一个匿名者往电视台寄了四万元现金，电视台实在查不到捐赠者，便收下了这笔钱，最后听工作人员说，零零散散的捐款加起来有十万之多。十万元，我第一次听到这个数字时吓了一跳。在燕子窠和歧流镇，极少在人们的对话中听到以万计的数目。但是朱导说，这钱也不多，将将够我几年的学费和生活费。钱是水缸里的水，看起来多，一瓢瓢往外舀很快就舀干了。我尚未成年，还没有独自管理大笔财富的能力，这笔钱不能直接给到我，但也不能给到学校，也不能一直由电视台保管，我也没有适合的直系亲属，电视台的人为此发愁，不过有了这一笔钱，我的燃眉之急也解了。

就在节目播出之后，消失已久的杨克森的父母专程从斯城来看望我。

我的课间时间不多，只有中午饭间的半小时可以见面。我带他们参观学校。近几年学校扩招，一个班塞了八十个学生，桌子从前到后，像鱼子一样紧密排列。我站在学校门口的排行榜前，向他们解释了学校不进则退的排班规则。

杨爵参观完学校，大受震撼，义愤填膺地发表了一通对应试教育的尖锐批判，他说，变态竞争学校的存在就是泯灭人性，这里教出来的孩子不可能长出饱满的灵魂，即便这个学校的学生能在考试中胜利，那胜利也必然只是短暂的胜利。本来在一旁陪伴的学校老师默默走开，并没有反驳，或没有必要反驳。作为当事人，老师和我都明白，很多事情看上去确是如此，但又并非如此——大名鼎鼎又备受尊敬的杨爵教授可以发表居高临下的评论，认为县一中的一切都不合理，但这个学校里的所有人，从上到下，从老师到学生，都依赖甚至感激这条路径，因为这是唯一可见光明的道路。

杜丽并没有高谈阔论，她带了两个大行李箱，其中个箱子里全部是给我准备的礼物，新衣新鞋，以及一些吃的。她落了好几次眼泪,责怪我为什么一直不联系他们,也不把后来的事情告诉他们,如果他们早点知道,或许能早一些帮上一些忙。她说我太把他们当外人了。

"是自尊心在作祟。"我说。我害怕向他们求助后被随便打发。

杜丽说:"在斯城的时候我们就说过,如果你今后有什么困难,可以跟我们说,我们会尽全力帮忙。"

我说:"我只想继续读书。"

他们听完后,相视一笑,说:"其实,我们可以更进一步。"

杨爵给我讲述了他们的计划,他们已经咨询过律师——因为我的父亲去世,母亲没有行为能力,在法律上符合收养条件,他们可以收养我,带我去斯城,在那边接受更好的教育。我听完很久不说话,大脑一片空白,分不清楚是狂喜还是讶异。我以为他们顶多给我一些钱,谁知竟然给出这么一个解法来,也不知道他们为什么要对我这么好。这些天我一直走得跟跟跄跄,像卧在一片正在融化随时会破裂的冰面上,感觉自己的人生随时会溶解,名字随时会消失,堕入自己想也不敢想的暗处,好事来得和坏事一样突然,我看着空荡荡的食堂,怀疑刚才听到的一切都是幻觉。我向他们又确认了一遍,确信自己没有听错。

"是的，我们要带你去斯城。不过，有些话还是说在前面比较好，虽然我们很喜欢你，但我们也不是什么大富之家，只是有一些余力，能做的也很有限，你务必保持勤奋，考上好大学，不要松懈了，以后学费可以向我们借，可以工作之后分期偿还。"杨爵说，"我们这也是为你好，你应该明白吧。"

"杨克森知道吗，他同意吗？"我问。

"这是我们一家人的决定。他一直记得自己在燕子窠度过的那段日子，他和你的父母相处得很好，知道发生在你身上的事情后他很难过，虽然你们相处的时间只有几天，但你们交换过人生，他明白你的艰难。他对你的感情格外特别，从燕子窠回来之后，他提到过你很多次，想去燕子窠看望你们一家。他说，你一个人过活太艰难了，我们得帮你。"

杨爵说这些话的时候，杨克森的模样已经浮现在我眼前了，那副不经世事的天真模样，从小未受挫折和磨难的亮晶晶的眼睛，叫人嫉妒的被眷顾的面孔。

杜丽紧接着问："你想要跟我们走吗？"

我没有任何迟疑地点了头，这个机会，比我以前所经历过的所有机会都更好，好得像假的一样，不能不抓住。

对于突然到来的生活转折，杨爵和杜丽并没有显露出任何异样，反倒是我，忐忑惊惶，担心他们会后悔，将许诺收回。

杜丽和杨爵在县城度过了一个晚上，住在县城东边的酒店，那地方我从来没进去过，不论在哪里，明亮辉煌的灯光始终使我畏惧。第二天我带他们参观了新建的县博物馆，路上给他们详细说了说自己这段时间的经历，当然，隐去了一些细节，比如我和跛子"谈判"的事情，我觉得这些事情他们不知道为好，知道了不一定怎么想我呢。县城没出过什么名人，只有一位搞编年史的明代史学家汪顺之有点名气，他的故居在江边大道上，几年前倾塌得差不多了，县博物馆就建在汪的故居之上，旧居只保留了一个三十来平方米的庭院，庭中的枇杷树倒是高大。如果不是本地人，很少有人知道汪顺之的名字。博物馆里灯光昏暗，陈列也不多，东晋的陶罐、唐代的破碗，一直到清代妇人的银簪子，除了几幅文人互相酬和的书画，其他全是民间的日用之物。我们只花了一刻钟就看完了博物馆，又一起吃了午饭，杨爵叮嘱我一些后续的事情，搭乘下午的火车离开。

之后我默不作声地准备转学和换籍的事情，除了几位学校老师，也没有和周围任何人提起此事，担心事情最后不成，一场空梦，说出去惹人笑话。

县一中里人人都是苦熬，所以才滋生出堪称残酷的竞争，靠着他人的恩赏逃离困境，从这种竞争中脱离，走一条捷径，任谁也要问一句"凭什么"，但人人都想走捷径，如果捷径能够走通，为什么要在这乌泱泱的坑里向上攀。人们捕风捉影，特别喜欢听别人通过走捷径成功的故事，又满怀嫉妒，埋怨走捷径的不是自己。

那时候，我更像一个幸运的窃贼，偷到了不属于自己的珍宝，害怕他人觊觎。一大桩秘密放在心里，比平常更加小心。杨爵委托了当地律师帮我处理领养手续的事务，学校的事情还是我自己在跟进，我找校长开转学证明，又拿着学籍去教育局申请，这些事情烦琐，流程复杂，延宕又久，需要不断和大人们打交道，大人们都知道了我的名字和事迹，对我充满了兴致，问东问西，一旦我语塞脸红，他们就得逗一般哄堂大笑，顺手在文件上盖下一个章。

前前后后折腾了两个月，我才成为杨克森法律上的弟弟，杨爵和杜丽法律上的儿子。杨爵也办好了斯城一所私立中学的入学手续，只要我准备好，随时可以入学。作为回报，电视台和我商议，将得来的所有捐款交给杨爵和杜丽处置，那笔钱一秒钟都未曾在我手中停留，就交到了他们的手中。我离开的消息还是逐渐流传出去了，我从一些同学的眼神中捕捉到了嫉恨和羡慕，但谁也没有戳破，也没有人来询问我。

越近离别，心里反倒犹豫，反复问自己，真的选对了吗？真的要离开吗？真的值得吗？我有强烈的直觉：自己再也不会回到燕子窠和歧流镇，甚至可能再也不会回县城，我将痛失自己的过去，只留下若有若无的记忆——唯有我可以确认的记忆。壁虎断尾，再长出来的尾巴会变得细小畸形，人不也是这样？没有了父母，失去了家乡，没有了归依，是不是残缺？我眼前闪现过自己在燕子窠和歧流镇度过的十三年生涯，有无数令人眷恋的时刻，这些时刻有的与国胜、菊妹有关，有的只有我自己，有的空无一人，我的血肉是在燕子窠长成的，如今要挪向他处。我厌恶燕子窠的闭塞和一成不变，总是想要逃开，去远处，去中心，但我也得到过只有它才能给予的抚慰，无论我去到哪里，想起燕子窠，心中先拂过一阵带着山野香气的清风，而后才是它的种种不足。

没和任何人告别，也无人给我送别，在一个酷热难耐的午后，我拎着行李，从县一中宿舍走了出来，坐着三轮车去火车站。一直闷闭在学校里，我对这座小城市仍然感到陌生。大白天，陈旧脏污的街道和纷纷扬扬无人拾掇的垃圾袒露得格外明显，街上没有几个人，更没有我认识的人，烈日把一切照得发白，地面热得烫脚，蝉音冲刷耳膜。

杜丽提前打电话来，让我一个人路上小心，他们一家人会在斯城火车站等我。

我坐过两次火车，但走入车厢仍然感到巨大的陌生和不适，味道混杂，过度拥挤，旅人不自觉显露出旅的途焦灼和疲惫，我坐在靠窗的位置，扭头看窗外的风景。稻田已然是金黄色，丘陵绿得发黑，凌乱的屋舍，池塘、河流，以及极远处一道影影绰绰的山脉，可以说是秀美绮丽，又有些单调，没有什么起伏。三个小时后，火车钻过一条长长的隧道，从隧道出来后是多山的地貌，山势巍峨起来，远处一片被云雾笼罩的山顶，山势走尽，又是一片平原。车厢里，乘务员推着装盒饭的小车吆喝着走过，天黑了，窗外一团乌，除去车厢灯光偶尔照在树木上的反光，什么也看不见。到处是泡面的味道，我不饿，爬到自己的铺位上，竟在周围的嘈杂声中很快入睡。等我醒过来，透过窗户向外看，是一马平川，一条大河，我已经远离家乡，来到新的地方。

距离上一次来斯城，已经过去一年多的时间，我没想到自己能这么快回来。十一次来时，我像一只刚出栏的鸡雏，瞎走瞎看，时间还短，除了差异给我带来的震撼和落差之外，没有留下深刻的印象，这一次是要长久待下来了，我可以细细感受其中的不同。火车即将入站，铁路两边的建筑逐渐稠密高大，我并不感觉到激动和紧张，却一直能听见自己的心跳声，怦怦的，如远山擂鼓般的音点。跟着人群走出站，出口处站了我熟悉又陌生的三个人，杨爵、杜丽，以及杨克森。他比上次见面长高了许多，完全变了一个人，瘦得竹竿子一样，上衣裤子到鞋子全是白色，站在人群里像一面旗帜。杜丽穿着红色的连衣裙，杨爵穿着蓝色的polo衫。红白蓝，多么鲜艳漂亮的一家人。他们脸上的表情是兴奋和期待，也夹杂着一些说不清道不明的感情，三双眼睛亮亮地看向我。

杜丽伸开了双臂，说："Bienvenue mon fils."

我听不懂她说的是什么，大概是欢迎我的话，这是我新生的标志，明确的节点，我的心狂跳起来。我迈开步子，朝他们走过去。

2

我和杨克森一家人一共一起生活了三年。如何形容那三年呢？就像是穿着一双漂亮的新鞋走在平坦的道路上，但鞋子里面有沙粒，沙粒无时无刻不在提醒尴尬和龃龉的存在。我是闯入者，我本不应该和他们同桌吃饭，我受他们的恩赏才得以栖身。

初到斯城，这个家庭似乎没有任何阵痛地接纳了我。他们在杨克森的房间安置了一张窄床，与杨克森的并列，我被安排就读于一所新建的私立中学，学费比斯城五中还要高昂。我称杜丽为妈妈，称杨爵为爸爸。随后，我更掉了自己的姓名，仅仅是更掉了姓名，就足以从一个人变成另一个人，很长一段时间，我都为此感到不安，感觉自己背叛了什么。

下火车的第二天，杜丽和杨爵为我办了一场接风宴。一开始以为只是简单地吃一顿饭，到饭店才知道，整整一大桌客人，足有二十位宾客，全是亲戚朋友。饭吃到一半，杜丽站起身，宾客们停杯投箸，认真听她说什么。她从《遥远的生活》节目讲起，讲我和他们一家人奇特的缘分，世界上没有几个陌生人之间能建立起这样的感情。在她的讲述中，我遭遇不幸，他们适时出现，像救世主一样把我从可怜可悲中解救出来，如果不是他们，凭我自己，或许就此沉沦人海，这辈子也很难从那个小地方跳脱。她讲得很动情，数度哽咽。她说的明明是事实，但我还是感到如坐针毡，宾客们的目光不仅聚焦到杜丽，偶尔也扫到我身上。

"我有了一个新的儿子。"她骄傲地说,大家鼓起掌来。

我配合她站起来,不知道该说什么,只好深深地鞠了一躬。她把我带到每一个宾客的面前,向他们介绍我,也向我介绍他们。我记不住这些人的名字,只大概知道他们都是很体面的人,大学老师、律师、官员,或是生意做得不错的商人,我从未在我长大的地方见过这些人。宾客们向我投来怜惜又意味深长的目光——我还是没有习惯被人注视,想找个地缝钻进去,我也很明白,这顿饭的主题虽然是我,但主角不是我,大人们在意的也不是我,我只负责提供谈资。

接风宴之后,每次我们一起外出遇到熟人,或是家里来客人,杜丽都会用一种夸张得近乎卡通的口吻介绍我:"瞧瞧,这是我的二儿子!"她越是这么卖力地介绍,那些人越是清楚我和她没有什么关系,气氛也越是怪异。我尽量配合她,露出拘谨的笑容。她绝对不会当着别人的面,那么介绍杨克森:"瞧瞧,这是我的大儿子!"因为那是无须再言、毋庸置疑的事实。

大约是在我来斯城一个星期后,《群声》的朱导来看望过我——准确来说不是看望,而是洽谈事宜。在此之前,我只和她通过电话,并未见过本人。她身材高挑,穿着一件红色的衬衫,颧骨向外扩张,六边形的脸,嘴角微微向下抿，和她扁平冷漠的声音出奇一致，我想象中的她就是这副模样。她对我点了点头，之后和杜丽谈了一个多小时。朱导说，她有个尚未成形的想法，想继续跟踪拍摄我，时间跨度可以拉长，几个月甚至几年，辑成一个纪录片。这个纪录片一定会很有意思。其实，她对做电视节目的编导一点兴趣也没有，她本人是学导演出身，一直以来的愿望就是做一部自己的纪录片，但十几年来都未能实现。她说她会去台里争取项目，如果电视台不允许，她就去外面找人投资，如果找不到投资，她就自己花钱。她说她是言出必行的人，只要她想做一件事情，那就一定能做成。

杜丽并没有询问我的意见，立刻答应下来。她笑着附和说："这次多拍拍我们和这孩子的相处吧。"从始至终，我都坐在旁边，没有说话。我对继续暴露自己的生活已经完全失去兴趣，甚至有些抵触，想到黑黢黢的镜头会继续对准我，像幽灵一样追踪着我，我的皮肤竟然开始发痒。拍纪录片的事情似乎已经确定，接下来两个星期，朱导和杜丽频繁地通电话，电话一打就是三四十分钟，有时候也发生一些小的争执，大抵是关于主题到底应该是一个人的成长，还是更加复杂的家庭关系。那段时间，杜丽对我尤为热忱，热情得有点过头，目光无时无刻不落在我的身上，喜爱溢于言表。她白天很忙，夜里还是会抽出半小时来和我聊天，嘘寒问暖，她说怕我不适应城市生活，怕我思念家乡，怕我感到寂寞，怕我走不出过去的阴影。她鼓励我，要向前看，要我把她当成我真正的母亲。我对这份盛情感到无力招架，不知怎么应对。她越是热情，我越是清楚地感受到一种俯就和牵强，我们之间的感情绝对没有深厚到那种程度。

两周之后，朱导电话告知，电视台并没有通过纪录片的项目，她决定自己拿出精力和时间来跟拍，不过那样资金上就很捉襟见肘了，她需要花点时间来筹钱，她让我们等一等。一等就是三个月，其间朱导没有再出现，也没有再主动打过电话，都是杜丽打电话给她，询问纪录片拍摄筹款的事情，几次推诿之后，每个人的热乎劲儿都降下来了，大家好像明白了那个纪录片不会开拍，朱导不会再出现，口头承诺作废。怀有最大期待的杜丽并没有显示出明显的失落，她只是偶尔在饭桌上抱怨几句，"这些人的话真是信不得"。

确信纪录片不会拍摄之后，杜丽对我的态度却有一些微妙的变化，并不是说她对我就不好了，而是热情突然消退，夜里的谈话自然是没有了，她和我说话的语气也平淡下去。有一天早上，我们在客厅相遇，她手上端着一杯牛奶，就那么从我的身边擦过去，根本没有看我。一开始我还以为是无意的,后来同样的事情又发生过几次,我和杨克森同时出现,她只和杨克森说话,好像我只是一团无色无味的空气。我意识到,她在冲着我发脾气。不过这种视而不见的态度也只持续了几天,很快又变得客客气气。她是个好人,不会一直对着一个孩子抛洒怨怼,后来我在这个家里的地位近似于一个寄养的亲戚家的小孩,什么也不短,什么也不够。

杜丽是个虚荣的女人。这倒不是我的评价,而是在一次家庭纷争中,杨爵脱口而出的话。他对杜丽想拍的那个纪录片意见很大,和她大吵起来。"你太虚荣了,根本不考虑我和森森。你那么喜欢被人看来看去,应该去当电影明星。"他阴阳怪气地说,随即甩门而去。杜丽在客厅沙发上一个人坐了很久,我和杨克森当时都在家里,目睹一切,一言不发。后来我想,确实,大约没有任何一个词语能比"虚荣"更能概括杜丽其人。

杜丽在1993年写过一本书,说是书,其实只是一本薄薄的册子,书里记述了一段迄今为止她最重要的人生经历。那本书卖了几十万册,而她本人也因此名声大噪。1991年她研究生毕业,进入中国外文局翻译院,因为精通英语和西班牙语,被借调到西班牙领事馆做实习翻译,本来只是翻译一些无关紧要的文件,偶然的际遇,做了某位大人物的翻译，后来又作为随从去了联合国，参与了一次重要的谈判，在电视里露了脸。她那时候青春而美丽，一头利落的黑色短发，穿着黑色西装，系夸张艳丽的红色领巾，坐在大人物的身边，仅是惊鸿一瞥，就被人深深记住。接下来几个月里，她的名字和照片在各家报纸频繁出现，人们称她为"最美翻译官"，风头出尽。1993年的时候，她趁热打铁出版了自传，详细讲了她是如何靠着个人努力，从一无所知的诸暨乡下女孩成为翻译官的过程，书名《骄阳》。《骄阳》一直摆在客厅最醒目的位置，封面是一个凹凸有致的女人剪影。和这本书摆在一起的是她年轻时的一张照片，她挽着大人物，小心翼翼地笑。

《骄阳》我读过好几遍，第一次读的时候我对杜丽崇拜到五体投地，佩服她一个年轻女孩能跑到那么远的地方去，做成那么大的事情，能结识那样的人，真是了不起。第二次再读，却有另一番感受。她写到她和另一个同学一起被使馆借去做翻译，每天对着那些枯燥无聊的官方文件令她备感痛苦，又不得不做，她讨厌做幕后工作，觉得翻译是无聊且不见天日的苦差，一度想要下海从商，当时她的同学中已经有人放弃公职做生意，但当时整个社会认为翻译院的工作远比从商体面，老家很多人羡慕她，她也不想丢了体面，在两种选择之间徘徊了一年。直至她被指定为大人物的随行翻译,见到她的时候,大人物夸赞她年轻有为,夸赞她漂亮,她跟在他的身后,见到了另一些大人物,他们和她握手,亲切地称呼她为"小杜",她紧紧挨在大人物的旁边,小心地传递话语。大人物每次向她微微偏过头来,认真听她嘴里吐出的字儿,她都能感觉到自己工作的体面和荣光。

她在书里面写到自己在明亮开阔的会堂里,"要知道这个场合里来的都是些什么人,本来微不足道的我被放到和他们近乎一样的位置,每个人说的每句话都很重要,必须谨慎地选择、精准地传达。我虽然带着'初生牛犊不怕虎'的勇气,但毕竟经验不足,害怕犯错,有时候甚至脑中一片空白,但是只要一看到下面乌泱泱的人,看到记者同志们举起的相机,我浑身像通了电一样,充满力气,口译也变得更加流利。这是我一项特殊的能力,只要进入到人多或者正式的场合,站在舞台的中央,我的表现一定会比我预想的更加出色。我在日常生活中也训练自己,想象其他人正在关注着我,时刻高标准高要求,只有这样才能做好"。她后来随团去了联合国,作为翻译的一员,几乎没有发挥作用。在书中,她是一个万人迷,在联合国短短儿天的时间里,就有两个男人为她倾倒,其中一个美国土生土长的华人甚至向她求了婚。她又认为文化不同立场不同,做不了恋人，拒绝了他们的求爱，带着遗憾回到了国内。这个故事如果是真的，那她的魅力真的无可阻挡，但后来看来，更有可能是她编造出来的。

不过杜丽在1994年离开了翻译院，不是辞职，而是被辞退，她转而去做了大学老师。当年她被人哄骗着写了《骄阳》，只拿了一笔一次性的一百元的稿费，书虽然大卖，版税却和她一点关系也没有。之后她结婚生子，翻译过几本书，每本书都会带一篇译后记，译后记里一定会记一笔她当时给大人物做随身翻译的历史，她毫不避讳地说，自己怀念那时的荣光，和大人物共处的几天，只要回想起来，身体都会禁不住轻微发抖。哪怕日后获得了许多成就，但在她看来，也没有一项可比那项，如果可以，她希望时间停留在那几天。她喜欢荣誉，喜欢万众瞩目，喜欢被人羡慕。

我的养母是个自我要求严格的人，无论坐着还是站着，身形都非常板正，背挺得笔直，优雅却也有一种僵硬感。她每天遵循着一套早睡早起的作息，几十年如一日地保持瘦削的身材，读书锻炼工作，章法井然。她对自我的要求外溢，辐射了整个家庭，所以也看不得别人懈怠。我很快就发现了，她在这个家里掌控全局，说一不二。家里的大事——大到认养一个儿子，小事——小到晚餐吃什么，都是她做决定,其他人只能服从。她在学校事务之外,又与人合伙开了一个翻译公司,接一些商务翻译的工作,不仅要忙学校的事情、翻译公司的事务,也操持家里几口人的生活,人像陀螺一样飞起来,保持高速运转,我们也被她的旋风带动起来。她能干而劳碌,精力旺盛,几乎不休息,但很少显露疲惫,任何时候见到她,她都神采奕奕,与之相对的是杨爵和杨克森随时随地流露出的漫不经心。这个家是靠女人撑起来的。

我刚到斯城的前两个月,杜丽一直致力于纠正我的一些行为习惯,她为此付出了巨大的心力和时间,就像把一根曲木扳直那么费劲,不仅她累,我在这个过程中同样备受煎熬。我说话有中部口音,平翘舌和前后鼻音不分,有不恰当的重音和尾音,语速慢;紧张的时候咬指甲,走路脚掌外扣,驼背;头发发黄,皮肤粗糙;拿筷子的方式不对,吃饭的时候吧唧嘴;表情呆滞,经常叹气……这些都是她找出的问题,需要逐一订正。有些行为完全是下意识,比如驼背和叹气,她不指出来,我根本意识不到,有些则是长久以来的生活习惯导致,而这些都是过去的印记。在县城、歧流镇和燕子窝,到处是歪瓜裂枣样的人,驼背和脚掌外扣不能称之为毛病,皮肤粗黑又算什么,没有人在意。但只要和杜丽一起,她就会对我百般挑剔,时时发出提醒，"不要叹气""别咬指甲""把背扳直"。她带我去医院看皮肤科医生，开出一堆药膏，要把我脸上一些细小痤疮抹平。所有的毛病里，她对口音最为介意，每次我普通话没说标准，她一定会郑重地纠正我，搞得我在她面前说句话都要犹豫半天，生怕出错。种种挑剔，大大挫伤了我本已微薄的自尊心。在她面前，我很难放松，必须自我警醒，畏畏缩缩。她当然不会厉声责怪，我也害怕让她失望，但身体内部似乎充斥着一股阻力，对她的改造不屑一顾，所以屡教不改，为什么就是改不掉，我也暗自懊悔。

她说她是为我好，现在我是她的儿子了，不再是什么寨什么镇来的野小子，绝对不可以再像以前那么"粗俗"。"粗俗"这个词挫伤了我的自尊，但我明白她的意思，也理解她的好心，口音和语言是马脚，最容易看出一个人的出身，她想把我变成他们阵营的人，变成她真正的儿子——我很奇怪她竟然真的有这个意愿，我以为她对我并没有那么在意。很多年后我才明白，她只是无法忍受眼前有一个行为举止和他们那么格格不入的人，就像屋子里有一件完全不符合品味的家具，要么改造它，要么扔掉它。

我带了一些行李过来，里面有衣服、几本书，还有国胜和菊妹的两件物品——一根骨笛和一枚银戒指，本想留着做个念想，但杜丽不让那些行李进门，她说那些衣服上有一股苦咸味，又或许有虫卵，必须留在门外。我想留着那几本书，尤其是《德伯家的苔丝》，它对我有纪念意义，杜丽说，这本书家里有好几个版本，不必留了。我只能取出骨笛和银戒指，其他东西全部丢掉。

我怕骨笛和银戒指拿来带去地弄丢了，干脆放进书架底层的抽屉，我观察过，里面放的东西主要是一些无用的杂物，比如用剩的螺丝、图钉和胶带，他们很少会打开那几个抽屉。两个星期之后，我打开抽屉，却没有看到骨笛和银戒指，我担心自己记错了放东西的位置，把那几个抽屉翻来覆去找了很多遍，但它们就是消失了。有人拿走了它们。晚饭的时候，我惴惴不安地问起此事。

我说："我放在抽屉里的两个东西不见了。"

杨爵问："什么东西？"

我说："一根骨笛和一枚银戒指。你们有人看见吗？"

杨克森问："大概什么样子？吃完饭我们一起帮你找。"

我描述起来："笛子大概这么长，银戒指……"

杜丽说："没有。"她口气坚决，我立刻知道是她拿走了它们，但她不会承认，"以后东西不要乱放，你再找找吧"。

第二天，我醒过来，在原来的抽屉里找到了那两样东西，拿走它们的人，又好心地把它们还了回来。我拾起它

177

们来端详，笛子上贯穿着一道长长的黑色裂纹，再不能吹出响声，银戒指上的錾花已经磨花，看不出原本的花样。两样东西就像土里刚刨挖出来的垃圾，与这个家格格不入，只是两样来自过去的印记，泛着土腥，已经没有任何现实用处，也无美感。我把它们拿到厨房，丢进了垃圾桶，和残羹冷炙混在一起。晚上，躺在床上，我意识到自己从燕子窠带来的一切都已失落，我从此再没有来自过去的寄托。过去并没有什么好的，抛弃也并不可惜，我就是为了丢掉过去才来到这里，但这样突然的告别让我感到失落，就像被什么东西粗暴地斩为两截，以前和现在，有着清晰的断口。

事后，杨爵过来安慰过我，帮我一起找过那两样东西，他并不知道骨笛和银戒指已经被我丢掉，不可能找到，但是我们找出了其他遗忘之物——放在顶层橱柜里的一大篓子儿童益智玩具、两本杨克森小时候的相片集。我们一起翻看了那两本相片集，每一本集子里至少夹了两百张照片，照片旁边有钢笔标注的日期和拍照地点。从出生到十岁，杨克森成长的一点一滴全被记录下来了，从红皮婴儿，到十岁早熟的男孩，中间没有中断过。每一张照片是一个小小的锚点，把他的过往连缀起来，变成一条连贯的河流。每一年生日，每一次新体验，春、夏、秋、冬，家、公园、学校、动物园、欢笑或是哭泣、尴尬或是得意，都被记录下来，似乎他过往的每个瞬间都值得被铭记。照片好像能够增加一个人生于世的重量，一个人的照片越多，他越重要，过去越不容易失掉。有这么多照片的杨克森，就像一个需要被人记住的伟人。

我看到一张杨克森和老虎的合影，真老虎，他把手搭在老虎的额头上，脸朝着镜头嗷嗷大哭，照片一侧用钢笔楷书写着"1999年5月7日　摄于动物园"。还有一张，杨克森在冬季湖面上溜冰，摔得四仰八叉，旁边的小字上写着"2000年元旦　摄于北京颐和园"。我试图在心里调出同一天的记忆，1999年5月7日和2000年元旦，我在做什么呢？一点也想不起来，全忘了，一点影子也没留。令人发笑的照片有很多张，杨爵偶尔会拈起某张照片，给我讲当时发生的事，那些事情本也没什么滋味，经他讲述，再加上照片，登时妙趣横生。他突然想起什么，起身去卧室里拿了个东西放到我的手上。一台旧照相机，有些压手，虽然经年不用了，但机身上的金属光泽并没有完全褪去，镜头透着锐光。我端详它，不敢乱拨按钮，怕弄坏。

杨爵说："以前我每年要用掉五十卷胶卷，一卷胶卷可以拍三十五张，你自己算一下，一年我要拍多少张照片。"

一千七百五十张，我在心里算出来，然后咋了一下舌，说:"只拍家人吗?"

"只拍杨克森。"

"现在为什么不拍了?"

他笑着说:"小孩长大以后变无趣了,渐渐不拍了,这几年也比较忙。现在已经流行数码相机了,胶片相机很快会消失。"

我说:"我没有照片。"

他感到吃惊:"一张也没有吗?"

"相机在我们那里一直是稀罕物,只有照相馆有。小学毕业照或许算,但那是大合影,又被我弄丢了。个人照,我没有,我的父母也没有。"我想了想,补充了一句,"一张也没有。"

杨爵拿起相机,说:"来,我给你拍一张。"他打开快门,让我坐在沙发上,我不知道该摆什么姿势,干脆端坐着直面镜头,然后听到一声非常轻微沉闷的啪的声音,好像机器里有什么东西断掉了。

杨爵摸了摸相机,抱歉地说:"哎呀,没有胶卷了,只能下次再拍。"他放下相机,说还有工作要忙,把我一个人留在客厅,我知道他很快会把这事儿忘在脑后,不会再想起。杨爵和杜丽不一样,他无意和我建立更深的联系,反正我不会在这个家里久留,他只要尽到应尽的义务就好,我也只要尽到我的义务，不给他们添麻烦。正因为这层无须戳破的思量，我和杨爵的关系反倒最自然。他对我没有过多的关注，也没有多余的期待，不会急于纠正，就像老师对待资质平庸的学生。

杨爵比杜丽更喜欢待在学校，或许也更喜欢教书，他三不五时邀请不同的学生来家里聊天。有时候他会邀请我和杨克森加入，杨克森一般会直接拒绝，我却不能拒绝，硬着头皮也要坐过去，以养子的身份听他们高谈阔论，一两个小时之后才能脱身。在客厅里，学生们围坐在他的身边，不着边际地聊些时政、未来畅想，时而低语，时而发出轰鸣般的笑声，而杨教授就坐在他们的中间，眯起眼睛，脸上露出慈爱的微笑。他虽然说得不多，但是掌控着谈话的方向，如果话题过火，他会及时刹车，或者谁说的太多了，他就不动声色地叫那人闭嘴。学生如果有什么生活、学业乃至感情上的困扰，他都会很热心点拨，为他们解答疑惑，如果学生们生活上碰到困难，他也会施以援手。学生们爱戴他，也追随他，他在学校威望很高，一呼百应，名声远远盖过杜丽。他待在学校的时间要远远长于在家的时间，如果仔细计算，三年里，我和他真正相处的时间很少，少到并不可能真正互相了解。

我第一次见到杨爵时，他就梳着背头，油光可鉴，两鬓花白，脸刮得干干净净，衬衫下摆仔细地扎进裤腰里，已经是个威严而温和的中年人。后来他一直维持着这个形象，十几年间没有什么变化。但我在照片里看过他更年轻时候的样子。二十岁左右时他四肢瘦长，留着半长不长的鬈发，穿着喇叭裤和花衬衫，俨然一个叛逆的街头青年，八十年代他就已经在欧洲留学了，他在欧陆四处旅行，留下过不少桀骜不驯的照片。据说他以前是颇喜欢音乐的，给报纸写过几年古典音乐的专栏，也投身过摄影，不过后来全都不了了之，全心全意地做他的大学老师了。从那时的样子，到后来的样子，究竟因什么而转变，我不得而知。

而杨克森，我名义上和法律上的哥哥，我们重逢之时，他已经被斯城科大少年班提前录取，只等新学期开学便去读大学。他被证实是一个禀赋异常的人，这让我敬畏，总觉得再跟他说小时候的事情，会让自己显得很蠢。一开始，我以为杨克森会介意我的到来，因为我夺走了一些养父母对他的关注，侵犯了他的领地，面对他我尽量小心翼翼，但我很快发现他的心思根本不在我身上，也完全不把我当对手。他变得比以前骄傲了，但那是聪明人特有的骄傲，并不盛气凌人。在房间里，他大大方方地划了一块地方给我，我自觉地遵循一道看不见的界限，对杨克森的态度甚至有些谄媚，我们相处得不错，虽然算不上亲密无间，但也没有过一次争吵。

只有走入其中,才能发现这个家庭死气沉沉,貌合神离,人和人之间存在巨大的缝隙。我一直没有真正地融入这个家庭,但找了自己的容身之处:我是流体,在孔隙之间流动;我也隐身,只在该出现的时候出现;我还是一只静默的甲虫,附着在墙壁上,不动声色地观察。

坦白来说,除去一些小小的膈应——有朝一日,应该也能忽略——斯城的生活是我很喜欢的,尤其是每周六的"family date",家庭日。这个"family date"是杜丽专门为杨克森设立的,为的是把每天神游天外的儿子拉回地面。进入青春期后,杨克森表现得越来越孤僻,在家的时间基本待在自己的房间里,上网,或者捣鼓他的那些实验,但是他还是会遵从杜丽的意愿,周六下午,不情愿地和家人聚在一起,磋磨掉好几个小时。

当日下午一家人不可以有别的安排,要晚上出去吃一顿饭,一起看一场电影。这些对我是新奇的体验,我此前不知道人和人之间的关系需要用仪式固定下来。我喜欢跟他们一起去餐厅吃饭,我们总是去家附近的一家意大利家庭餐厅,餐厅装点得颇有些异域风情,墙壁上一边挂满了花花绿绿的盘子,另一边则镶嵌了整面的镜子,桌椅也是专门从意大利空运过来的,我在那里真正学会了用刀叉,不会再有让食物飞出餐盘的囧态。餐厅的主人是一对早年来中国做生意的意大利夫妻,会说一口流利的中文,但杜丽和杨爵会对他们说意大利语,用意大利语熟练地点菜。这个画面常常让我感到惊愕,继而生出梦幻之感,仿佛眼前一切是一击即碎的假象。就在一个月前,我还在苦挨日子,现在却成了教授们的儿子,和他们坐在一家外国人开的餐厅里安静地等待晚餐上桌。

我也很喜欢晚饭之后的环节,看电影,杨爵选片子,一般是英美的老片子,音像店租来的影碟,《音乐之声》《西雅图夜未眠》《电子情书》什么的,杜丽郑重地取出她在伦敦买回来的茶杯茶壶,一家人坐在沙发里,一边喝茶一边观影,男女接吻亲热的镜头他们也不避讳,杨爵说,这些都是爱的教育,人不应该忌讳爱。在此之前,我只完整地看过一场电影,县里面搞"文艺下乡",在歧流镇中心放过一次露天电影,放的是《追捕》,具体内容已经遗忘,只记得有男人和女人抱在一起骑马的镜头,身边人眼睛看得冒火。两个小时的时间总是过得很快,心被电影中的人物命运紧紧攫住,已经硬化的部分也会重新变得柔软,跟着故事里的人同喜同悲。电影结束,不管是喜剧还是悲剧,结局是好是坏,我总是会感到微微的遗憾。这世上还有比这更好的东西吗?我想不出来。

来斯城三天之后，我就在养父母的陪同下去新学校报到。私立学校位于斯城北部的郊区，分初中部和高中部，高中部专门为没有考上重点高中又追求教学质量的学生而准备，学费不便宜。学校新建不久，一应设施崭新，新的教学楼、实验楼、体育馆，新浇筑的塑胶跑道，宽敞的宿舍楼，每间宿舍十五平方米，有独立卫生间，只住两个人。这条件与县一中的宿舍相比，显得"豪华"和"奢侈"，我甚至觉得自己不配住在这里。

在寄宿学校度过的第一个月非常难熬。全方位的难熬。倒不完全是陌生环境带来的生疏和隔阂，这些我早已习惯，难熬的地方在于这个学校是一所真正的实验学校，奉行松散自由的教育方式。初中下午四点放学，高一高二的学生不用上晚自习，高三的学生也只需要在最后三个月上晚自习。我就读一段时间后才知道，这个学校大多数学生的家境比斯城五中的还要优越，除了升学之外，他们中相当一部分会选择出国留学。为此，学校每个年级有两个国际班，国际班的学生除去语文课之外，全用英语授课。当然，这个班的学费也是另外的价格。学校除了门口竖着"信德广义"的校训，也没有四处招贴的鞭子般的冷硬标语，老师们会对着学生们微笑，一切都如同新浇筑的彩虹塑胶跑道一样温柔和煦。

县一中会把学生所有的时间都拿走，那样我们可以不用有任何多余的想法，也不用生喜怒哀乐，只要成为目的单纯、不会走岔路的人，只有一个目标，一切行为只为这个目标，人生也变得单一。换言之，纯粹，省去摇摆不定的麻烦。从初中开始，县一中的人已经开始紧迫地追赶进度，不仅要跟别人赛跑，还要跟无形的时间赛跑；到了高中，变本加厉，要在一年半的时间学完三年的内容，用剩下的一年半翻来覆去地复习，在无数次复习的过程中，所有能称作新知的事物都会变成馊臭的隔夜饭，难以下咽却不得不咽。早上睁开眼睛，就被紧迫感催逼着起床，然后想象无数个散落全省各地的竞争对手，人有数十万之众，但船只有一艘，无时无刻不在担心自己挤不上船。每天早晨被紧迫感唤醒，晚上又带着紧迫感入睡，紧迫感变成身体记忆，精神和肉体都无法剔除的一部分。我特别喜欢县一中每个月的放榜日，人被一种明确的标准排好序列，上升或下降，悲喜只有这一个原因，其他事物都无法带来这种沉重的活着的感觉。

县一中的强度与难度和这边完全不是一回事儿，相比之下，新学校太散漫了，散漫得令人无所适从。

新学校没有晚课，四点放学之后，时间都是自己的，大把的空余时间如同恩赐，也像空白，学校的老师组织了二三十个兴趣小组，天文、地理、文学自然无所不包，可以根据自己的喜好参加，一个人最多可以加入两个小组。我的同学们都各有事情做，或什么也不做，但我就像是骤然从监狱放出来的囚徒，面对自由直接发蒙，在紧迫感的催化下，又觉得自己在挥霍时间，因此十分焦虑，总想着做点什么填满时间，又不知做什么。教学楼晚上十一点之后会上锁，图书馆也开到十一点钟，但这两个地方只有稀稀拉拉的人。这可是个寄宿学校，其他人都去哪里了，我感到困惑。夜间我一般在图书馆度过，做几张卷子，或是温习功课，课业相对简单，也没有什么可温习，我坐在那里，也只是为了打发时间，这就让我回想起以前，在县一中的时候我们看起来那么忙碌着急，一副拼尽全力的样子，但也没有什么实际的效果。

图书馆是整个学校最漂亮的建筑，近乎奢侈，有欧式长廊和彩色玻璃大吊灯，大厅里整齐摆放五百张用以自习和阅读的小桌子，但很少坐满——据说是模仿某所知名大学的图书馆。我在图书馆的书架之间见到过好几对接吻的情侣，其中甚至有我的同班同学，一开始我颇感惊诧，后来见怪不怪。夜里九十点钟，一天应该结束，我无所事事，却总是心潮起伏，从宿舍楼偷偷跑出去，在校园里游荡。体育馆里总是灯火通明，时时去，时时有人在打球，他们发现我之后,招呼我和他们一起,我跑开了。长这么大,我还没有怎么摸过篮球,不止篮球,足球、排球、羽毛球统统没有碰过。不知道从什么时候开始,我再没有全心全意地玩耍过,脑子里总是装满忧虑,任何时刻都不得轻松。

我的班主任是英语老师,前年才从英国留学回来,梳大背头,喜穿衬衫和棕色皮鞋,嗓音低沉,英语发音优美,很难想象他只在英国待了一年,让人不禁好奇,英国的水土里是有什么脱胎换骨的魔药。

他对工作铆足了劲儿,上课也别出心裁,课前会读一小段诗,时常批评教材,动不动给我们发一些他认为可以做教材的短文,并要求我们全文背诵。他也叫我们每周排一出十几分钟的短剧,抽一节课给我们演出。他的课上总是闹哄哄的,气氛浓烈,女孩子对他怀有情愫,男孩子跟他称兄道弟。大家都为他着迷,我却觉得他很做作,装腔作势。

我让他感到头疼,因为我在县一中学的完全是哑巴英语——这一点从未改善,能听能写能阅读,但一开口就叫他们笑掉大牙,所以我不说,也不参加他组织的任何活动。我躲在角落,像老鼠一样看着其他人热火朝天,无法融入。

来这个学校后不久,班主任和我有过一次长谈,他让我放学之后去他的办公室。

"我看过那个节目,在电视上见过你。"他给我倒了一杯水,"你能来这个学校读书,过程真是不可思议,你的运气是全世界数一数二的。"

"是吗?"我说,"我觉得我是个很倒霉的人。"

"这个学校很难进,不是有钱就可以,你的养父母托了关系才把你送进来,学校也对你放宽了条件。两年前,你能想象自己会站在这里吗?"他说。

"我不知道。"

"你看起来总是很紧张,也不合群。"

他没说错,我把我的困扰告诉了他。我被在县一中养成的紧迫感驱动着,感觉自己在这里是浪费时间,还有那个萦绕在脑中的幻象:无数蚂蚁沿着一条细细的白线向上攀缘,如果不向上就会被踩下去,跌入漩涡,被急流冲走。

班主任耐心地听我说完,脸上露出嘲弄的表情,他说:"你还没有搞清楚状况,你现在的处境,和以前相比,已经完全变了。这里的规则和县一中的不一样,就算是你想考斯大,难度也比以前小很多。换句话说,你从一条遍布荆棘的赛道来到一条更加平坦开阔的赛道,这里以前是别人的赛道,现在也是你的。"

我摇摇头,又点点头,不确定,我仍然觉得自己只是窃据,并不拥有,且不配拥有,随时可能失去。

"我老家在湖南沅陵,你听过那个地方吗?"

"没有。"

"也是一座很小的城市。我从小城市到大城市，又出了国，父母是下岗的纺织工人，四处借钱供我读书，我自费留学，父母为此几乎倾其所有。我历经你说的向上攀缘的全过程，明白你的感受。"他说，"很多人会告诉你，磋磨是有益的，你从小也会背诵'天将降大任于是人也，必先苦其心志，劳其筋骨'，好像磨难对一个人的长成来说十分必要，但不是的，那些东西除了损害你没有任何益处。被摧残就是被摧残，没有什么背后的用意和道理。那些磋磨造成的损害，以后必定要花上很多年的时间来修补和复原。不管你承不承认，你是真的幸运，来到了斯城，来到这个学校，你和你县一中的同学已经不在一条起跑线上，跑道上的风阻也不一样。有一句古话，'飘茵落溷'，说的是人生下来像是同开一树的花朵，随风飘落，有的落在草席上，有的落在臭水沟里。你抬起眼睛，看看四周，看看别人，再看看自己，你还不明白吗？"

"明白了。"我说。

"学着心安理得吧。"

他指示我喝完杯子里的水，让我走出去。

直到好几个月之后，我才真正回过神来，今日之我已非昨日之我，但这样的变化和我本人几乎没有关系，仅仅因为有人向我伸出了手,轻轻地弹拨了一下我,让我从县城来到斯城,然后我从一个溺水之人,摇身一变,变成了可以站在岸上指指点点的人。我试图慢慢卸掉那股子把人压得喘不过气来的紧迫感,不再有追赶时间的力竭之感,只保留一丁点儿,不让心里的弦完全松掉。

以前我经常觉得自己枯瘪,身体除了空空的皮囊,里面的一切汁水都被压榨干净,感受总是很稀薄,没有什么情绪,现在它们又慢慢地复苏了。每周五,我独自乘坐公交车回家。从北郊回城中的公交路线会经过一片蓊郁的山林,山林中羽杉众多,树上又寄生着各种斗槲,绿意深深浅浅,穿出山林再沿湖行驶数公里,穿过高楼密集的城中心,一路风景宜人。我很喜欢这条路线,经行时感觉自己置身其中,而非隔绝在外,我对斯城多了许多亲近。从新学校平移到新家,再从新家平移回新学校,对我而言,其中并没有落差或是困顿,只是从一种好生活进入另一种好生活,这已是真实。

3

有一段时间我一直穿杨克森的旧衣服,说是旧衣,其实也有九成新，和新衣服差不多，因为他身高蹿得太快，一件衣服没穿几次就不合身，丢了又怪可惜的，杜丽就给我穿了。十五岁那年，他已经长到一米八，长手长脚，比我高了近一个头。我不是那么讲究穿着的人，何况他的任意一件衣服，都比我以前的衣服好，只是那些衣服对我而言太宽大，把我裹在里面，显得人窝窝囊囊。跟身高一起长开的还有他的五官，眼大而眉浓，鼻梁高挺，又从杜丽那里继承来两瓣薄而锐的嘴唇，他走到街上，频频有人回头看他，难怪当年就有人想找他拍电影。可想而知，和这样的人站在一起，我多么像一个拙劣的赝品。

杜丽读过许多儿童教育的书，在国外时，她一大爱好就是收集儿童教育的理论书，带回国内，不过她并不翻译这些书，只是阅读，并孜孜不倦地在杨克森身上实施。她好像一直处于一种不切实际的忧虑之中，担心杨克森以后变成不健全的科学怪人：只会扎在实验室里，其他的什么都不会。所以她想方设法地把杨克森从家里扔出去，扔到这个夏令营那个冬令营，叫他到人群中去，或是荒郊野外去，去见见世面，吃吃苦头。她也怕他体格孱弱，长势停顿，所以每天督促他喝牛奶、跳绳、跑步。她又怕他过度沉溺学习变得无趣，所以给他安排各种短期兴趣班。她怕他太循规蹈矩，又怕他离经叛道，想要让他接受历练，又怕他真的一蹶不振。她似乎想要把他塑造成一个完美的人，给他铺设完美的人生。而杨克森确实按照她的期待长大了，不仅优异，而且相貌出众，一看就是精心培育的人，像养得特别细致的盆栽，每一片叶子都反照着绿油油的光，没有一片枯叶、一个虫眼，看一眼就心生艳羡。有时候我看着他，心里也会涌起奇怪的怜爱，想着，竟有这么漂亮的人，而这种漂亮底下又有说不清道不明的空洞和脆弱。

对于母亲的安排，杨克森全盘接受，哪怕有些事情他一点也不感兴趣，有些地方他一点也不想去。我从来没有从他那里听过一句怨言，他也很少在杜丽面前表露真实的想法，如同他的舌头已经失去了说"不"的能力。如果两个人在某件事情上产生了一点分歧，杜丽会条分缕析地说起利弊，口气一点也不咄咄逼人，又不容置疑，她用这种方式，让人干脆地闭嘴。杨克森和杜丽的关系亲密得让人起鸡皮疙瘩。他们经常一起坐在沙发上，杨克森轻轻倒下去，把头枕在杜丽的膝盖上，杜丽不住地轻抚他的额头和头发，两个人咕哝说着小话。如果此时阳光穿过窗户，就会在他们的头顶搓出一团柔和的光晕。杜丽低下头去，亲吻杨克森的额头和鼻子。我好几次撞见过这个画面，奇怪的是我并不感觉到温情脉脉，反而会感到一阵肉麻。

杜丽说过，她最引以为傲的作品不是别的，而是杨克森，杨克森的成功就是她的成功。她已经着手在写一本关于家庭教育的书，里面会详细记述她抚育杨克森的经历，她如何从国内外的教育理论中博采众长，杂糅成自己的一套，从胎教开始，到一至三岁的口欲期，四至八岁的人格塑造期，一直到十六岁基本定型，每个阶段，她都对应一套方法。她的野心是，读者只要看了那本书，按照那本书上的方法贯彻执行，就可以养出杨克森那样的孩子。她在很多不同的场合讲过这本未完之书，当别人问起她的进度时，她又躲躲闪闪地说，在写了，只是时间问题，她需要字斟句酌。

杨克森对他母亲要把他写进书里这事儿已经麻了。他对我说，就算这本书真的写完了，他也一页都不会翻开。我将一切看在眼里，甚至觉得，杨克森的脑内世界其实是一种自保，他躲进小实验室，也是为了躲开母亲无孔不入的关注，求一小片自己的天。我的到来反倒帮了他大忙，为他分担了一些"火力"。杜丽的注意力确实放了一部分到我身上，她一直想把我从一个粗制滥造的货色变成一个勉强合格的人。因为这一层，我很快变成了和杨克森同一阵营的伙伴。

在杜丽和杨爵面前，杨克森大体是个乖巧懂事的人，只是好，招人喜欢，但说不上有什么性格。他也有不向父母显露的一面，就像是花盆里面的野草，无时无刻不在生长。我怀疑杜丽从来就不知道他的那一面，就算是看见了，她也不会相信。

有一次周五从学校回来，天已经黑了，正要上楼，我看见杨克森蹲在角落里，手里夹着一根烟。他也看见我，做了一个嘘声的动作。我走过去，和他蹲在一起。我竟然不知道他抽烟，那时候太小，觉得只有在外混迹的小混混才手指夹烟充大人，杨克森是好好学生，不知道是从哪里学会的抽烟。他很熟练地大啜了一口，吐出一大团烟雾，神色落寞地踩灭了烟，从口袋里掏出一瓶口气清新剂，往衣服上喷，往嘴里喷。

他对我说："不要告诉我爸妈。"

"好的。"我说。我们一起上了楼，当作什么也没有发生。

此事之后，他又向我展示了他的一些收藏，包括几本色情杂志，一大摞漫画书，他一直将它们藏在自己的小实验室里，但我不知道他具体放在哪里。那些都是杜丽不允许我们看的东西——她没有明令禁止过，但我们就是知道她不会让看。色情杂志已经翻到卷边了，打开的刹那，真有大开眼界的感觉。在此之前，女人的身体是无法解开的谜团，充斥着暧昧而不可深入的迷雾。他也给我展示了一

195

个网站，链接跳转很久，网速奇慢无比，屏幕本来一直黑着，随着网页一点点加载出来，两个一丝不挂的女人出现在我的面前。他拖动鼠标向下滑动网页，点开了一个视频。我们坐在一起，紧盯着屏幕，无言地从头看到尾。我看到一个女人和一个男人像两条蛇一样缠在一起，白花花的肉像浪一样翻涌，一切行为是湿润的污浊的，热腾腾臭烘烘的。我有点眩晕，想吐，同时头脑中那团白雾突然被拨开。电影总是演到亲吻，那之后的事情，真正属于成人的事情却要从成人影片才看得完全，我好像朝着成年人迈出了一大步。杨克森扭过头来，眨巴眼睛，用一种促狭的眼神看向我，他说："现在，我们是共犯了。"

共犯一起撒过一些大小谎言。每周日下午我和杨克森获准在外面闲逛，我们一般对杜丽说是去书城看书，或是去哪里打球，实际上都是去电影院、音像店，偶尔也去电玩城，去这些地方需要钱，我们又一起编造各种理由向父母要钱。

电玩城里全是我们这样半大不大的少年，声浪能把耳膜震裂，墙上是五光十色的灯，游戏机整齐排列，屏幕上的光反照得人脸斑驳，空气中总是飘着一股香甜污浊的烧煳味儿。以前镇上和县城也有游戏厅，几台旧游戏机往那儿一摆，周围十岁出头的少年便像苍蝇一样叮过来。我不喜欢电玩城，太吵闹太嘈杂，光线驳乱，但杨克森喜欢骑极速摩托，每次去都要骑半个小时，我就在一旁陪着他。他把车速开到最大，在汽车洪流中闪躲腾挪，大部分时候他会抵达终点，偶尔会翻车。他说，自己以后赚钱了，第一件事是给自己买一辆红色铃木摩托车，去新疆空旷无人的公路上骑上两个月。

"听起来很危险。"我说。

"死在那里也没有关系。"他说。不是开玩笑。

去斯城科技大学报到之前，杜丽帮杨克森报了一个网球特训营，场地在离家两三公里的地方。一周三次，傍晚太阳落山，杨克森骑自行车去场地打球。周日我会陪他一起去，坐在场外的长椅上看他挥舞球拍。平常觉得他体格瘦弱，但等他舒展双臂，才能看清，他的肌肉结实紧密，动作协调优美，略略沉着腰在球场上左右移动的样子，像鹿或麂之类的动物，但他球打得极差，每每被比他年纪更小的孩子虐分。训练过程无趣，发球练习和挥拍练习重复千百次，但我能坐着一动不动地看上两个小时。等他训练结束，我骑着自行车载他回家。

有一次训练结束，杨克森在椅子上待了很久，头低低地沉着，一言不发。

我走近了，才听到他一直低低地念叨："好累，好累，好累。"

我说："累了就回家吧。"

"不想回家。"他又说，"也不想打网球。"他猛地站起来，用了十足的力气，把球拍摔在了地上。球拍摔烂了，他又上前踩了一脚，几百块的球拍立刻报废，变为无用的垃圾。

我们没有骑车回去，而是一路走回家，靠着步行一点点泄掉怒气。打网球是杜丽的主意，她自作主张地报了名，之后才对杨克森说出这项安排。其实，她对网球也一无所知，只是之前去欧洲出差，受邀去看了几场网球比赛，她认定这是一项高雅的运动，她需要她的儿子会打网球，正好杨克森在入学前空出了一大块时间，她跑去最近的俱乐部为他报了名。只需要花一些钱和几个月的时间，就能得到一个会打网球的儿子，又很值得夸耀。"她就是这么想的。"杨克森说。

"要不去告诉她你的想法吧。"我说。

"说不出口，就好像有人捂着我的嘴不让我说。"他说。

"我明白。"我说，"有时候她让我改这改那的，我也很不情愿，但还是不想让她失望。"

他忽然下定决心，说："这次我一定要说了，我要告诉她，我讨厌打网球。"

但到了家，杜丽问球拍怎么烂了，杨克森却说，不小心摔了一跤，把拍子摔坏了。杜丽说，还好有备用拍，让他以后用拍子小心一点。杨克森唯唯诺诺地应下来，筋疲力尽地回到房间，第二天，仍然老老实实地去打了球。坚持了三个月之久，直至开学前才得以解脱。

暑假即将结束，杜丽为我和杨克森安排了一场旅行，去敦煌。她原本要跟我们同行，临出发前，有事耽误，只能留在斯城。她说，不想惯着孩子，没给我们买飞机票，让我们坐火车到兰州，再从兰州转车，旅程长达三天两夜，横穿大半个中国。

我受宠若惊。一开始他们在饭桌上筹划这次旅行时，我以为不可能有我的份，没有想到他们把我计算在内。除了县城和斯城，我还没有去过其他地方，"旅游"对我而言很陌生。我们那边的人除了打工，很少向外跑。跑去某个老远的地方，只为了看一看，其他什么都不干，这样的事实在超出了他们的理解范围。旅行不只要有钱有闲，还要有好奇心，好奇心又需要钱和闲的滋养。

杨克森对旅行已经轻车熟路，他说一路会照拂我，直至顺利抵达。长途火车上，最要紧的是怎么打发时间，我们从书架上抽了几本侦探小说，又到书店里买了几本漫画书。到出发那天，去超市买了一大堆零食，抱上了车。一路上，我们在火车的声音中看书、入睡、发呆，讨论书里的情节，说闲话，偶尔爬起来在车厢窄道里走一走。

硬卧车厢一共六个位置，除了我俩，其他乘客来来去去，旅程的后面三分之一，车厢里只剩我们两个人。列车员对两个单独出行的少年格外关心，每隔三五个小时来盯一遍，唯恐我们走失。风景已变换成西北的辽阔，平坦又奇耸，土黄和绿色夹杂在一起，介乎荒凉和生机之间。我来到了极遥远处，空气干燥，还有灰黄色的天际线。一股奇特的安全感涌上心头，好像这趟狂奔的列车才是家园。我喜欢一个地方不属于任何一个人。

到了兰州，已近中午，下了火车，杨克森即刻给家里打电话报平安，再买车票去敦煌，驾轻就熟地处理旅途的一切问题。到敦煌之后，一个研究员过来接待我们。他是杜丽的朋友，受邀给我们做讲解——她很喜欢在这些地方显示能力。几个暂时不对外开放的洞窟，我们也得了特权，进去观摩了一番。佛佛道道的东西我没有知识，看不出什么来，只觉得以前的人厉害，在一片沙土硬石上雕凿出恢宏的造型来，那些飞舞着的线条，神佛妖魔，并没有因为日月剥蚀而失去神采。研究员说，壁画上那些人物，原本都是肉色或白色的，只因为年深日久颜料氧化，所以才成灰黑。杨克森说，他知道，白色颜料里通常含铅，铅的氧化很缓慢，这些壁画画完，要到两百年之后，这些人物才会变黑。杨克森在来之前，从图书馆借读了好几本书，对敦煌了解了七七八八，他走在我的前面，跟那个研究员畅聊，抖搂自己现学的知识，我一个人走在后面，捡拾他们的碎语，悠然自得。

我们在敦煌待了五天，不停地钻洞穴、看壁画，到了第四天，西北的干燥让身体开始不舒服，我听到那个研究员说，敦煌和沙漠只有一线之隔，虽然一直在搞治沙，但哪一天风沙来袭，敦煌会被淹没。杨克森始终兴致勃勃，最后一天，他还问那个研究员借了纸笔，融到一群写生的美术生里面，走的时候，带走了一沓子别人送给他的写生和两封女孩子写给他的情书。他就是有这样的本领，能随意释放这样的魅力。

回去的时候，火车从西北夜间的劲风中穿过，再加上火车的轰鸣，车厢里此起彼伏的咳痰声，吵得人睡不着觉。我转过身，面向杨克森，他也睁着眼睛没有睡。车厢里只有我们两个人。他把我叫起来，我们坐在走廊的凳子上。外面好大的月亮，照在一马平川上，世界变成银色。

"还好妈妈没有来。"他说，"如果她也在这节车厢里，那得多拘束。"

我想象了一下，确实如此，杜丽会要求我们正襟危坐，时时注意自己的言行，她很难让人放松，不许人松懈，有时甚至叫人害怕。只要她在，自然会有一团冷空气裹住我们，那么这趟旅途，会是另一番模样。有时候我会想，如果没有杜丽的规束和督促，杨克森身上那些散漫奔逸的部分没有被一一剪除，他会变成什么样子。至少在这辆距离斯城一千公里的列车上，她的影响淡得几乎感觉不到，我们谈论她，就像谈论一个永远不会再见的人。

"妈妈永远不会满意，她的要求是一百分，少一分都不行，她对谁都不满意，对自己也不满意，对我，对你，对我爸，她觉得自己是个失败的人。"他说。

"这个分是谁打的呢？"

"她自己。她自己定标准，自己打分。定的标准总是比自己的能力要高一些，所以永远拿不到一百分。但她也不会把自己的标准告诉你，你只能猜，尽量靠近她的标准，久而久之，我们的心里也会有一套满分的标准。"

"……"

"不过你还没有见过我的外婆，如果你见过我的外婆，就知道妈妈为什么会这样，是遗传。"他说。

我还是第一次经由杨克森知道了杜丽母亲的事。杜丽从来不谈论自己的父母，她表现得好像她从出生以来就是现在的样子。

杜丽出生于浙江诸暨的一个村庄里，那个村庄从六十年代开始做珍珠养殖，八九十年代外销创汇，是个非常富庶的地方。她的父亲，也就是杨克森的外公，很早去世了。她的母亲，也就是杨克森的外婆，独自抚养大三个女儿，她最大的遗憾就是没有儿子。八十年代初，杨克森的外婆从合作社独立出来，和别人合伙做珍珠生意，从养殖到分级再到出口，全都自己干。他们把自己最好的冷光珍珠出口到日本和韩国，次品进国内市场，再次品打成珍珠粉，物尽其用，很快赚到了钱，形成规模后就开始雇人，上机器，但在起步阶段，所有的工作都是自己家里人来做。杜丽整个少年时期都和珍珠蚌打交道，不停地开贝取珠，撬开蚌，从白软厚腻的蚌肉里找出珍珠，再把已经破烂死去的河蚌丢在一边，拢成堆。河蚌的肉有着一股特殊的腥味，和河底淤泥一样的味道，而且很快会发臭。收蚌总在最寒冷的冬天，手指冷得不肯听话，河蚌也报复性地紧紧闭合，弄伤手指的事情很寻常，而且总是掀开一片皮肤，继而流出淋淋的血，又因为是冬天，愈合困难，又缺人手，要是不干活就没人干活，所以就算受伤了也得顶上去继续干，手指上留下了十几道明显的伤疤。不想再和蚌打交道，杜丽就是怀着这种心情，发奋去了北京。

杨克森和他的外婆打交道并不多，在他六七岁时，杜丽和母亲断了联系,但外婆在他心里的形象依然很不可理喻。他说:"如果你觉得妈妈是个严厉的人,那老太婆就是个神经病。"

在杨克森的描述中,杜丽的母亲有着异于常人的精力和心气,她每天四点半爬起来,一刻不停地忙到晚上十一点,几十年都是这个作息,而且她还不生病——真是铁打的。她掌管所有事情,家里的事,厂里的事,生产、销售、账目,她全要一一过问,谁都不知道这个人是哪里生出这么多力气,从身体里吗,还是从地底下抽出来的?大家都佩服她,也都惧怕她。她鞭笞所有人,催赶所有人,要别人都追上她的脚步,必须上进,不能停步,所以在她面前,偷不得一点懒,做不得一点假。她觉得人活在这个世界上,是一定要成事儿的,要争先的,要完满的,不争不抢,那活着有什么劲儿。如果做生意,那就起早贪黑,赚大钱;如果要念书,那就要拿第一;如果不温不火,那就不要做了。杜丽是她最看重的女儿,也承受着最大的压力,年少时,一边帮家里干活,一边在学校里拿第一,如果没有拿到第一,轻则挨骂重则被打,拿到了第一,也只是完成了应该做的事情,一点赏也讨不到。之后杜丽来到北京,做过外事翻译,又到斯城,做了大学老师,在外人看来,已经是万里挑一的人生,获得了普通人难以抵达的成就。但杜丽的母亲觉得杜丽什么都没有做好，做外事翻译没有那个谁谁有名，做大学老师又马马虎虎，开公司开得半死不活，找的丈夫也窝囊，于是，有那么几年，杜丽的母亲经常往家里打电话，教训，或者干脆辱骂杜丽。杨克森还记得，那时候杜丽接完电话之后，经常一言不发，坐在角落里哭上整整一个下午。在杨克森六岁时，杜丽和她的母亲大吵一架，彻底闹翻，杜丽的母亲开了一张单子过来，单子上详细记录她为杜丽花过的钱，算得清清楚楚，那些难计算的如照料、关爱，都被折成了一个数字，总计几十万。杜丽咬着牙把钱还了，交割完毕，两个人再也没见过面。杜丽会跟她的姐姐们联系，有时还会一起聚餐，但她就是不肯去见自己的母亲。杜丽很少提起她，如果提起，也是控诉，仇深似海，说她如何恶毒和不近人情，如何打骂和折辱自己。

相比之下，杨克森的两个姨，过得轻松得多。她们都没有读大学，二十岁出头就嫁人了，后来跟着母亲做珍珠生意，相继发家。五年前，杨克森的大姨在斯城中心地带买了一套房子，叫杜丽去看，杜丽看完大受刺激，说面积很大，装修豪华。回家之后她心理不平衡，郁闷了好几个月。杜丽是姊妹三人中最聪明的，性格也和自己的母亲最像，所以得到了额外的关照——活儿干得最多，打骂得最狠，到头来，得到的反倒没有其他人多，在这一点上她一直接受不了，因为她选了最难走的路，吃了最多的苦。她又什么都要争先，如果争不到第一，听不到别人的赞美，感受不到别人的羡慕和嫉妒，就会痛苦。

杨克森点评："妈妈很少表达失望，但我知道她把很多评断放在了心底，她觉得自己不怎么样，觉得爸爸很差，觉得我也很差，觉得我们一家人只是混日子，我们离一百分差得远。我远远没有达到她的要求。"

我很诧异他竟然一直带着这样的想法活着，或者说，我觉得他这样的人最不该有这样的想法，他只要坐在那里，什么也不用做，什么也不用说，别人歆羡的目光就会投来，我从来没有感受过那样的目光。

"一旦有机会，我会永远离开。"他说，"没有其他出路，只有逃走。"

他无意中透露了家里的一个秘密，只有我不知道的秘密。

"我妈妈一直想搬家，她嫌房子小，又陈旧，有段时间她每天都在抱怨厨房下水道的蟑螂，无论怎么打药都除不干净。她对我爸说，想多赚点钱换个房子，但我爸志不在此，一味敷衍她。我妈跟别人合伙做翻译公司，后来又背着我爸，把家里的积蓄拿去炒股，不过她在投资方面一点天分和眼光也没有，一个劲儿地亏钱。又偷偷抵押了房产，向银行借了一笔，拿三十万出来，凑了五十万，投进了股市。那五十万很快就被亏去了一半，剩下的都被套牢。这个窟窿在我家里存在很长时间，她又拉不下脸问别人借钱，家里的开销不断，每个月光是银行利息就是一大笔钱，她被债务逼得进退两难，但还是一个人撑了很久，一直到很后面，她才把这件事情告诉我爸，我爸妈几乎闹到要离婚，爸爸不想帮妈妈还这笔钱，有一段时间甚至搬出去住了。那时候《群声》的朱导演找到我爸妈，想要继续拍摄你和我家的故事。一开始我妈妈不同意，后来朱导演提到有一笔三十多万的捐赠正不知道如何处理，如果把你接过来，这笔钱可以作为你的教育基金和抚养费，按五年的时间分期付过来。他们那时候正为钱焦头烂额呢，商量之后，决定接下那个项目，做你的监护人，拿到了那笔钱，还了银行的债。"

"三十多万？"我大吃一惊，那又是一个远远超出我理解的数字，"我以为只有十万！"

"准确的数字是三十三万。"他说，"我也是很后面才知道的。"

"那没有人管一管吗？"

"管什么？"

"钱到底用在了哪里?"

"大人们有的是弄虚作假的法子。"他说。

我的心还是猛的一跳,继而整个人都开始胀热,幸亏车厢昏暗,他看不见我,我也看不见他,不知道他脸上是什么表情。他也不知道我脸上是什么表情,我感觉自己被人骗得团团转。"没事儿。"我说,"我知道了。"我把所有复杂的感受压在喉咙口,就这样结束了对话,后半程再没说过话。

离家越来越近,回到家,放下行李,杜丽走出来迎接我们,询问我们旅途的情况,我们急切地呈上旅途中的一切新鲜事,讨好她近于一种本能。我抬起头来端详我养母的脸,这张精心修饰的姣好面容上没有暴露一丝不甘和愠怒,尽是慈爱和从容。我知道她做的那些事儿,我看得见她的懦弱和无能,以及永远无法抹去的从高处跌落的忧惧。

对这个家熟悉以后,我已经很少怀着好奇心看待屋子里的一切。一旦脱开歆羡的视角,屋内的一切都失去了魔力和色彩。他们从旅行中带回来的纪念品——粗劣而无用、花纹繁复的地毯,书架上层层垒摞的书——落满灰尘。处处要昭显的品味,填充过头的异域风情,以及包裹这一切的红色房屋和房屋里的空气,原来在我来之前,有过一次巨大的解体危机。是我阻止了那次危机,让一切得以原样保存。此前，待在这个房子里，我一直觉得自己只是一个寄居者，里面的一切都不属于我，因此小心翼翼，但现在我的心理发生了变化，我上升了，他们下降了，我也是拯救者，也是施援者，我并不亏欠，也并不仰赖他们的善意活着。

4

杨克森去读了大学，我升入高中。三个月之后，杨克森周末不再回家，他找了各种各样的借口逃避，不过每天傍晚，他都要和杜丽打上一个小时的电话，事无巨细地汇报自己在学校的所有事情，我有时甚至怀疑，杜丽还会打电话给杨克森的辅导员求证杨克森说的是不是真的。

缺失主角，"family date"无以为继，被迫停止。杨爵和杜丽各自都忙，有时还要去看望杨克森，周末家里常常只有我一个人。我是没什么意见，偌大的屋子里只有一个人，被忽略也被解放，我很能适应边缘的生活，甚至从中品尝到以前未能体会的自在和惬意，如果让我回想，半生中有什么真正舒坦而无所想的日子，既不为未来发愁，也没有内火煎熬，那就是杨克森不在的这段时光了。在高温、暴雨、台风等恶劣的天气里，我尤其平静，似乎在平静之下，我还不小心抵达了一层更难触达的内在的静。我打开音响，就着陌生的旋律，从书架上取杨克森不会再读的那些科普书籍来看——他早已跨越那个阶段，了解许多天文地理，能自由地串联和组合它们，但我还只是个初学者，我幻想有一天自己也能够确凿地体认事物，能够叫出它们的名字，感知它们的联系，说出它们存在世上的理由。

也就是一个平平无奇的秋日傍晚，我还在上课，忽然被叫到教务处，接养父的电话。杨爵告诉我，发生了一场意外，杨克森的实验室起火，杨克森受了伤。目前不知道情况多严重，他和杜丽正在赶往医院。我听到他的声音在微微颤抖，背景音里传来女人的哽咽。

我问："是什么原因？"

他回答："还不清楚，不知道是校方的问题，还是他自己的问题。重要的是人有没有事儿。等确认了我会打电话给你。"

当天我没有再接到电话，我猜想问题可能很严重，以致他们完全无法顾及我，又或许问题完全不严重，他们无须通知我。

第二天中午，杜丽才打来电话。她说，杨克森操作失误引发起火，火势很快扑灭了，没有造成生命危险，杨克森轻度烧伤，不过烧伤区域主要集中在面部和颈部，情况并不乐观。她试图保持镇定，但沙哑的声音控制不住地颤抖。她让我周末去医院看看杨克森，接下来，他们一家人会在烧伤科待上很长时间。

那家医院离我的学校不远，周六上午一大早我直接步行过去。我在偌大的医院里迷失，寻找烧伤科，寻找住院部，寻找楼层尽头的二人间病房。杨克森躺在靠窗的那一边，枕边叠着两本漫画书，杜丽坐在一旁，心不在焉地翻动一本杂志。她脸擦得雪白，抹了鲜艳的口红，眼神游离，看见我来，伸手招呼我坐在她的身边。杨克森还在睡觉，眉头紧皱，鼻息紊乱，嘴唇颤抖，似乎身处可怕的梦魇。我看清楚了他的伤，左边面颊整个儿烧坏了，伤口延续到耳后，耳朵也是焦红的，头皮缺了一块，露着鲜红的肉色。伤口有一个手掌那么大，敷着一层厚厚的透明药膏。杜丽说，刚做完了清创，所以看着比较吓人。我被伤口的面积和状况吓了一跳，继而伤感起来，杨克森是我心里最亲近的人了，我为他的遭遇感到难过。

杜丽低声说："医生说，不是很严重，这片烧伤区域后续可以通过植皮和整形恢复到七七八八。"她又重复了一遍，语气更像是在宽慰自己。

烧伤科里充斥着各种各样的意外。隔壁床铺的人是一个三十岁左右的青年人,下半身严重烫伤。他开农机的时候,机器侧翻进了地里,发动机冷却缸里的热水泼洒过来,烫坏了一条腿,伤疤从大腿根一直蔓延到脚踝。他来了有段日子,腿裸在外面,大腿根处搭着一条白毛巾,伤口结出一层灰褐色的疤,疤下孕育着新皮新肉。那个年轻人身边没有照看的人,时不时大声呻吟,他一呻吟,气氛立刻陷入惨淡。杜丽埋怨说,这个年轻人伤不算重,白天惨叫,晚上打呼,搅得其他人不得安宁。但她又很希望这个年轻人恢复如初,全须全尾地离开病房。

我每隔三天看望一次杨克森,即便倦怠,也会强迫自己过去,我关心他,也将之视为留在这个家里必须要做的功课,我不能显得无动于衷。到了医院,其实帮不了任何忙,事情已经被养父母和医护干完了,我只能在一旁干看。杨克森脱离感染风险后,已经能够自由活动,杜丽几乎每天都来,监督饮食,看他上药,一待就是大半天。杨爵隔一天来一次,他不怎么待在病房,总是看不见人。杨克森的状态还好,止痛药失效的时刻,伤口一碰就剧痛,他疼得哇哇大叫。他的同学们过来看望,带来花束和水果,他兴致高昂地和他们不停地商讨去美国游学的计划。只有等人散去,杨克森才会叫我把花和水果拿出去,理由是那些东西会增加感染的风险,他不无落寞地说,肯定是去不成了。

烧伤后第二个星期，杨克森就做了植皮手术，从大腿内侧取下皮肤植到面部。新皮肤像是一块平整的补丁，覆盖在烧伤的位置上。植入的皮肤极其脆弱，需要倍加呵护，不能压迫，不能揩碰，又要时时盯着，换药，防止坏死和溃烂。术后一个星期，植在杨克森耳朵和耳背的皮瓣坏死，不得已做了清理，本来被埋裹在皮肤里的肉芽再次裸露，渗出血来。医生又为他做了一次植皮，取了臀部的一块皮肤，缝贴在他的下颏和脖颈上。麻醉苏醒之后，杨克森还能开玩笑，说，现在他的脸既是面孔，也是屁股。植皮应该很疼，但杨克森并没有喊过疼，他在这方面出人意料地坚强。他对我说，他终于吃上了真正的苦，而且是苦不堪言的苦。

按照医生的说法，杨克森已经是最幸运的烧伤病人，烧伤面积小、程度低，而且没有延误任何治疗，植皮手术期的恢复周期至少需要半年，后续还可以通过整形手术尽可能地恢复容貌。医生这些话给了养父母和杨克森一些希望，他们比其他病人更小心翼翼，遵照医嘱。

这期间，隔壁床位的年轻人腿上的疮痂开始逐渐斑驳剥落，隐约露出的粉嫩新皮，像断壁颓垣间露出的光，每次从他的床边走过，我都忍不住看一眼。我们都期待着在现代高明医术的作用下，人即便遭遇恐怖的重创，也可得以完整幸存，不会留下可怕的疤痕。杨克森一家人尤其怀着这样的期待。六个星期后，隔壁床铺的青年腿上的痂全部落完，乐呵呵地准备出院，他撸起裤子，给我们展示他新生的皮肤——不是光滑的、平整的，而是凹凸的、斑驳的，附着无数细蚯蚓一样的增生，反着皮革似的光。

"这就算好了！"那个青年倒是很高兴，他弓了弓膝盖，蜷曲不自如，"关节这里的皮没长好。"

杨克森的脸色变得煞白，嘴唇也没有了血色，一副受惊过度的模样。新近嫁接的那块皮肤已经在他面颊上落地生根，但颜色和皮肤的质地和其他地方不一样，缝合处的伤疤鲜红宽大，疤痕凸起，像一块拙劣的补丁，而且神经不通，摸起来始终没有什么知觉。通过那个男青年，他意识到，他的脸无论如何也不可能回到从前，连"恢复到七七八八"也是妄想。

春节是在医院度过的，本以为医院里人会很少，结果发现被困在这里的人很多，医院甚至还搞了个联欢，将病人和家属都聚在一起，分发了糖果。我还是第一次见到这么多失去皮肤的人，大家裹着纱布，抹着药膏，带着可怖的疤痕。杨爵从饭店打包了几个菜，我们就着小病号桌吃完了年夜饭，聊到十点钟，有说有笑，杨克森看起来尤为开心，一直高声大笑，直至护士过来赶我们走。杨爵带了一个拍立得相机来，为我和杨克森拍了一张合影。照片里，杨克森咧嘴大笑，牵动那块尚未被驯服的皮肤，笑容诡异。照片马上出来了，但他看也不看。医生来查房，仔细检查过那几块皮，说已经长得很好，以后只要定期来做检查就好，放了出院的应允。

出院后，杨克森回了学校上课，仅仅半个月后，他就从学校回了家。他还没有适应别人看他的新目光。疤痕像半片秋叶覆在他的脸上，他每每走在路上，进入教室，众人不自觉地将目光落在他身上，但不是爱慕和钦羡，而是猎奇和怜悯。他一向是个宠儿，百里挑一，甚至万里挑一，无论做什么事，去什么地方，都受尽偏爱，他在偏爱中长大成人。自从他带着疤痕回来，无处不在的偏爱似乎骤然消失，变质为另一种东西，让他恼怒不已。他失去了以往的从容，变得容易紧张，不时口干舌燥，后来他开始无法入睡，不断地回想当时起火的情形，他苛责自己，觉得自己如果更小心一点，那就什么也不会发生。杨克森说想要等到皮长好一点再回学校，杜丽去学校帮他办理了休学手续。

有大半年的时间，杜丽陪着杨克森在各家医院的整形科和皮肤科辗转奔波，甚至去了两次韩国，寻求淡化甚至消除疤痕的办法，注射、激光、外敷和服药，种种遍尝，收效甚微。在一次激光去疤之后，杨克森脖颈上的疤痕处甚至增生出一条鼓出来的红肉，他又去做手术切除了增生，留下一条新的没有血色的白色疤痕。他们陷入怪异的循环之中，越是关注疤痕，越是远离正常的生活。杨爵觉得杜丽和杨克森反应过度，太过偏执，但又无法劝服，只能由着他们投入大量的财力、时间和精力，一次次无功而返。杜丽在那段时间变成了疤痕专家，国内但凡有点名气的医院、门诊或是专家，她都有联系方式，整理成一个列表，逐一拜访。很多人建议杨克森休息一段时间，等待皮肤自然生长，但杜丽和他没有停下来，他们下了很大的决心，受不了什么都不做。

一年时间过得很快，又是一年春节。春节后第五天，节庆的气氛还很浓烈，路灯上挂满鲜艳彩旗，一股西伯利亚寒流长驱直入，连大湖表皮都结上一层薄冰，斯城静悄悄的，只有城东庙集有一些游客的人气。杜丽和杨爵在厨房忙碌，杨克森和我坐在电视机前，他在室内也不摘帽子，左颊的疮疤像条蠕虫趴在他脸上。唇周新生的皮肤形成奇怪的张力，向上提扯肌肉，使他看起来总像是在怪笑。

吃过晚饭，他要我陪他出去走走，又不想去到人群。我们在冷风中走到附近的公园，冬日里枫杨和柳树叶子落完了，只有光秃秃的虬枝，池塘干涸，水底栖着一只夜鹭。

"我厌倦了，"杨克森说，"我想离开。"

我安慰他："那就回学校吧，其实没有什么大不了的。"

"到此为止，再也回不去了。"他说，"如果人是沿着轨道向前的，那此刻的我已经脱轨了。"

我那时候想，或许杨克森以往过得太顺风顺水，一块碗口大小的伤疤，换作是我，不过默然接受，我们容忍瑕疵，或者说瑕疵就是我们的人生本身。作为普通人，我们不得不和自己的普通共处，在杨克森看来不可接受的事情——不再漂亮、不再被人仰慕、不再是宠儿，算什么大不了的事情。我意识到，他本性和杜丽一样傲慢自大，就像他曾经感慨过的，一种内心的毒瘤从他的外婆遗传给了杜丽，又从杜丽遗传给了他：人活一世，是要争先的，要完满的，否则，不如不活。

夜里，一股冷风吹进被窝，我迷迷糊糊醒过来。下半夜的月光清冽，我看见杨克森站在窗边，我没有再睡着，耳朵捕捉着细微的声音。天微微亮时，听到闷闷的一声响，像是什么东西砸落在地，看了一下时间，四点五十二分，紧接着一声尖叫从隔壁房间传来。我起身走到窗边——天色由淡青变为透明，地面上一个人以怪异的姿势仰面躺着，紧接着楼道里响起匆忙的脚步声，楼下响起纷纷的议论声，一阵带着血腥味的冷风飘进来,吹得人汗毛直竖。

是日,我成了杨爵和杜丽的独子。那天所有的事情我都记忆深刻,那是我第二次见到死人,一切细节,一切声响,一切人物,只要我想要回忆,立刻能够在脑中重现——

我走下楼,杨克森的身边已经围了四个人,我的养父母,还有两个邻居,我不想再看见摔死的人了,没有上前。杜丽跪在地上,血浸到裤子上。她的哭声很小,像尖细的哨声,杨爵只是沉默,甚至没有流泪。在杨克森住院和求医的一年多时间,我在家多次看见杜丽和杨爵流泪。在遭受更大的悲骇之后,谁也无法一下子攒出那么多眼泪。

救护车来了,其实杨克森已经没有了生命体征,但他们还是把他抬上车。杨爵和杜丽跟着一起上了车。我回到家,站在杨克森房间的窗前,从上往下看,无法想象他一跃而下时的心情,心脏持续钝痛,我好像明白他做此选择的原因,更深的道理却说不清楚,只能留给一片幽魅。到晚上八点多钟,有开锁的窸窣声,养父母回来了,他们迟重的脚步在地上拖曳,缓慢地挪到客厅的沙发上,黑暗中他们只具轮廓,不知坐了多久。我不敢开灯,不敢走动,不敢用力呼吸,只恐惊扰他们,我知道他们醒着,他们也知道我醒着,我们只是没有力气说话。黑夜到白天,时间的流速变得极为缓慢,我们好像被裹进一团胶质当中,不得动弹,好几次我睡过去又惊醒,就着一点昏光,看见他们还坐在那里。天终于亮了,我走到他们身边,养父母一夜之间苍老了十岁。

杜丽拍了拍沙发,让我坐在她的旁边,问:"森森有跟你说过什么吗?"

"没有,他什么都没有说。"

"昨天,他一直在聊吃的,他说想吃羊肉和海鲜。"杜丽说,"一切都太突然了,没有给人一点反应的时间。"

"我也觉得很突然。"

她眼中一阵怪异的光芒闪过,像抓着一丝希望,说:"当时房间里只有你们两个人,他真的没有对你说什么?"

"没有,我当时睡着了。"

"也是,太晚了。"她恍然点点头,没有继续追问。

后事办完,杨克森的照片全都被藏了起来,房间也紧锁起来,但曾经的生活痕迹四处密布,他遗落在书架上的量杯、他的书、他的航模,种种,屋子里骤然多出一个无形的黑洞,只有经历过的人才能看见,不得不一再再而三地陷入对他的思念中。杨爵一直待在学校里,不见人影,而向来精力超群的杜丽把自己关在卧室。屋子里静悄悄的,如同蒙上一层灰幕,毫无生气。我推开主卧的门,杜丽还躺在床上。

"那天他说要离开。"我小声说。

她的身体动弹了一下，扭过头来，头发蓬乱，脸色发青，她说："你说什么？"

"那天晚上，在公园里，杨克森对我说，'我厌倦了，我想离开'。"

"你为什么不跟我们说？你要是跟我们说了，说不定我们就能阻止他了。"

"我没有察觉出他是那个意思。我以为他说的是在外走累了，想回家。"

杜丽眼中燃起一团怒火，但很快熄灭，只留下死灰余烬。

"你不可能听不出来他的意思，你就是不想阻止。你想要取代他，你一直有这个企图！"她的身体朝我倾斜，指着我的鼻子说，"灾星，你是个灾星！你害死你爸，又害死了我儿子！我们究竟为什么要把你带进家门？"

我愕然，不知道她竟会说出这样的话，又竟然生出这样的怀疑，我心跳一下很快，舌头在嘴巴里打结，只能发出轻微的"哎呀"，好像真的做了什么错事，连忙从房间里退出去。

我和养父母之间脆弱的纽带是杨克森，数年来，我一直是他们亲生儿子的附属。他们因为杨克森而生出蓬勃的爱，再将多余的一点施舍给我。杨克森死，纽带崩坏，他们原本旺盛的爱骤然熄灭，没有什么可以分给我，我们之间薄弱的亲情也走到了尽头，之后的我只是一份责任。他们曾经有一个那么优秀漂亮、被上天眷顾的孩子，但这个孩子死了，活下来的只是一个平庸的冒牌货，这是他们的丧子之痛加之于我的含义。我每周从学校回到家，家里通常没有一点声响，不是静，而是空空彻彻。杨爵不知要在学校躲到什么时候，而杜丽终日躺在床上，我做饭，端到她的床前，她碰也不碰。她几乎不吃东西，也不喝水，我都不知道她是怎么活下来的。一个月后，杨爵终于回家，瘦削许多，眼窝深深凹陷，但精神还不错，他是最先恢复的人。而后，他和我商量："你这一段时间先不用回家了，等你妈妈的心情平复一些之后再回来吧。她现在受不了一点刺激。"

我诺诺，答应下来，然后在学校里住了两个月，暑假将至，我也没有收到召回的电话。我打电话给杨爵，他说他最近很忙，杜丽的精神还没有恢复，暂时不想见到我。那时我才意识到自己被驱逐了，那个家不再属于找。他们并没有完全对我置之不理，依然尽到了一定的责任，杨爵来过学校两次，给我带来过衣物，也给过一些钱，他关切地问我，是否还缺什么。我真心实意地说，不缺，什么都不缺。

失去养父母的照拂让我彻夜难眠了几日，像一只被放到高空的风筝，断线之后，骤然失重，一时之间不知道该怎么办。晚上，我做整宿的噩梦，梦见自己在爬一座永无尽头的灯塔，爬到高处，楼梯没入云层，风从耳边呼啸而过，低头一看，脚底的风景正在打着旋涡，要把我卷下去，我紧张极了，一脚踏空，从几百米的高空坠落。这梦一般会在粉身碎骨之前惊醒，醒来之后一身冷汗，浸透衣服和床褥。

期末考试我精神恍惚地去了，不出意外，考得稀烂，烂到谁都看出不正常来——我可算是个勤奋的好学生呢。班主任专门把我叫去，问我家里是不是出了什么事情，校方都知道我很久没有回家了，但一直不知道杨克森去世的事儿，他还以为又是父母闹离婚，殃及了孩子——这事儿倒常有。我只说他们最近太忙，无暇顾及我。其实我大可以自己回家，他们也不能拿我怎么样，顶多是给几天冷脸，但是我不想回去。他们既然不要我，那我也不要他们。

校方搞不清楚我为什么有家不归，但还算宽宏大量，准许我住在学校。暑假一到，学生陆续离开，整个宿舍楼只剩下我和三个宿管阿姨住在里面，楼道里空空荡荡，总是会有奇怪的响动从水管中、楼梯间，或是某间宿舍中发出。我搬到一楼，和宿管阿姨们住在了一起。她们全都来自河北的乡下，身边没有家人，在此结伴，到了寒暑假时，偌大学校便只有她们和轮换的值班老师。她们让我想起我的母亲——我真正的母亲，我已经很久没有想起她了。

宿管阿姨们很喜欢用拖着长尾调的方言喊我"孩儿"，让我和她一起吃饭。她们有自己的小厨房，做各种各样的面食，什么揪面、烩面、馒头、水饺，每天都换着花样吃，她们总说我太瘦了，铁了心要把我喂胖。她们都结过婚，生过孩子，孩子比我大几岁，不管男孩女孩全都结婚生子了，嫁的娶的都是附近的人，现在全在外地打工。华北的乡村生活乏善可陈，孩子们又不在身边，她们不甘寂寞，不顾家人的反对，结伴从乡下跑了出来，在这个学校歇了脚。这工作她们也不知道能干几年，但她们在这里建起了自己的地盘。

我们睡在两张上下铺的铁床上，夏夜炎热而漫长，电风扇吹来乏力的风，晚上八点不到她们爬上床，要说一两个小时的话才能真正入睡。我被迫听了许多她们的故事，这些故事大抵围绕着她们的丈夫和孩子展开，是无穷的抱怨和冲天的怒气：她们有一个凶暴的丈夫，有虐待或酗酒的倾向，对她们动过手；孩子也没有长成她们期望的样子，十四五岁的时候离开学校,就好像外面有什么东西在引诱他们,然后他们结伴外出打工,在外面野长到十八九岁,一分钱没有,又返回乡里,由父母在附近寻觅合适的结婚对象,年关结婚,年轻的夫妇再一起出去打工,生了孩子又送回老家。一代人连着一代人的命,就像一个难以跳开的怪圈,里面有一种她们不能理解也不能触达的铁律,所以她们羡慕那些跳出这个怪圈的人。她们渴望更好的生活,觉得如果丈夫有能力,孩子有出息,是不是就能跳出这个圈了。如果我没有从燕子窠走出来,大概率也会像她们的孩子一样,被无形的圈套套住,周而复始。

这三个河北阿姨中,我尤其喜欢其中一个,我叫她雪姨。这人有些见识,眉目清秀,剪着利落的齐耳短发,做事风风火火,当初是她先从老家逃出来,找到学校宿管的工作,又把其他两个阿姨带了出来。每次夜谈,她总是出言讥讽的那个。

"一边说老公孩子没出息,一边还指望他们,也不知道该不该说你们傻,不如指望自己。"其他两个人听了她的话便默了声,大家在自己的床上翻来覆去一会儿,不久便响起淡淡的鼾声。每个夜晚都以这样的方式结束。

相处的时间久了,我也会和她们讲自己的事情,从燕子窠,到国胜,到菊妹,再到杨克森,我原原本本地讲给她们听。花了两个晚上才讲完，讲到一半，总有自己也未曾预料到的漫长停顿，像是行久的旅人停下来休息。在停顿处，她们会叹息，然后静默地等待我继续。为什么要从原点出发，为什么生出逃离的意志，为什么要一直向前，为什么路途永无止境，为什么渴求却失去，她们是最好的倾听者，好像比谁都明白，不需要做多余的解释。但她们也认定，我是个幸运的人，比许多人幸运，应该好好把握。

新学期将至，我又搬回了自己原来的宿舍。马上就高三了，学校召来每一个"问题"学生的家长，我的养父母赫然在列。按照老师的说法：高考大关，本来就是学校和家长一起举着孩子过河，哪一方都不能掉链子，而我的养父母把我丢在学校不闻不问，就是掉链子，这链子绝不能继续掉下去。校方给我的养父母打了很多通电话，他们推诿了很多次，最终还是决定过来。我们在会议室里相见，老师已经跟他们谈完了，具体谈了什么我不得而知，猜想大约是要如何安顿我。我走进去，头顶的风扇发出嘎吱嘎吱的噪声，杨爵起身来迎我，杜丽坐着，眼神游向别处。气氛很尴尬，甚至不比我们初次见面时融洽。杜丽已经穿回鲜艳的裙子，但是整个人老了许多，眼角的皱纹堆叠，脸色干燥，看起来像是放了好几天的苹果。她身上一直洋溢着的那股乐观劲儿全泄掉了，取而代之的是漠然和空洞，但她一定花费了极大的力气才把自己拼合成现在足以示人的模样。

我坐在他们对面,中间隔着会议桌。

"妈妈,爸爸。"我呼唤他们,又对着杜丽说,"妈妈,你好一点了吗?"

她点点头,满怀歉意地说:"好多了,已经开始工作了。抱歉啊,这几个月间发生了太多事情,我们连自己都顾不过来,我有时候也会想,你一个人在这里,一定会怨恨我们,可是我们没有办法,没有办法。这段时间太难熬了……"

我点点头,说:"我都理解。"

杜丽又说:"我们一直在想,要怎么妥善地安置你。"她停顿片刻,没有继续往下说。

彼时彼刻,我觉得自己已是金刚不坏之身,什么都能接受,对我而言,什么结果都不能算糟糕,更何况他们已经是最有良心的人,只是脆弱罢了。这是他们的艰难时刻,不是我的。

杜丽又尝试了一次,话到嘴边又咽回去,她看向杨爵,杨爵会心苦笑,说:"你还是我们的孩子,只不过我们要换一个方式相处,就像以前那样——更早以前,我们还没有把你接过来的时候。那时候你也会打电话给我们,也会给我们讲一些你自己的事情,我们也很关心你。我们不需要频繁地见面,但是如果你有任何难处,我们会帮助你,如果你想见我们,随时回来,那个家还是你的家,如果你想打电话给我们,随时打给我们,我们就在那里。"

这些话说得很客气,但中心意思是让我别再打搅他们,我的出现会给他们带来困扰,就让我们回到最初,比陌生人近一点,又远比亲人疏远的关系。此刻我最好的回应是得体地微笑,但我调动不了脸上的肌肉,它们僵住了,我只好面无表情地看向他们。

杨爵又继续说:"我们会一直资助你到大学毕业,这一点不会变,我们保证。等你出了校园,进入社会,开始工作,我们依然是你的父母,一辈子都是。你的当务之急只有一个,就是高考。学校的环境比较纯粹,你待在这里比回家要好,对你对我们都好,你只需要安心学习,应付考试。"

好一番堂而皇之的话。杨爵伸出手,握住了我的手,他的手又大又厚,手心全是黏腻的热汗,我想要甩开,忍住了。

暑假的两个月间,一个人待在学校时,心中忐忑,被遗弃的恐慌如影随形,一下子说开,反倒松快,不再吊住嗓了眼儿,脸上僵硬的肌肉也能活动了,我甚至笑出了声。

他们听见我笑，突然紧张了起来，杜丽如临大敌，问："你笑什么？"

"没什么。"我说。

"你刚才在笑什么？"她不依不饶地问，"发生了这么多的事情，你不哭就算了，怎么还能笑出来？"

"真没有什么。"

我们互相看向对方，她的面孔整个儿皱了起来，轻轻地摇头，充满敌意，仿佛遭到鄙视。很难想象不久之前，我还视眼前人为温暖的依靠，但现在我们从彼此的眼底捕捉到的只有失望和厌弃，情感消失的速度如此迅猛，甚至来不及重温。我同情他们痛失爱子，也鄙夷他们的懦弱。他们呢，他们应该也深恶我的自以为是：我本应沉默地接受一切，不该发出任何暗笑。

"其实，我知道自己已经太幸运，能碰到你们这么好的人，你们为我做的已经足够，给我的也多过我的所需所求，以后我会加倍回馈给你们。"我平淡地说出早已准备好的话。

"可你刚才在笑什么？！"杜丽全身都在发抖，站起身来，走到我面前，指着我的鼻子喊，"你在笑我们吗？有什么好笑的？"

"我知道三十三万的事情了。"我说，"你们是为了那笔钱才把我带过来的。"

她的脸唰一下白得像纸，紧紧咬着嘴唇，似乎生怕自己说出什么难听的话来，杨爵把她拉到会议室外面，两个人小声说着什么，我听不清楚。过了几分钟，他们又走进来，杜丽面色已经平复，狠狠地看了我一眼，随即离开。我一个人坐在会议室里，听着风扇嘎吱作响。不一会儿，班主任走进来。

"结束了吗？"他问。

"结束了。"我说，"老师，电风扇需要修一下。太吵了。"

高考前我一直处在剧烈的忧虑之中，万一自己考砸了，将何去何从。可问题是，即便是我考得还不错，我也无处可去。眼前道路还是只有一条，我没有其他选择。进入考前十天倒计时，我紧张得睡不好觉，每天只能睡上三四个小时，到了考试那天，天气异常闷热，乌云盖在头顶，迟迟不落，地面气压越来越低，越来越湿热，四处弥漫着苔藓的味道。我分配到另外一个城区的考场考试，距离学校七公里，那天我选择步行前往，早晨七点出发，到考场门口才八点。街道与平日的模样没有差别，车流和人流向着不同方向奔窜而去，我身在其中，也没有什么特别，却负着自身的使命，一开始心绪起伏，紧张得脊背发冷，却在溽热中越走越平静，头脑就像一片被冲洗干净的礁滩，该凸显的都凸显，该退却的都退却。走到考场门口，送考的人堵在学校门外，我和其他人一起挤在路边等待，蝉鸣阵阵和人群喧哗交替，大人们轻轻拍打着孩子们的后背，或是说些打气的话，或是祈祷，或是沉默，少有考生像我一样独自前来。考场的监考老师盯着手表，到了时间，立刻打开了铁门，大家一拥而入，大部分考生的表情都凝重得像是奔赴战场。身后的大门关闭，我转过头，大人们还殷殷切切地向里面看，空气因为过多的期待变得更重。很多人说，这是人生中最重要的一场考试，但我知道，走到这一步的人已经足够幸运，更多的人已经在中途消失，无言落伍。人很容易意识到自己的不幸，却很难意识到自己的幸运。

最后一场考试，积压两日的暴雨轰然落下，天色晦暗，雷电交加，一般这样的雨下上两三个小时，路面就会出现积水，路变成河，那些家长在外等待许久，全部都被淋湿了。考生们冒着大雨走出去，和家长接头，有人如释重负，有人惴惴不安。我发现自己没有带伞，干脆淋着雨走出去，雨水是温的，一点也不凉。那时候我已经知道结果了，我没有在这场战役中失败。很长的一段时间，长得无穷尽，我似乎都在为这场考试做准备，从燕子窠到歧流镇，从歧流镇到县城，从县城到斯城，改换面貌，改换身份，抵达战场的过程艰苦卓绝，经历的时刻却是那么平静无聊，几乎教人怀疑一切是否值得。

高考分数出来后，超过一本线三十几分，又在斯城，选择一下子多了很多。老师说，这个分数大概可以报斯大。但我想应该避开养父母，最终，我报考了斯城理工大学的化工专业，学校和专业都是在老师的建议下填报的，与个人意志无关，他们说，这些都是稳妥的选择，以后我会有光明的前程。大人时常给出这样的许诺，但他们不会说或者说不出"光明的前程"具体为何，唯有我们走到前程中去，才能知道他们说得是否对。有意思的是，我最擅长的科目也是化学，但这种擅长和杨克森完全不一样，我只是擅长考试和解题，与天赋和兴趣无关。

暑假开始后，学校再也没有理由让我继续住下去。杨爵不得已将我接走，在车上的时候，他恭喜我取得好成绩，又说杜丽状态还没有恢复，暂时不能让我住在家里。他们决定把我送到杜丽的姐姐，也就是杨克森的大姨那里住三个月。我说，没关系。在陌生人的屋檐下生活，从一个地方过渡到另一个地方，我已经适应，熬过这三个月，至少接下来的四年，我有一个确定的去处。

杜丽的姐姐，也就是杨克森的姨妈，在此之前只跟我有过一面之缘，谈不上有什么感情，对我既不热情，也无厌恶，少打照面也少交谈。她的丈夫在郊区有一个轮胎工厂，夫妻二人一个月有二十天住在厂里。他们回来时，我差不多已经睡着，借住期间，我尽量避开和他们见面，把房间收拾干净，免得给他们添麻烦。夫妇俩有一个孩子，比杨克森大五岁，早早被送去了美国读书，现正在读研究生，家里到处是他的照片，那是个黝黑健壮的男孩，总是穿着运动背心，笑出一口白牙。杨克森如果活到现在，因循的或许也是那样的人生道路。我时不时就会想起杨克森，如果他还活着，会是什么样。

  时间过得很快，三个月转瞬即逝。暑假里，我过着成本极低的生活，一天只吃一顿饭，倒不完全是没钱，而是我偶然在书里读到一种提高精力的方法，立刻在身上实践，每天只在上午十一点进食，之后什么也不吃，这样循环两周之后，人的身体代谢会自然而然地进入平衡状态，更容易集中注意力。那段时间我一直被莫名其妙的东西吸引。我总是去斯城大学图书馆打发时间，那里有公共电脑可以上网，虽然网速极慢，但可以乱翻书，有长沙发可以午睡，门禁卡还是杨爵之前给我的。我时常怀有与养父母偶遇的期待，有时在入口处、公共走廊和茶水间漫无目的地踱步，但从来没有碰上过他们，一次也没有。

我对斯城知之甚少，这个城市于我而言依旧陌生。我还记得早前和杨克森一起吃糖藕坐过的长椅，后来我一个人再去，眼前的景致没有变化，依旧远处灯火投映一片平湖，游人如织，湖面上漂着几艘游船。身边没有人。我吃着糖藕，咀嚼它，甜味溶解和弥散，在口腔中留下绵长的酸味，甜之后是酸，原来如此。感觉其实不能与人分享，无论是好的，还是坏的，它们在我的身体里展开、流淌和炸开。无论经历什么，欢乐、痛苦、悲伤、孤独，不会溢出身体的界限，说出来的永不及万一，无法说出的是一万，这是很多人一辈子都未曾明白的道理，所以他们述说，渴求理解、安慰、同情，希望他人感同身受，寻觅和兜转，我却早已知晓这些是徒劳无功的，人不能对别人有多余的期待，也不必有过度的眷恋，因为他们会离开，我也会离开，这是我短暂而又漫长的人生给我的全部教育。

下

人只有回到起点,才能知道自己到底走了多远。

1

抵达奥克兰机场,是当地时间晚八点。飞机即将落地,在空中盘旋,城市灯火像一张密网,越近中心越密集,火簇一样,边缘的灯光则被大地吞没。

田微清有些兴奋地说:"新西兰第一大城市也不大。"她开始收拾行李,整理散乱的头发。飞机稳稳地落地,向前滑行。从机场出来之后,两人俱感疲惫,打车直奔酒店。酒店位于艾伯特公园一侧,可以俯瞰森林,说是公园,入夜之后只是漆黑的暗河,河对面的楼房像海市蜃楼。第二天一早,我们去租车公司取了车,开车沿着一条早已规划好的环线自驾旅行。

之后我们一直在赶行程,田微清是不折不扣的特种兵旅行者,她严格地按照计划推进旅行,所有的目的地都要准时抵达,这样才能准时抵达下一个目的地,像多米诺骨牌,目的地连着目的地,如果一个环节出问题,那么所有的计划都要推倒重来。第三天,为了准时抵达预订的酒店,我们不得不连续开上五个小时的夜车。整五个小时，路上没有碰到一辆车，也没有路灯，那时候我们才对新西兰的人烟稀少有了真实的感受。田微清做事情的决心都比一般人强，这么严格的旅行计划，如果不是以她刚强的意志贯彻，我根本坚持不下来，所以我喊她"田Sir"，我对她一切服从，心服口服。

一开始我们都为所有没见过的景致感到兴奋，壮阔的自然奇观确实让我们连连发出惊叹，两天之后新鲜劲儿一过去，我们便不再感慨，壮阔有壮阔的无聊，无人自有无人的蛮荒，不过，在开阔的道路和峡谷之间穿行，还是会被风景吸引，在目的地和目的地之间的犄角停下车，为无名的断崖、草原、瀑布感到讶异。

"空气真好"，这是田微清说得最多的话，还有一句，"人真少"，语气已经开始有些落寞。

为了增加旅行的体验，田微清一路上订的都是家庭旅馆，方便与主人交谈，了解更多关于新西兰的风土人情——但新西兰除了自然崇拜，几乎没有风土人情。在塔斯曼冰川，田微清订到了一个可以直接看见冰川的房间，房间是谷仓改的，确实推窗即可见到塔斯曼冰川像即将融化的奶油向下流淌。屋主是一对六十岁左右的夫妇，丈夫是新西兰人，妻子是九十年代初移民至此的上海人。因为女主人是中国人，这家旅馆主要面向的也是中国来的游客。女主人热情好客，夜里，我们几个人裹着毯子捧着热茶，坐在前廊上看月光下的冰川，她用中文讲了一遍自己和她先生的爱情故事。一直生活在空旷少人的地方，她将积攒的激情全都抛洒给了我们，我们不得不接住。这个故事她一定对所有的旅客都讲过一遍，如此纯熟流畅，起承转合，细节到位，没有任何磕绊。虽然她已经做了很多艺术加工，故事的本质依然是无聊的一见钟情。她的丈夫是新西兰街上常见的白人男子，红皮、棕发稀疏、身材发福，很难称得上英俊，只会几句简单的中文，所以在交谈中，他一直茫然而尴尬地微笑点头，游离在故事之外。

三个小时之后，女主人终于讲到了2002年他们买下农场的章节，我和田微清已经厌倦，又困得不行，赶紧告辞，回到我们的谷仓躺倒。

我问田微清，如果让她移民过来，她是否愿意，田微清说，她还是喜欢人多的地方。

"你呢？"

"如果到一个全新的地方，只有你和我，平静地生活，一切财富、社会关系，全凭我们自己去建立，要我们白手起家，赢得生活的尊重，我可以。"我说。

她大笑起来，说才不要跟我过苦日子。她对现在的生活感到满意，没有必要逃离舒适圈，从来不存在一个完美的目的地，迁徙不在她的考虑范围。

第二天，我们又驱车前往离冰川不远的特卡波湖。在湖畔的租船处，我们租借了一条小船。

田微清对我说："我们把船划进深处吧。"两侧是新西兰常见的起伏平缓的山，冬天时，上面覆满皑皑白雪，此时只有一片苍翠，据说秋天时红叶会像油墨一样慢慢向上沁。湖面上除了我们，还有几艘小艇。田微清坐在我的对面，船桨轻轻敲打湖面，发出平静的击水声，波纹荡漾，划开一条路径，偌大湖面，风和日丽，绿意包裹，慰藉游人，我们没有破坏这份平静，转而成为它的一部分。接连一个星期的日夜兼程，彼时彼刻，我才有停顿，乃至旅行的感觉。

"我们有一个下午的时间。划完船，再在附近逛一逛，湖边有一家咖啡馆。"田微清说。

"好的。"我说。

"我喜欢这里。"

"我也是。"

船划得很慢，也没有目的地，划了半小时，也未见得比纯粹漂着要好，我们干脆把船桨收起来，架在舷边，认真地看风景，听风吹浪。不一会儿，船果然被浪送到了离岸更远的地方。一艘无依无靠的小船，只有我们两人的世界，山川为证，面面相觑。我毫不怀疑，这也在她的计划之内。田微清托着腮，眼睛瞪圆，用那种拷问的眼神看向我。当她心底升起疑虑时，她就会那样看着我。

她说："我觉得自己完全不了解你，我怀疑你跟我说过很多假话。"

"哪一句是假话？"我说。

"我不知道。"她摇摇头，说，"我一直觉得你身上有一种矛盾感，但我无法描述那种感觉。我见过你爸妈，杜老师和杨老师，很奇怪，你和他们之间的关系是怎么变得这么疏远的？这些你从来没有好好解释过。我知道你的生日、年龄、工作、血型，按理来说，我对你应该了解得足够多了，但我仍然觉得你对我隐瞒了很重要的事情，对吗？"

我惊讶于她的直觉之准确，尽力遮掩不安，说："我没有什么特意需要隐瞒的事，不知道你为什么会有这种感受。"

她不说话，眼睛看向湖面，过了好一会儿才说："直觉通常不会骗人，对吧？"

"我是个坏人吗？我做了坏事吗？目前你已知的信息里面有什么是假的吗？具体哪一句是谎话？"咄咄逼人的反问可能会打消她的念头。

田微清看着我，无奈摇头，说："没有，所以我想听你的解释。"

"我还是不知道自己应该解释什么，也不知道需要开诚布公到什么程度。"我说，"事实就是事实，就像鸡蛋是圆的，难道要给你解释鸡蛋为什么是圆的？"

一阵冷风从峡谷深处吹来，湖面瞬间失去平静，岛屿中部地带的春日，天气变化出其不意，一小片在山顶盘踞的乌云顺着风飘到了湖面上，雨点不大不小，正好落在我们头上，不一会儿就把我们浇透。我们手脚慌乱地往回划船，很短的路程，却久久不能抵岸。雨水带着高山的寒意，冷得人打哆嗦。到了岸边，还了船，我们立刻奔回车上，换上干衣服。我本想就此作罢，去往下一个目的地，但田微清说时间还早，要在湖边走一走。我们便又去了她说的那家咖啡馆，要了一杯热饮，在一片向湖的平台上静静坐了好一会儿，直至两人之间新生的芥蒂沉下去。

晚上田微清发起高烧，我照顾她整夜，似乎从这时开始，旅行计划便乱了套。第二天，我希望继续在旅店休息一天，田微清不肯，"去皇后镇"，"计划女王"继续指挥行军。命令必须服从，早上六点半，我们从旅馆出发，谁也没我们早。车在路上抛了锚，又下着小雨，我一个人冒雨步行两个多小时去附近找人帮忙，回来已是中午。田微清在车座上睡着了，我敲敲窗户，告诉她，"搞定了"。车修好之后，又发现田微清的护照落在了旅馆，那时我们已经开出了一百三十多公里，她懊恼自责，在车上咕咕哝哝对自己发脾气，我立马掉转车头回去找护照，又花去三小时。

田微清哑着嗓子，绝望地说："接下来怎么办？全都赶不及了！错过这一个，就错过了全部。"

我说："那就不要赶了，走到哪里算哪里，只要最后能赶上回国的飞机，就算赢。既来之则安之嘛，田Sir！"

"也只能这样了。""计划女王"认输。

经过连绵的农场，远处缓坡上的白色房子如同一粒芝麻，阳光穿透云层在地上烙下流动的影子，路边开满斑斓的无名花朵，车内广播里放着老派的英文歌，我很陶醉，忘了这一天的种种不便和不悦，田微清半躺在副驾上，垂目看着前路。

"在想什么呢？"我问。

"我在想来新西兰这一趟是对的，这两天你把我照顾得很好，如果旅行是一场考试，你应该拿了九十九分。"

"那一分扣在哪里？"

"特卡波湖上，你没有说真话。不过那已无关紧要，就留着你的小秘密吧！"说完她又大笑。我没有接她的话。

从地图上看，皇后镇像一个倒放的电吉他，按照中国的行政规划标准来看,它确实只能算作一个中等的镇,人口仅过万,沿湖的房屋沿着山坡错落分布,建得整饬又松散自由。几条不长不短的纵横的街道,没走一会就到头了,巴掌大的地方。田微清喜欢这个镇子,我们又多待了一天,整日无所事事,在街道和渔港随便走走,坐在沿湖的长椅上,看快艇在湖面上来来去去。本是工作日,路上的闲人却很多。如果有钱,生活在此应该非常惬意,但我已经无法想象,要怎么在一个一万来人口的城市里找到工作,建立自己的生活。

田微清卖弄着从网络上现扒的知识:"这地方为什么叫皇后镇,你知道吗?"

我摇头。

她继续说:"英国人走到这里,发现此处景色太美了,它应该属于女王。Queenstown,正确的翻译应该是女王镇,中国人一直叫错了它。"

我做出恍然大悟的样子,她继续絮絮叨叨,都是没有必要的话,她说了很多,我也说了很多。这些废话如同实体,填满我们之间的缝隙,又膨胀开来,使我感到幸福,从小到大,没有几个时刻能和此刻媲美。我扶着她的肩膀,感受她的骨头透过衣物硌着我的胳膊,胛骨轻微蠕动。我和她这么近,甚至能听到她说话间换气的声音,能看见她脸颊上淡淡的绒毛，能数出她眼角的细纹——那是年岁的痕迹。和田微清在一起，一种我未曾奢望过的平顺的生活即将展开，我们结伴同行，必然一往无前。

我也不知道那种生活是何模样，但我有信心，这信心并不是我生出的，是田微清给我的。一直以来，我总是不抱希望地生活，大部分事情发生了，没有什么选择余地，我只能被动接受结果，这种生活自然不会给人希望，只会磋磨出人的韧劲，接受，然后继续生活下去，心地粗糙如石。

2

我和田微清两年前在工作中相识，她比我大七岁。

当时我们都在一家大型化妆品公司工作，研究生毕业之后，我就进入了那家公司的研发部门，做防晒霜。田微清在市场部，负责和其他部门对接，也收集用户反馈，集成报告发给我们。我们不怎么打照面，只有开会才会遇到。每次开会，田微清会把用户反馈按照程度和类型分门别类，做成简洁的PPT，在会议室里当众播放，这些本应该是后台参考数据的东西，一旦放到台面上，特别令人难堪，像是对我们工作的全盘否定，告诉我们，我们十几个人捣鼓出来的产品全是垃圾。每次开会，研发部自上而下，全被窘得连连咳嗽。虽然做的东西主要是女人在消费，但研发部清一色是男人：那感觉就像是田微清代表了千万个买防晒霜的女人来指责我们这群男人，"你们根本不知道我们想要什么，你们这群垃圾"。田微清做的PPT简明清晰，设计精美，可以看出她在这上面花了许多时间，有责任心和职业素养。虽然她长得不赖，却是工作中最不讨人喜欢的那类同事，直来直去，不给人留情面，不许人虚与委蛇。

田微清每次来都穿一种丝质尖领衬衫，衣服泛着金属光泽，像是一层软甲，包裹着她高瘦的身体。她惯于使用命令的口吻，咄咄逼人且不容置疑。哪怕我们反复解释：调整配方并不像和面那么简单——水多了加面，面多了加水，相反，它需要一系列复杂的实验和测试，周期漫长。田微清横着脸说，她的工作只是让客户反馈进入产品决策，其他的不归她管。在竞争激烈的化妆品行业，市场部的人话语权重比研发部的人大，我们得听她的。

整个部门都怕她怕得要死，背地里叫她老巫婆，不想和她打照面，也恐惧开用户反馈会议——负面的客户反馈倒逼我们修改化妆品配方，这会大大增加工作量。

研发部后来想了个办法，专门把我推出来跟她接洽。

我不仅不讨厌田微清，相反，还很喜欢她铁面无私的行事风格。她让我想起了杜丽，她们是一类人，想把事情做得尽善尽美，无可挑剔，这些也体现在她们的相貌上：眉毛凌厉，颧骨微弓，嘴唇薄而锐，如果不笑，看起来就过分严肃，但仔细再看，面孔之下相当脆弱。

一直以来，我都对年纪比我大的女性更感兴趣。一对一的联系建立之后，我斗胆请田微清出来吃饭，不过她拒绝了。她说她既不喜欢矮小的男人，也不喜欢身上有化学药剂味儿的男人，两个特质合在一起的男人，她更不喜欢。

她就是这么直来直去，我看着手机上她发来的信息，羞得面红耳赤。

我以为不会再有后续，结果十月份我们在一场音乐会上偶遇。演出者是来自日本大阪的"淡々"四重奏乐队，演出场地在音乐厅的侧厅，场地狭小，只有一百个观众。我一眼就看到她了，她坐在前排的位置，那日她没有穿丝质衬衫，而是白T恤配牛仔裤，扎着马尾，妆容很淡，看起来只有二十来岁。音乐会结束后，我叫住了她，提议在附近酒吧喝一杯。田微清欣然同意。

不在工作中，田微清卸掉了一身铠甲，又在音乐和酒精的作用下放下戒心，看起来亲和随性，喜欢大笑。我问她，是否还记得之前发给我的那几句话。她说不记得了。

我掏出手机给她看，说："实在太伤人！"

"对不起，对不起。"她大笑着说，"我只是想尽快摆脱你的纠缠。对男人一定要狠狠捶打他们的自信心，他们才会立马放弃。"

她又说："你不像会来音乐厅的人，你看起来……"

我说："太土了是不是？"

"不是。"她笑着否认。

那天晚上我们聊了很久，主要是田微清在说，我附和她。她话多起来，兴奋地聊了一些自己对音乐的看法。她说自己并不看好当今大热的演奏家，反倒对一些名声不响的评价甚高。"流俗者暴得大名"，她对此颇感不屑，说这话的时候，她的眉毛高高挑起，嘴唇向下垮去，声音尖细，一副不可一世的样子，不过她的肢体动作，又带着儿童似的笨拙，给人矛盾感。我们靠得很近，近到能闻到她身上甜腻的香水味，看到她脸上细碎的斑点和额头横生的皱纹——在三十多岁的女人里，她不算注重保养的。

到夜色阑珊时，我们才分别。

之后一星期，我们又约着见了两次，一次在公司的茶水厅，一次在外面的咖啡馆。一旦熟络起来，田微清的话又密又多，不用别人刨，她能把自己翻个底朝天，而她说的那些，和我了解到的也差不多，后来她说，和盘托出是为了节约时间，以最有效率、最经济的方式把自己送到对方面前——

她是独生女，父母是斯城人，祖父母也是斯城人，算得上稀缺纯血斯城人。田微清从小备受期待，在她家尚未发达时，她的母亲便发誓要举全家之力培养她。她妈妈有过音乐梦想，因而送她去学了小提琴，找了音乐学院的老师授课，学费将将是她父母一个月的工资总和。他们一家节衣缩食度日，而后她的父母下了海，做旅行社的生意，家里的情况逐渐好起来，直至她十五岁，一家人才从二十平方米的格子间搬到湖边的一个小独栋里。

她学过四年小提琴，从七岁到十一岁，现在基本放下了，只偶尔打开琴包，检查一下小提琴是否发霉。她以前的小提琴老师就住在音乐厅附近，每周她背着琴从音乐厅路过两到三次，后来她被一个五岁小孩吓坏了，那孩子进步神速，只学了半年就比她苦学数年拉得好，她回家后，告诉爸妈不必再花冤枉钱送她上课，以后自娱自乐得了。说到这里，她恶狠狠地补了一句玩笑话，"我讨厌天才"，我立刻附和了，恨不能跟她击掌。

田微清今年三十五岁，还和父母住在最初的那栋小独栋里，家境坦坦殷实，但不算大富大贵，估计和杨克森家情况差不多。她以前想过当演奏家，梦想破灭之后没有生出过新的梦想，成绩优良，读了本地的政法大学，学的却是与政法风马牛不相及的经济管理。二十岁以前，她从来没有去过斯城以外的地方，对旅游丝毫提不起兴趣，第一次出远门去了泰国普吉岛，大学毕业之后，去匈牙利的一个远房亲戚那里过了半个暑假，工作之后她每年会给自己安排一次旅游，目的地大多在东南亚和日本，国内的城市只去过北京和成都，都是工作出差，她不喜欢在国内旅游，觉得没有新鲜感，好玩的地方交通不方便，交通方便的地方又无聊。斯城是她从小待到大的城市，大概率也是她终老的城市，她对故乡说不上喜爱，但工作、家人都在这里，她不知道自己除了斯城还能去哪里。本科毕业，田微清又读了研究生，她读研究生，不为什么学术理想，只是为了在学校里多赖几年，不想参与到残酷的社会竞争中去，她还想继续读博士，但被她爸妈制止了，不得已离开学校，找了个离家近的公司上班。她不喜欢上班，也不喜欢化妆，如今却在一家化妆品公司上班，从毕业到现在，一直待在同一家公司，没有跳过槽，从小职员做到小主管。谈过三个男朋友，最近一个是异国恋，相恋五年，男孩在美国安定下来，希望她也过去，那是她离结婚最近的一次，但她没去，她怕自己到了美国什么也做不了，只能帮男人看家。她有两个关系还不错的发小，每年见一两次面——

斯城太大了，大家又各自有了家庭，相聚成了奢侈的事儿，她主要的交际圈就是同事——这也称不上什么交际圈，聊胜于无。

她说，她以前觉得十年很漫长，现在发现自己从二十五岁到三十五岁，快得像轻松地跨过一座桥。与此同时，工作变得越来越无聊，生活日渐重复。她明白了一个浅显却易被忽略的道理：皱纹长出来就不会钻回去，青春一旦逝去便不会回来，而附着于青春的美貌和生命力，也会在某一天醒来变成一种截然不同的东西——阅历！使人内心失去波澜的阅历。她上班之余，也没有什么爱好，就是刷剧、打游戏，每周出来听一场音乐会，去两次健身房，日复一日，周复一周。

她过着一种听上去庸常无聊，实际上幸运和金贵到不得了的生活，但她用厌倦的口吻说：

"不过，大部分城市青年过的生活都差不多吧，上上班、上上网、旅旅游、吃吃喝喝玩玩，看起来热热闹闹，其实单调至极，还能有什么不一样？说说你自己。"田微清偶尔停顿，"总是我在说。"

"我没有什么可说的。"我说，"我现在一个人租房了住，住在离公司不远的地方，不怎么去市中心，日子不如你过得精彩。"

"没了？"

"暂时就这些吧。"

之后，我再没有联系过田微清。男人经常对女人抱有不切实际的幻想，但真有个各方面都很优秀的女性站到面前，我们又会在心里反复掂量，把自己的每一项条件都拎出来，像解简单的代数题目一样，换算成数值加减乘除一遍，就可以得出来追求这个女孩的难度，就像动物狩猎，只需要看一眼，就知道哪匹斑马是自己的猎物。我们只会追求在自己难度阈值里的女孩，一旦难度超出阈值，立马退缩到乌龟壳中去。田微清一定很难想象我是怎样一波三折地长大，人与人皮囊相似，底下填充的血肉却不一样，有些人填入的是蜂蜜，有些人填进去的是苦酒。品种优良的花朵，在沃土和温室中长大，身边尽是一样娇妍的花朵，根本意识不到玻璃罩之外的风刀霜剑。攀折这样的花朵，甚至会让我产生道德上的负疚感，担心自己摧折了它，玷污了它，加速了它的萎凋。我几乎什么都没有，没有钱，没有房子，没有真正意义上的家人，孤身一人，这些都是实际的考虑。如果在婚恋市场中以数值来估算人的价值，我的得分一定接近负值。简而言之，我觉得自己不是很配得上她，没有胆量再找她。

从大学开始，我一直致力于完全洗脱旧日生活的痕迹，再也没有对任何人提起过燕子窠、国胜、菊妹，只说自己是杜丽和杨爵的儿子，而且是独子。我很小心地抹去了杨克森的存在，又把自己替换进去。我给许多人讲过我的家庭故事——体面的高知父母，以及冷漠的亲子关系，所以我远离家人，独自生活。故事已经编得很纯熟，如同手搓一个团子，越搓越圆越紧越浑然天成。从大学开始，到读研究生，再到出来工作，周围的同学、朋友、老师、同事便只知道这样的我，不知道那个从微末和泥泞里爬上来的我，对我没有丝毫怀疑。讲的次数多了，我可以不假思索张口就来，好像真有其事，连自己都要忍不住相信，我或许真是那样的父母养出的孩子，真有一个富足的童年，有顺遂的教育经历，平顺地生活至今。

我"撒谎"，并非完全出于虚荣，也是因为实实在在发现它有用，养父母的社会地位辐照到了我：斯大教授的孩子，一听就聪敏可靠。依仗这个身份，我得到过别人的青眼和优待。我能得到今天这份工作，"斯大教授的孩子"这一身份应该也在面试时为我加了不少印象分。

为了配得上这个新身份，也有必要对自己进行改造，潜入深处，寻找到所有过去的痕迹，一一切断，有如刮骨，残留的生活习惯、举止、口音早就改掉了，也克服了想要述说自我的欲望，少说或不说，乍一眼看，无人能辨出我的来处。

唯一改不掉的是思维习惯，贫困会在心灵深处烙下黥印，一辈子也无法抹除，只能靠伪装蒙混。譬如，我总是会想钱的事儿，会不断盘算自己那点可怜的资产，忍不住查看账户余额，它增长则心情大好，到了花钱时，难舍如割肉。我一直过着极其节俭的生活，住在斯城位置偏远、价格便宜的单间，觉得世界上大部分吃喝玩乐都是过剩的欲望，我不喝酒、不抽烟、不打游戏，也绝少在外面吃饭，衣着陈旧，灰头土脸，近乎苦修，不进任何商场，不参加同事聚会，总觉得无法适应里面刺眼的强光，也害怕笑脸相迎的陌生人掏空我的口袋。我只有几件黑色和白色衣服，因为白色与黑色最不容易显旧，也容易被视作风格，我只摄入应该摄入的食物，只去不花钱的地方，严格控制每个月的生活费，绝不超支一分钱。工作之后，日子不能称为艰难，钱对我而言，并不全意味着资产，更多是心理上的安慰。更多的钱，更多的安慰。因为我饱尝过贫困的滋味，活在对它的恐惧之中，也总是预想，不知道哪一天又降一个大灾难，我需要用这笔钱来兜底和救命。

对钱的斤斤计较虽然还没有将我完全引向吝啬，却叫我一直无法从容地面对金钱，不知道怎么让它们流动起来，只晓得存进银行，身上也泛着挥之不去的穷酸气——我很难向别人解释一个家境不错的人为什么会这么在意钱，为什么会过着这么简朴的生活。我对外的说法是"断舍离""极简主义"，这是我从众多时髦的词语中挑拣出来的两个，并将它们紧紧贴在自己脸上。

唯一需要花钱的乐趣是听音乐会，多半也是买的低价打折票。去年年前，我在二手网站上逛了几天，花两千元买了一对九十年代的日本古董音响，又从同事那里捡了一个旧功放，自己捣鼓了一套高保真设备，这便是近年唯一豁得出去的花销。一个人窝在房间里，打开音响，播放音乐，闭着眼睛感受音律在脑海中卷起的风波，一波接续另一波，真实世界暂时隐去，弥漫心头的匮乏感也暂时消失。

听古典音乐是从杨爵那里学来的，上大学之后我一直培养自己听古典音乐的习惯，已经持续多年，不仅如此，我还会硬着头皮阅读乐理、乐评和感兴趣的音乐家传记，对每个作曲家的每部作品都了然于胸，能听出不同指挥家的风格。这事儿深入下去有些乐子，但我始终说不清楚，除了音乐本身，我是不是也在追求古典音乐符号化的一面，它优雅洋气，是离原本的我最远的东西，我想紧紧抓住它，抓住它就能抓住一种原本并不属于我的高尚生活。每次去音乐会，抬头看着天花板上复杂的回音壁，"我为什么会在这里，这不是我该来的地方"的念头油然升起，又忽闪消失，我环顾四周，其他人面色无异，似乎并没有这样的困扰。

我和田微清之间，有实实在在的差异，不能完全用阶层来概括，阶层只是一种太过粗暴的划分。我面对她的心态也不全是自卑自艾，而是清楚知晓我们并非一类人，譬如驴和马，已是物种的差异，早在上一代，上上一代，或更早以前，已经沿着不同的路径分岔进化。这个差异，表面或许看不出来，但它弥散在空气之中，在我的心里、她的心里，在所有人的心里，除非圣贤，无人能够跨越。

和田微清断开之后，我并不感到遗憾，两三次的长谈也只能表明我们对彼此有兴趣，并不代表一定要有后续。但田微清显然不这么认为，半个月后她怒气冲冲地给我发信息，问我为什么不再联系她，她还以为我要追求她呢，一直在傻等。于是我们又见了面，坐在一家河边的咖啡馆外面，我给她点了一杯咖啡，自己只要了一杯水。

仲春时节，花蕊芬芳，墨绿的河水流速缓慢，抚摸河底的荇草，水中的绿头鸭两两成双，街上满满的男男女女。柳树吐絮，扑她满头，她满不在乎地晃了晃脑袋，把那些恼人的柳絮抖出去，三十五岁不可避免的白发丝若隐若现。她对我而言，还是很有吸引力，不仅是相貌，还有声音、举止、性格，她直爽的性格对别人来说或许太尖锐，配我却刚刚好。

"是不是我会错了意?"她用力嘬了一口咖啡。

"略微了解你以后,我觉得你太好了,我配不上你。"我说。

"这也是好人卡?"她用那种上扬的夸张口气说。

"我真心这么认为,一个人只要眼睛没瞎,一定能看出这一点来。我配不上你。我如果跟你一起走在街上,别人会以为我很有钱,很有手段,或当着大官,一个矮小猥琐的男人竟然有这么漂亮的女朋友。"我开玩笑说。

"首先你并不猥琐。"她说,"其次,我为之前说你矮向你道歉。"

"没关系,我并没有放在心上。"

"我比你年龄大很多。"她说,"大快十岁了。你不在意?"

"我喜欢年纪比我大的人,这应该算什么,怪癖?而且你完全看不出来年龄。"

她又大笑,说:"想到我十岁时,你才几岁?我上大学,你才读小学,感觉真是奇妙。"

田微清主动说想和我谈一谈,可以先从朋友做起。她已经单身三年,而且年龄已经大了,结婚的意愿有些迫切,害怕自己错过结婚最后的窗口期。她说,一个女人要是过了三十五岁还没结婚，那大概率结不了婚，得做孤独终老的准备。

因为有古典音乐的共同爱好，她又经常能搞到一些赠票，我们几乎每周一起听一场音乐会，不管表演好坏，音乐会结束，顺着人群走出来，意犹未尽，还要一起去附近酒吧喝一杯，在夜色和酒精的意乱情迷中，我送她回家。她就住在离湖不远的一个小区，沿湖走上两公里，白天喧嚣，晚上寂寞，灯火不灭，我们顺着青石路一直走，小声说点什么，到她家门口，亲吻，告别，整个过程很快变成重复的流程。

其间她问过我家里的情况，我犹豫片刻，还是把那个已经准备好的底本拿了出来。我告诉她，我的父母是斯大的外语教授杨爵和杜丽，我是他们的独子，他们对孩子的期待高到不切实际，我太过平庸，始终无法满足他们的期待，因而关系疏远。

田微清点点头表示理解，中国家长总是过于严苛，会将太多愿望寄托在孩子身上，如果愿望没有实现，家长们就会认为是孩子的失败，乃至整个家庭的失败，这是年轻人必须面对的苦楚，她也是一样的。

不久后的一天，她对我说，她的父母都去了外地，要不要去她家看看。这样的邀请可能意味着什么，我们心知肚明。

田微清的家在湖边一个别墅区，小区外是大片樟树和乌桕的绿化林，树木长了好些年月，树冠插天，似一团浓浓的青云，从外面几乎看不到路口，沿着一条柏油路走上五十米才能看到整齐排布的小楼，其中一栋是田微清的家。我站在屋子外面，想着这房子如今已是天价，但田微清很谦虚地说二十年前这房子倒也不算什么，那时候湖区才刚刚开始开发，周围连小卖部都没有，是城郊中的城郊，这栋房子虽然有三层，但不算院子和阳台，室内使用面积只有一百三十平方米，并不算宽敞，她父母买下来也只是贪图"便宜"。买完之后，城市面积扩张，市中心北移，她在的小区变成了中心区域。她十五岁时，跟着父母搬进来，在这里已经住了二十年，如今小区里的设施已经老化，又因为临湖，潮气重，下水道和排水管道经常倒灌，整个房子一到下雨天便臭气熏天，这房子的里子远没有它的外皮风光，只有住在里面的人才知道底下有多少不便。她家在斯城别处也没有房子，一家人一直住在这里，前几年房地产行业暴涨，他们想过把这个房子卖掉，在别处买一处新房子，但真要卖了，又发现这房子又没有想象中值钱，不足以让他们换一个地段更好、面积更大的房子。

我们走进去，屋子里灯光黯淡，我还来不及看清客厅的样子，就被田微清带到了楼上她的房间。房间里家具的样式全都过时了，墙纸褪色斑驳，角落里有一片刺眼的黑色霉斑。那张带着帷幔的公主床当年一定时兴至极，如今帷幔发灰，已经不再光鲜。房间虽然陈旧，却是我见过的最整洁的房间，每一样东西都被归置到位，地板一尘不染，家具也被悉心养护，虽然褪色，却无破损。二十年！我从来没有在一个地方待过那么久，难道不会厌倦？这个房间的风格与这个家其他部分不一样，田微清解释说，家中前两年重新装修，她念旧，珍惜已有的一切，不想磨掉二十年来的痕迹，请求父母不要装修她的房间，所以这些旧家具连带着霉斑和旧迹全都保留了下来。

她身上有一种连续性，从未被打断过，她从出生开始，就走在一条稳定的道路上。平稳、安定、富足，这些对田微清而言像空气一样寻常，不足为道。我有点嫉妒她，垂涎她的生活，因为里面有我不曾有过的安定。

"怎么样？"她问。

"好得很。"我说。

那天晚上我在她家过夜，睡在她陈旧却铺陈轻软的大床上，半夜惊醒，透过薄纱帷幔看到墙壁的银色月光，一瞬间，我有过片刻犹豫，要不要告诉她我真实的来历，一个在记忆中云遮雾绕的地方，"燕子窠"。思来想去，出于失去她的恐惧，还是没有说出口。以我对她的了解，我觉得她能接受一个被父母逐出家门的逆子，却一定不会接受一个乡下来的寒门小子。

3

田微清说她已经三年没有碰过男人，欲望一天天累积层叠，紧压成类似石头的硬邦邦的东西，但稍微撬动一下它，它就崩塌了，像洪水倾泻而下。性的冲动盲目又强大，我和她都索求无度，一股脑儿要把精力挥霍掉，有那么一个月的时间，两个人中午必要幽会一次，再回公司上班。田微清在任何领域都要占据主动，像指挥冲锋的女将军，命令我去攻打这里，占据那里。完事后，她经常袒露着身体在房间里走来走去，她的身体虽然瘦，但已经不像二十来岁时那么轻盈，肩背干瘪，腰腹上却有一团多余的脂肪——无论如何节食、运动都减不掉，但她已经坦然接受了这些不可逆的变化。她对我的身体基本满意，虽然我不高大也不强壮，但得益于年轻和长期的节制，还算骨肉均匀，有时候她会突然停住一切动作，专心地看我，抚摸我的肩膀和小腹上小且薄的肌肉，小声感慨，年轻是真不错，她已经忘记了不用刻意维持身材的感觉。

肉体的短暂欢愉是一种圈套,我们必须建立长期的关系才能一次次重回短暂的欢愉。做爱之后的余韵,是比高潮更松弛、更惬意的状态,皮肤贴着皮肤,呼吸黏滞,觉得没有什么时刻能超越此刻,也没有谁比我们更了解彼此,甚至会产生灵魂伴侣的错觉,在脑内多巴胺荷尔蒙的作用下展望美好的未来,很俗套地,加点一生一世的许诺。

很奇怪,田微清也算是情路坎坷,却从来没有失去过对婚姻的幻想,并发自内心地认为找到一个相处融洽的人共度余生,是一个人,尤其是一个女人面对漫长余生的解法。她有一点点叛逆,不过都是小锋芒,不会出格,总的来说,她仍然遵循着一条主流的道路,对生活并没有多余的想象。

那时候田微清呼出的气带着香甜,平复我心底翻涌的暗流。田微清对婚姻的强烈愿望和美好幻想主要来自她的父母,按照她的说法,她的父母一辈子没有红过脸、吵过架,一直形影不离,是亲密夫妻,也是生意伙伴,他们对彼此忠诚,同甘共苦,相互扶持。她的母亲性格温和软弱,对她父亲过度依赖,她的父亲是个严厉的人,不过心地还算柔软。她性格中既有她父亲的严厉,又有得自她母亲的软弱,除此之外,她觉得也有自我的部分。

田微清给我讲过一个故事：她父母的旅行社早些年起起伏伏，到了好年景或是旺季，夫妇俩有时长达一两个月在外带团，留她一个人在家，回来住不了几天他们又会离开，通常是不告而别，分离和相聚的循环构成她童年的主要场景。她不得不过早自立，十一二岁的时候，独自拿着电费单去供电局交电费，或是下了补习班一个人走夜路回家，自己做饭自己吃，跟老师交流学校的事务，她的奶奶有时会来照看一下她，但来的次数不多。有次家里进贼，她把自己反锁在一个衣柜里，听着窃贼翻箱倒柜，在极度惊惶中昏迷，第二天早上战战兢兢地从储物间里钻出来，家中一片狼藉，电视机被搬走，保险箱也被撬开，丢失了一大笔现金。她爸妈回家之后，没有安慰她，反倒责怪她太胆小怕事，守不住家。不过通常情况下，父母每次回家，都会给她带很多礼物，带她去商场买新衣，带她去餐厅吃饭，陪她去游乐场和动物园，像是补偿，她想要什么东西，只要是能用钱买来的，她的父母都会满足。她小时候最盼望的事情就是父母到家的时刻，看着她的母亲从行李箱里捧出五颜六色的小东西，塞到她手里。

我听她这样说，自然生出几分紧迫。取悦田微清变成头等大事，我想要赢得她，让她对找死心塌地，不管在床上，还是其他地方，我要倾其所有，满足她一切愿望，让她坐享其成。我甚至觉得必须借由她，才能真正证明自己，赢得什么。我怕她看出我在金钱方面的局促，越是担心，越是想摆阔，出来约会，总是抢着买单，连田微清都说没有必要。

交往没几天，我问一个同事，应该给女孩子送什么礼物，同事逗我玩儿，说，珠宝首饰名牌包，这些总不会错。我用半个月的工资为她买了一对钻石耳钉——我完全不理解那玩意儿为何小如米粒，却资费数千。送到田微清的面前，她打开盒子一看，笑出声来，说："怎么想到给我买这个。"我说："你不喜欢吗？"她说："喜欢啊！"她用夸张的口吻表达了感谢。我陆陆续续又送了她一些别的礼物，有的值些钱，有的只是随手买来的小玩意儿，出差买的纪念品，或是路边花店的花。她不缺这些东西，但我还是持续不断地做这件事，几乎每次见面都会送，她欣然接受。我很明白，这件事情始终是自我满足，我给出去的越多，越觉得自己重要。但我也明显地感觉到，她正是通过这些细小的物质累积，确认别人对她的爱，我给她越多，她觉得我越爱她。那时候我发现，钱是要这么花出去的，用以取悦，否则全无价值，只是一堆废纸一串数字。我对她言听计从，百依百顺。我把这些视作投资，视作必要的牺牲。我愿意给田微清我的一切，如果她也愿意给我她的一切。

和田微清确认关系三个月后,她要带我见她的父母。我觉得进展有点快,但她还嫌不够。她说,得到父母的认可后,我们可以住在一起,可以商量结婚的事,而后是买房生子,事不宜迟,要快快进入人生的下一个阶段。

"你不想和我结婚?"她问。

"倒也不是。"

"你不想要小孩?"

"也不是。我是无可无不可,没有考虑过这些。"

"你还年轻,我却必须考虑这些。"

"你喜欢孩子吗?"

"说不上来,但我年纪已经不小了,不管怎么说,生育的窗口期马上就要过去。女性一旦过了三十五岁,生育会变得越来越困难,危险系数也会直线上升。在二十五岁的时候,可以慢悠悠地考虑要不要结婚要不要生孩子,但到了三十五岁,机会转瞬即逝,就得立刻下定决心,赴汤蹈火也要去,由不得左顾右盼。"她说得有道理,饮食男女,组建家庭,似乎是人人都要走上的路途,我们也不例外。

按照约定,在一个下午,我去了田微清家,拜访她的父母,在此之前,我还从未见过她的家人,仅从她的描述中了解一二。

那日阴天,又刮大风,我从地铁走出来,沿着湖走向田微清家。向来都是夜里来，从来没看清楚过这栋小楼的模样，如今才看清楚，红色墙皮上爬满爬山虎，绿意几乎吃掉房子，它看起来很迷你，小如掌心的玩具，门口停着一辆老型号的高尔夫。我摁门铃，过了好一会儿，田微清才出来开门，她没跟我说话，只是匆忙地把我领进门去。她很紧张，整个人都不大自在，看起来和平常不一样。"我爸妈在里面呢。"她小声说。我走进客厅，客厅里有个夸张的L形油蜡皮大沙发，大得和房屋不相称，她的父母坐在里面，田微清走到她父亲的身边，坐下，腿并拢，手搭在膝盖上，小女孩那样。田微清和她母亲长得很像，几乎看不出她父亲的影子，她父亲身材高大，胖过头了，像一座肉山堆在那里，不说话时也发出鼓风机似的呼哧声，压迫感十足，衬得她妈妈又瘦又小。

我坐在他们的对面，田微清的父亲直视着我。屋子静得出奇，我不由自主地放慢呼吸，意识到这个家只有一个主人，那就是田微清的父亲，在他开口之前，无人享有开口说话的权利，大家一起小心翼翼地呼吸。只一瞬间，我便明白了田微清那么着急进入下一步的原因，虽然她从未明说，但结婚也可能是离开这个家最合理也最容易的方式。

空气绷了一段时间，田微清的父亲忽然站起身朝我走过来，跟我握了手。他问了问我的工作、家境，又旁敲侧击地打听我的收入。这些问题的答案我已经提前准备好，一一得体地回答了，既不叫他觉得我狂妄，也不叫他觉得我懦弱无能，少年时期我接受过多次采访，早已经知道，令人信任的答案通常简洁有力。

"她可是我的宝贝女儿，我的掌上明珠。"他突然用大嗓门说，伸出手来，好像掌中真有一颗明珠，又猛地握紧拳头，将明珠攥入掌心。"我们花了多少钱，多少精力，多少时间，才培养出这么一个宝贝来！"屋子里的气氛一下子活跃了，田微清妈妈像是听到什么笑话，大笑起来。

田微清的父亲继续说："她小时候学小提琴，学音乐需要花很多钱，但我们在教育上从来没有吝啬过，她想学就学了，我们二十几万投进去，她后来说不学了，我们也没多说一句，那是二十多年前的二十几万啊，一点响声都没有。她一直守在我们的身边，我们尽全力给了她最好的生活，她也很争气，一向优秀，乖巧听话，从小到大没有给我们添过一丝麻烦，上的好大学，找的好工作，因而也没吃过什么苦头，人也相对单纯，没有一点儿坏心眼。亲戚朋友都说我很有福气，我们对她也没有什么别的期待，只盼着她事事顺心，千万别被别有用心的人骗走。"他又重复一遍："她是我们的宝贝。"

我立刻弓着身子回答："我知道，我会珍惜她的。"

我向田微清看去，她听着她父亲的话迅速地翻了一个白眼。

然后她的父亲不再聊我们的事，将话题转向自己的发家史，徐徐讲述自己是如何从一个下岗的化工厂工人，一步步白手起家，历经艰难，挣下家业。他那时候从工厂里跳出来开旅行社，全国各地奔忙，从江南到漠北，从东海到新疆，行程几万里，形形色色、各行各业的人，他见得多了，也是他最早嗅到商机，开始做东南亚旅游路线，每个月往新马泰发六个团，平均三四天发一个团！事业最旺是在2000年前后，有人拿着一千万来买他的公司，他没有同意。他太后悔了，那时候应该同意，因为旅游行业开始起飞，大旅行社进场，小型旅行社只能靠边站，吃点残羹冷炙。他觉得自己是有可能成为亿万富翁的，但错过了机会，之后生意越来越难做，只是赚点辛苦钱，不过他又觉得，如果自己继续做下去，还会有机会找上门来。他们那一代人，因为成功过，或多或少有一些盲目的自信。

"我跟你说，小年轻还不明白，圈子很重要。和穷人玩，人一直在很低的层次里打转，没有奔头的。我现在的朋友圈全是各行各业的成功人士，大家时不时聚在一起吃吃饭喝喝酒，交流一下机会。如今这个时代不比以前，变化太快，各种各样的新东西出现得太多，什么虚拟货币、算法、短视频、矩阵，一天不吸收新东西思想就会落后，你不多跟别人交流，会错失机会的。"

他又忧心忡忡地说，不喜欢现在年轻人的生活态度，太喜欢逃避责任，躺在父辈的基业上不思进取，每个人都只想着自己，一味贪图享乐，全无履行社会责任的意图，抗压能力弱，又不思进取，稍微苦一点就嗷嗷大叫，也不想结婚生子，照此下去，等到消耗了上一辈挣下的财富，这个社会将无可避免地衰退下去。

他说："你们这样搞下去，我们这代人好不容易打下的江山，又被你们断送了。"几句话之间，他又把自己的重要性无限拔高。

我没有应和，只是微微点头，表示自己在听。田微清和她妈妈脸上也浮现出不耐烦的神色。

没到吃晚饭的时间，我起身告辞，田微清的父母没有挽留。这次见面虽然不是不欢而散，但双方大约都不满意。田微清之前有意在我面前美化他们的形象，她的父母并不像她描述的那样和善，反倒有一种令人不悦的市侩气，久在生意场上摸爬滚打，说起话来夹枪带棒。田微清送我出门，借机在湖边散步。我们没有说话，我明白她的处境不轻松，这样长大的人也有自己的难处，心存不满，又安于现状，无法逃离，如果没有一条新的道路出现，只能在一条道上走到黑。我对她真是知之甚少。她对我也是，知之甚少。

晚上田微清的电话打了过来，大约哭过，说话有浓重的鼻音，她略带悲愤地说，她爸妈不同意我们在一起。她父亲觉得我不够有钱，相貌平庸，前途黯淡，又得不到家人的支持。虽然不至于到攀附的程度，但田微清要是真的嫁给我，那真是吃了大亏，而且两个人年龄差别太大了，他们拿不准我到底在想什么，有没有不良的意图。这些都是实话，我听了并不气愤。

我说："所以你是怎么想的？"

"现在我的想法不重要。"她尖着嗓子说，"我爸妈总要拿乔的。"

"既然这样，那算了，以后再讨论吧。"我干脆挂断电话。

我决定晾一晾她，反正着急的并不是我。接下来几日我没有联系过田微清，不接她的电话，也不回复她的信息。她坚持每天发信息向我问好，我却连她的聊天界面都不打开，每天在公司待到半夜，回到家后立刻打开电视机或音响，声量开大，免得想起她，忍不住去联系。她得明白，如果这是一场角逐，被选择的只可能是她。

一个星期后，田微清直接冲到我的办公室，众目睽睽下说要跟我谈谈，拉着我到公司楼下的咖啡馆露天桌椅旁坐下，又是那副怒气冲冲兴师问罪的样子，责问我为什么不接电话不回信息。我抬起头来看她，她眼眶红着，衬衫软趴趴地附着在皮肤上，此刻的她毫无魅力可言。我想，她其实是个脆弱的人，一定好几晚没有睡觉。我又突然感到有点厌倦，厌倦她的声音，以及咖啡馆里埋头刷手机的人、抽烟的人、闲聊的人。大家攒聚在一起，只是为了聚在一个地方无所事事，我们为什么总是选在这里谈事儿，什么要紧事儿都变得无关紧要。

起初田微清最吸引我的特质——对人生十足的掌控力，永不迷航的信心，此时已经完全消失，她变得像个被宠坏的孩子，茫然不知所措，一味地喋喋不休，一股脑儿地向我控诉她父母对她的控制，从来不过问她的想法，多次阻碍她恋爱，经常打电话查问她行踪，不让她在外面过夜，如此这般，只把她当成青春期的少女一样管教，简直十恶不赦，这么多年，除了出差，她几乎没有在外面过过夜，根本没有自己的生活。十年前她就想从家里搬出来了，但她对脱离家庭一直怀有恐惧，一想到一个人在外面什么都要自己置办，出了什么问题都要自己应对，就有深深的恐惧涌上来。依附在父母身边，自然是双刃剑，既受控制，也免去了许多成年人本应面对的困难。如此生活三十几年，得了对自由的相思病，又得了无法离开的软骨病。

"我没法一个人生活。"她甚至下了这样的判断。

田微清说了很久，我脑子已经被她吵得嗡嗡作响，她突然停下，下定决心似的："我会让我爸妈同意，我会用尽一切办法，如果你站在我这边。"她抬起头来，眼神异常坚决而冰冷，我被这个眼神感染，心里也紧了一下，而后意识到她其实是在对自己说话。她伸出手——像冰块一样——抓住我的手，用力捏了一下，起身离去。

几天后，田微清打电话给我，语气欢快，说她终于说服了她爸爸，我们可以继续交往下去，甚至结婚。我听了很不痛快，就像饿极的时候刚吃上热饭，突然被人拖离饭桌，再回来饭已经凉了，一切主动权都掌握在别人手中，我只能扮演配角。不过我还是忍住了脾气，问她究竟是如何说服她父亲的。

她说："我爸妈不是那种完全不讲道理的人，他们只是怕做亏本买卖，只要不亏本，有小小赚头，他们心里就过得去。我一桩桩排条件，家世、财产、学历、工作、前途、性格，这一桩没那么好，就用那一桩来补齐，最后侥幸通过，他们也没有什么可以反驳。而且他们并不是真的不喜欢你，只是害怕吃亏，他们是做生意的人，你懂的呀！"

田微清觉得自己大获全胜，婚姻已经纳入她的年度计划,她会坚定不移地推行下去,而在此之前,她还想见一见我的父母。

田微清对我口中的父母十分好奇,尤其是对杜丽,迫不及待想见一见,她在网上查过杨爵和杜丽的名字,翻见过杜丽年轻时担任外事翻译的视频——虽然只是一闪而过的身影,她仍然升起不切实际的向往,说,杜丽是女人的榜样。那时候我又有新的恐慌,如果他们相见,事情恐怕会变得更加麻烦,田微清会问出不恰当的问题,而杜丽会给出不恰当的回答,最后我会变成不恰当的笑话。

事情对我来说变得复杂了。

4

我已有数年没有拜访过养父母,他们也不曾主动联系过我。

上一次见面还是四年前,他们搬家,从市中心搬去郊区,整理出了一些我的旧物,让我一早去领。房子已经搬空,家具、书籍俱已运走,只剩下个空壳子,以及隐匿在角落里的灰尘和蛛网。

所谓的旧物,不过是几件旧衣服和两本笔记本,旧衣服我当然不可能再穿,笔记本里的内容也无关紧要。我意识到他们想找个借口见我,或许有什么重要的事情要同我商量。我好好地把自己拾掇一番,去见了他们,领取了那几件旧物——衣服叠得整整齐齐,笔记本用一张印花布包着,一齐放入一个手提袋里,杜丽甚至喷了点香水。

当时我刚刚研究生毕业,找到了一份稳定工作,距离杨克森的死也已过去七八年。杨爵和杜丽都老态了一些,尤其是杜丽,头发已经白了一半,但面孔还是比同龄人年轻。我们一起步行去了以前经常去的意大利餐厅吃饭,那一次自然是我来请客。隔了那么久没见面,气氛本不该融洽,但我们却表现得很热络。我告诉他们,自己过得很好,我完成了学业,甚至靠着奖学金读了研究生,又找到专业对口的工作,薪水也还可以,自己约莫已经步入了正轨,过去的记忆逐渐淡化。他们告诉我,他们也过得很好,信了教,在信仰中找到了心灵的安宁,每年寒暑假他们会去国外旅居一段时间,杨教授在另一个城市的某个大学做客座教授,杜丽关掉了自己的商业翻译公司,学了插花,参加了教会的合唱团,他们还养了一条狗,狗很聪明,为他们带来了巨大的慰藉,弥补了他们的情感缺失。

那顿饭的尾声,杨爵从包里拿出两张纸放在我的面前,他说:"你先看看这个协议。"我拿过来看,原来是解除收养关系的协议。图穷匕见，这张协议才是重头，此前都是铺垫。他们向我解释，我既然过上了稳定的生活，那么这一层关系也已无关紧要，对我而言，他们已经帮不了我什么了。他们想要从这段关系中解绑，哪怕只是名义上，也不想再有我这么一个孩子。我干脆地在协议上签了字，又陪同他们去民政局办理解除收养关系的手续。手续不到半个小时就完成了，当初建立收养关系的流程却是跑了好几个地方好几个部门才得以确立的。

走出民政局，我把他们送回了家，相约要经常见面，杜丽甚至掉了好几滴泪。回去之后，又心照不宣地没有联系。逢年过节时，我会寄一些贺礼过去，发送几句祝福的信息，杜丽喜欢在朋友圈里发旅游的照片，每一条我都会点赞，我们后来就一直这么客客气气、冷冷淡淡。

说起来，我的大学生活也过得很拮据，并没有得到养父母承诺的资助，不得不自力更生，始终为钱发愁，但就是在那几年间我学会了真正的伪装。

养父母为我缴纳了第一个学期的学费，稳定地给我打了两个月的生活费，之后便杳无音讯，我发过去的信息再没有得到回复。那时候心气傲，不想变成追在人屁股后面要账的讨厌鬼。我已经年满十八岁，按照社会规则，是能力自主行为自负的成年人，可以结束对父母的依赖关系，为自己的未来负责。

不过我没有办法申请贫困生学费减免和助学金——手续烦琐，而且我也不符合条件。我向辅导员询问过，助学金需要提供家庭低收入证明、低保证明或残疾证明，法律名义上我的父母仍然是杨爵和杜丽，完全不符合申请条件。即便申请上了，也要在学校网站上公示，将匮乏和贫穷抖搂出来，多么令人羞耻，但助学金就是这么一回事儿，需要牺牲一部分尊严换钱。我也不想去学校勤工俭学处注册，他们经常会介绍一些发传单之类的临时工作，也会给学生安排家教、送水工之类的工作。

我不想在学校里抛头露脸，干脆到校外碰碰运气。

离学校五六公里的地方有一个IT产业园，我在那里转了好几天，壮起胆子问了几家门店是否招收兼职，有一家咖啡馆招聘了我，上周六和周日两天全班，再加周五晚上的一个夜班，早上八点到晚上十二点，一天工作十六个小时，日薪七十元，一个月干满八天，正好可以糊口，我有时候还能打包店里的过期面包和三明治回学校，糊弄几顿。我不想让别人知道我过着捉襟见肘的生活，一面对舍友和同学说，找份工作是为了锻炼自己，另一面，我也不参加任何集体活动，避免和其他人走得太近。本硕六年，我过得既普通又低调，学校里并没有几个人知道我的名字。

店里的咖啡机都是半自动的，无须复杂的操作，热咖啡就会沿着管道滑入杯中，但老板还是让店里的咖啡师培训了我一个下午，主要练习拉花，把牛奶以"之"字形匀速地倒入咖啡中，再向上提拉，在表面拉出一片叶子的形状。我练习了两三个小时，用掉两盒牛奶，喝了一肚子咖啡，终于能够拉出一片像样的叶子。

培训我的咖啡师名叫安迪，他反复纠正我的动作，让我学着用肩带肘，只有这样才可以拉出完美的"花"。安迪说，来这里的大部分人对咖啡一窍不通，漂亮的拉花非常重要，他们只看得懂这个，至于咖啡到底是什么味道，其实没有几个人在意。

安迪是我在现实中见过的穿着最考究的人，我第一次见他的时候就惊讶于他的精致，看起来像个明星。他穿一件亚麻的蓝色宽松衬衫、洗得发白的旧牛仔裤，一双无尘的白球鞋，头发半长但微微向后卷，戴一副黑框眼镜，腕上一块欧米茄的电子表，周身并无什么贵重的装饰，但文质彬彬。这身装束如果安在我的身上，恐怕会显得非常笨拙臃肿。很多时候，衣服如同野兽，我们无法驯服，只能把它们绑在身上，但安迪做得很好，他驯服了亚麻衬衫的褶皱、牛仔裤的旧、白球鞋的刺眼，材质、颜色、新旧在他的身上和谐统一，互相映衬，又似乎不费吹灰之力。

跟咖啡馆老板站在一起时，安迪的派头反倒更像老板，大约他做事也很周全细致，店里几乎全部是他在打理。安迪说话也很有特点，慢条斯理，字正腔圆，不会有任何突兀的声调，这让他说废话也很动听。哪怕在咖啡馆最忙碌的时候，他也可以一直保持着微笑，情绪稳定——直到下班之后，把卷帘门一拉，他那张提拉了一整天的笑脸才会松懈下来。咖啡馆的工作不算特别辛苦，体力消耗并不大，但站立一天，还是会觉得四肢酸疼，尤其是腿，一下班，大腿内侧的肌肉条件反射般颤抖起来，我要在地上蹲上好一会儿才能缓过劲儿，再骑自行车回学校。

几乎每个周六和周日我都和安迪待在一起，但我并不知道他的真名，也不知道他是哪里人——外地人还是本地人、城里人还是乡下人，不知道他的教育经历，不知道他和这家咖啡馆的关系——是股东还是纯粹员工，不知道他的具体年纪，只有个大概猜想，二十五岁到三十岁，但他的行为举止看起来比年龄更加老练。每一次见到他，他都精神饱满地站在柜台后，一副胸有成竹的模样，我不知道他到底对什么这么胸有成竹，也不知道他的底气从何而来，只觉得那模样实在令人羡慕，而我始终身处动荡，时时感到不安，忧烦生活费、学费，忧烦身份的问题，忧烦明天怎么度过。这让我很不安，局促又瑟缩。下班之后，回到宿舍，躺在床上，我会想一会儿安迪，我意识到他有一种魔力，使人想要探究。

给客人端送的任务交到我身上，安迪很少离开柜台，我见缝插针地找时间练习拉花，直到能拉出完美的花形。

他夸赞我："果然是大学生啊，学东西真快。"

我捕捉到一点信息，反问："你没有上过大学吗？"

他笑起来："没有，不过那也没什么吧。"

我说："是的，没什么。"

园区和大学城紧挨着，占据城郊的一大片空地，离城市中心大约二十公里，从划地到修建，把上班、上学的年轻人攒过来，再到盖满写字楼，只用了十年。很难想象，十年之前，我所就读的斯城理工大学，还有这个IT产业园，只是一片连绵平坦的农田，如今已成斯城的新贵之地。这里并不像市中心人多地少，市中心的房屋只能互相堆叠向上生长，新城地广人稀，道路都是八车道，所有建筑像一张张饼皮平铺在地上，从一个地方到另一个地方，须绕很远的路，有时候仅隔一条街就像隔着一道渊。这里人的面貌也和斯城老城区不一样，大抵是从外地来此工作的年轻人，脸上透露着张皇和无处安放的野心，新城就是留给这些人的，他们涌入这片最初的不毛之地，奋起直追，十年之内就聚拢起全国数一数二的产业集群。斯城的新城和老城，完全是两座城市。

产业园区距离我的学校不远，但我在这里几乎没有看见过大学生。园区内一共三家咖啡馆，我所工作的这一家在园区的中心位置，生意火爆，每天满座。有些人从早到晚泡在咖啡馆里，一杯苦咖啡放在面前，打开电脑，坐一整天。

安迪很招女人喜欢，我观察到这一点，咖啡馆里有些女性常客，每次来都会和安迪搭几句话，她们还会向他讨要电话，大部分时候他会拒绝，但偶尔会答应其中一两个女孩，他把号码写在咖啡杯的防烫纸套上，递给她们。

"号码给谁，有什么讲究吗？"我问安迪。

"要给最有可能性的人。"安迪说。

"什么可能性？"

"通向美好生活。"安迪笑着说，"这是我的秘诀，暂时还不能告诉你。"

寒假我也住学校，为了赚取生活费，在咖啡馆连续上了一个月的班，其中跨越了春节假期。快到春节假期，整个园区里充斥着一种逃离的气氛，明明还未到假日，上班的人已经寥寥无几，咖啡馆里难得没有客人，只有伊迪丝·琵雅芙慵懒的嗓音不断回响，制造出一种骇人又喧闹的寂静。安迪提议，我们一整天什么都别做，也坐在靠窗的位置喝一杯咖啡——那个位置正好可以看见斯城的标志性建筑，平常时时有人占着。他做了两杯咖啡，一杯放在我的面前，一杯自己享用，然后窝进沙发里，一条腿架在另一条腿上，向后一仰，发出舒服的叹息。我发现，即便是用同一批咖啡豆，同一台机器，不同人做出的咖啡味道也不一样。我喝不惯咖啡，一直喝不惯，无论多么昂贵的豆子，多么精细的冲泡，到我嘴里，只有土和渣的味道。

"你是在乡下长大的吧。"安迪说，"你身上有挥之不去的土气，想要去又没去干净。老板招你时，你说自己的父母在大学里教书，可是我一眼就看穿你，你说谎。想要变成城里人可没有那么容易，不是随口捏一个身份就可以，是要脱胎换骨的，不然就很拙劣。"

我心里一惊，觉得解释起来很复杂，干脆闭嘴。

安迪见我没有回答，又自顾自地说下去："我们每天在咖啡馆里见到的人大部分都是模仿犯，假装自己是城里人，在这里优哉游哉地喝着咖啡，谈着几千万的生意，实际上呢，一到过年，乡下亲戚就开始召唤，'快回来呀，快回来呀'，他们只好把自己那身刚刚长出来还没有长结实的城里人的皮脱下来，回到乡下人的窝里，那里可没有什么现磨咖啡、音乐、软沙发，或是你我这样的服务人员，有的是借钱又爱管闲事的亲戚，莫名套近乎的发小。在那里，他们也会摆出城里人的样子，展示他们新学会的种种'城里人才会做的事情'。他们自以为可以自由切换，但我能一眼看穿他们的本质，这些人不管出入多么光鲜的场所，穿着多么昂贵的衣服，被多少人左拥右簇着，里子还是一团泥巴。"

那天的安迪面孔狰狞，语气尖酸，和往日不同，他那套"城里人""乡下人"的说辞也让我很不痛快。

年关将近，店里没有客人的时候，他没事儿就把他那副隐藏在微笑面具下的獠牙拿出来擦洗一番，原来以前温文尔雅的模样都是伪装。他似乎总有一腔无处发泄的无名火，对着我好一顿冷嘲热讽，经常挑剔我局促的举止、寒酸的穿着、干瘪的声音，竟让我回想起杜丽对我的训练。不过，他也只有对我才不惮于袒露真实，对其他人仍然谦恭有礼。用他那低沉稳重的声音说出挖苦的酸话来，真叫人头皮发麻。

春节假期，我亦无处可归，老板让我守店，照常开业。奇怪的是，安迪也没有回家，他本来应该休假，但也每天早早来到店里面。整个冬天，他都穿着一件裁剪合身的棕色大衣。早上开门，我一眼瞥见一个棕色的影子悄无声息地猫进来，就知道他来了。他给自己做一杯咖啡，端到会议室去喝。我知道他最近在考一个国际咖啡师方面的资格证，日夜准备着。

"你不回家吗?"我问。

"我没有家。"他没好气地说。

"那个什么证，有什么用?"

"没有什么用。"他把我推出去，把自己锁在休息间里，直到晚上关店。

我对他更好奇了，但问他什么，他也不回答。

来年的四月，安迪请了三天的假，去北京参加考试。回来之后，他说应该能够拿到国际咖啡师的资格证，日后他还要去参加咖啡师比赛，参赛费都要五千多，若是拿到什么奖，他可以自立门户。他心情看起来很不错，下班后，我们在旁边的便利店坐了一会儿，他请我吃了一根热烤肠。这是安迪第一次为我花钱，之前他总是用店里的东西请客打发人，慷他人之慨。

"你的真名叫什么?"我又尝试问了一次。

"安迪。"他说，"这就是我的真名，我为自己取的名字，至于身份证上的名字，不重要。安迪才是真的我，是我选择成为的我。"他口中说着，手伸向大衣内侧的口袋，掏出身份证来，扔给我。

他身份证上的名字叫作"张顺"，普通得不能再普通，像是未经思索取下的名字，籍贯在甘肃省天水市下的一个小县城，年龄二十六。我有些惊讶，我一直以为安迪是斯城本地人，或者说，他表现得比本地人还本地人，能说一口流利的斯城话，在店里经常用斯城话和一些女孩子聊天，叽里呱啦的，我只能听懂其中一成——尽管我在斯城已经待了好几年。我那时候才知道，他所说的"脱胎换骨"是什么意思，他必为此付出了海量的时间和巨大的艰辛，仅仅是为了披上一层斯城人的皮。

安迪把身份证收了回去，放回大衣内侧的口袋。他问我是否感到意外，我点点头。

他颇感得意，又说："我会的可多了，没有一点口音的粤语，没有一点口音的斯城话，全部都是自学成才，我在语言方面有点天赋，可以学到十分像。其实学语言不难，难的是下定决心，切断过去，变成另一个人。只有学会了一个地方的语言，晓得一个地方上下三路的玩笑，才算是得到了一件名为'当地人'的隐身衣。而这样的隐身衣，我现在有了好几件，但是你要问我还会不会说老家的方言，我是一句也不会了，完全想不起来，也不会去想。在任何一座城市的任意一股人群中，我都可以完美地把自己隐藏起来，不会因为某个不地道的尾音暴露自己。不怕跟你讲实话，我特别讨厌自己的出身，讨厌穷乡僻壤没有名字的家乡，特别讨厌没钱没见识的父母，讨厌早早嫁人的姐姐，讨厌无能的哥哥,他们对我来说是负担,所以我把他们都抛下了,从根本上把自己和他们切断,决心再造一个自己,用在大城市里接触过的好东西把自己重新填充一遍。我知道哪些是真正的好东西,哪些是五光十色的垃圾。我也知道其他人盯着你看的时候,到底在寻找什么,所以顺从他们就可以了,做个光鲜的人还不容易吗?!我可以做得比任何一个城市人都更像城市人,像北京人、广州人、深圳人,说话腔调,穿衣规则,饮食习惯,人生经历,各种各样的文化符号,外加一点钱。有时候我想,我这样的人,或许才能算作是真正的城市人呢,因为我心里是空的,尽可以把最新的东西塞进去,不会被任何东西束缚住。安迪,是一个全新的人,我自己捏出来的,维持这个人的形象,需要自律和忍耐。"

我张了张嘴,发出"啊啊哦哦"的声音,却没有说出话来。抛弃过去,再从身体里长出一个新的人,这事儿本身令人向往。我对安迪简直升起几分崇拜之情,但我又莫名地瞧不上他,觉得他拼命维持的形象太虚伪了。

安迪其实挺孤独的,他这样紧紧地用壳子包裹自己,不可能有真正意义上的朋友,他瞧不上我,但又视我为同类,对我放下了一部分戒心,后来又给我讲了很多事情。我有几次错过了宿舍关门的时间,无处可去,他把我带到了他的住处过夜。他住在离产业园不远的一个村子里,那个村子如今已经被纳入城区范围,房租低廉,有不少刚刚来斯城工作或在附近工作的年轻人落脚于此。安迪只租了一间十五平方米的次卧,房间陈设简陋,置有一张床、一个衣柜和一张书桌,以及好几摞半人高的旧杂志,有《国家地理》《三联生活周刊》《财新周刊》《人物》等,除此之外几乎没有杂物。他说杂志是他从废品站买来的,一摞只要五十块钱,他觉得看书太累,看杂志就刚刚好,一天能看好几本,什么都能了解一些,看完之后,他又把这些杂志按照五十块钱一摞的价格卖给另一家废品站,饱览知识,又不花一分钱。他从杂志上摘抄下一些自己觉得有用的知识,收集每个月各个杂志出现的高频词语,还有时尚杂志看中的服饰,誊写或剪贴在笔记本上,这样的笔记本他有三四十本,从十八岁开始,他就一直这么干。做这些工作让他特别有成就感,觉得自己学到了真正的东西,了解了整个社会的运行体系和国家大事。他转述这些二手信息时,会加一点自己的理解,也将其他信息串联进来,很有些欺骗性。譬如有一次,咖啡馆里的客人们坐在吧台聊股票,他忽然插了一句嘴,说"新能源必定要有一波大涨",又大谈A股和港股的利弊,与那两个客人谈了一个多小时也没穿帮,据我所知,安迪既不炒股,也没有这个打算,他完全是在戏耍他们。

安迪真正值钱的东西是一块价值四万块的手表,他偶尔会戴——是以前交往过的一个女孩送给他的礼物。衣柜里还有一些好衣服好鞋,他拿给我看,据称价值昂贵,不过我完全看不出,只觉得和普通的衬衫、外套或鞋子没有区别,甚至更乖张一些。他让我摸那些衣服,感受它们,我还是摸不出差异。

安迪语带讥讽:"你离入门还远着呢!"

有关安迪,我知道得越多,越觉得他神奇,和我有着相似之处,从某个角度看,我们共享了同一个故事。

安迪出生的村庄和燕子窠一样,是地图放到最大也没有标记的地方。那地方本来就又旱又穷,他的父母务农,还有一个姐姐和一个哥哥,一家人都没有怎么接受过教育,父亲小学文凭,母亲大字不识,姐姐小学毕业,哥哥读完了初中,姐姐嫁去了县城,哥哥进入屠宰场干活。安迪在乡镇中学读到初二,因为打架被开除。据他说当时有六个学生一起打架,但学校只开除了他,因为软柿子好捏,其他家长会到学校去闹,他的父母是最老实安分的人,不懂什么叫作"闹"。

他离开学校后跟随一个同乡去广州郊县打工,组装音响,每天工作十二个小时,周日休息半天。他当时还没有到法定工作年龄，只能算半个工，工资是其他人的一半。不过在工厂的日子还算是无忧无虑，身边都是差不多出身的同龄玩伴。厂区很大，除了拥挤一点，几乎什么都有，他和三个同伴一起买了一辆快要报废的摩托车，每到周末骑着车四处闲逛，但很少离开郊区的范围，明明广州城就在四十公里开外，但他们却从来不去那里，因为害怕花钱，大家都说城里吃饭贵喝水贵，干什么都要钞票。直到有一天，有一个工友去广州的医院看病，安迪骑摩托车送人，才第一次抵达市区。他陪着工友去了医院，随即骑着摩托车离开，他去了商场、公园，在老居民区和崭新大厦之间游荡，然后他在心里做了一个决定，要留在广州。厂区是扁平的，贫瘠的，只有做不完的工和来来去去的工人，大部分人打一枪就跑，做不长久，所以不会留下痕迹。在厂区里，时间不是自己的，房子不是自己的，力气不是花给自己的，甚至赚来的钱也不是自己的，他所有之物只有一具肉身。厂区并没有真正向上的希望，大家都差不多赖活着。他妈妈一直打电话过来，叫他把赚的钱全部寄回家，他照她说的做了好几年，身上只留几张糊口的钱，父母在他的资助下，盖起了一栋两层的小楼，楼房外面贴着雪白的瓷砖，里头却裸露着光面儿的红砖墙。他在同一片厂区换了好几家工厂做不同的工，不过他已经变了一个人，晚上即便累得半死，也不想倒头就睡，他每晚听广播，学广播里的人发声和说话，压低嗓子，用胸腔发声，直至将播音腔学到惟妙惟肖，他觉得播音腔听来浑厚，有令人信服的威力。

一过十八岁，安迪给家里打了一个电话，说以后不要再联系了，以后各人管各人，他也要去讨自己的生活。隔日他离开了厂区，去了真正的广州。

经过一个工友的介绍，安迪进入一家老牌的豪华酒店做门童，帮客户运送行李，这工作是他精挑细选的——也是走后门才拿到的，酒店门童要求至少中专毕业，他初中都没毕业。他想看看那些有钱有势的人怎么活，怎么个腔调——腔调，这个词一直在他口中反复出现。他通过看电视和听广播自学了粤语，和一些简单的英语。门童的工作对他来说太过简单，他长得不错，说话又讨人喜欢。工作手册上写得很详细，什么时候上前给客人拉开车门，什么时候上去搬行李，怎么搬行李，乃至于弯腰鞠躬的幅度、笑容的时长都有对应的标准，他在那里学会了控制自己的情绪和表情。工作之余，他观察那些来住店的客人，寻找他们之间的共性、他们和自己之间的差异。他打心眼里觉得自己和那些人最大的差别不是别的，而是身上的腔调。那个酒店接待过政要、明星、巨商，不遗余力地营造高人一等的人间仙境：高耸肃穆的天花板、浓淡相宜的香气、四处铺设的大理石、金丝绒的沙发、鲜花、灯光、落地玻璃窗，以及服务人员过度谄媚的语调、熨帖的寒暄和服务，与外面污浊的现实世界隔绝开来，酒店里等级森严。这样的气氛使普通人感到局促，却让有些人宾至如归，他们越松弛，环境便和他们越般配。唯有这样的区分，才能让客人感觉到人和人之间存在真实的界限，钱能带来的优越感。他很难想象自己的父母、厂区的工友走入这间豪华酒店的模样，他们会佝偻起来，越缩越小，然后恐惧得转身就逃。酒店经常给员工做培训，告诉员工们，能够在这样的地方工作已经足够令人骄傲了，他们最重要的使命不是别的，是让顾客感觉被无条件地爱着，无微不至地关怀着。但安迪并不觉得帮有钱人开开车门或搬搬行李就能到达高潮，他觉得自己和那些人并无本质上的区别，他想要的是成为他们。他在酒店里蛰伏，等待机会。

安迪问我有没有看过《猫鼠游戏》这部电影，里面的骗子是个模仿天才，可以伪装成医生、律师、飞行员，只要给他一件制服，他立刻就能转换身份。只要有模仿的天赋，一个人理论上可以成为任何人。人本身就是凭借模仿活着，有钱人家的孩子模仿他们的父母，父母又模仿他们的父母，模仿而不自知，直至行为习惯、思维方式刻入骨髓，一代又一代传递，固化为模式，形成腔调。农民的孩子也向父母学习，罪犯的孩子也向父母学习，但那些站在高位的人却要将解释颠倒过来，以显示自己的优等，有权者恒久为自己的权力辩护，有钱人恒久为自己的财富辩护，低位的人只能恒久为自己的低位所困，却看不透其中的虚伪。

安迪说："现在大部分城市人成为城市人的时间不足三十年，可你看他们表现得就像是从来如此，祖祖辈辈以来就是这样。走入超大城市，我们为它们的健全和繁荣惊叹，也会产生一种错觉，觉得这些城市从来都是这么健全而繁荣，这些建筑物从地球诞生之初就已经存在，生活在其中的人也是——一直就这么生活，但是只要往上数两代，谁不是在土里讨生活，大家从同一个起点出发，然后迅速分化，走向不同的支线。只有抛弃一种身份，才能得到另一种身份，抛弃得越彻底，走得越远。我给自己取了一个新名字，安迪。我觉得安迪应该是这座城市的新贵，没有一丝一毫过去的羁绊，只为未来活着。"

安迪在酒店遇到了一个和自己年纪相仿的男人，那人是酒店的VIP客人，在客房住了两个月——真有钱。开始安迪帮他拎包送餐，熟识之后，他和安迪攀谈，说自己做咖啡豆的经销，这门生意蒸蒸日上，眼下他就有好几吨哥伦比亚的咖啡豆在太平洋的货船上，很快就运抵港口。他断言，虽然中国现在咖啡的市场份额还不大，只有二十个亿，但几年之内，这个数字会爆发增长，到一百亿，甚至一千亿，以后的咖啡会像豆浆一样普及，因而他需要一个年轻又脑筋活络的助手，跟他一起开拓市场。那人是在美国出生长大的华人，说起话来热情四溢，中文夹杂英文，伴随着夸张的表情和肢体动作，有奇特的说服力。那时候安迪着迷于一切有关未来的说辞，而且他直觉这是一项有前途的工作，立马从酒店辞职，跟着那个年轻人一起干。他粗学了一些咖啡的知识，那人出钱让安迪到深圳买了一个精品咖啡师的证，此证没有任何技术含量，但人们就是很吃这一套。所以安迪扯了个证，就可以充当权威。当时咖啡的生意主要集中在大城市，安迪就跟着他大江南北地跑经销商，他们每次订的都是五星级酒店。他第一次以客人的身份进五星级酒店，酒店服务人员迎上前来对他微笑，微微鞠躬，用热情的声音向他打招呼，他浑身汗毛都竖起来了。被人尊敬竟然是这种感觉！

咖啡一开始是最洋气的东西，咖啡馆总是开在城市的中心繁华地带，人们喝咖啡还带着几分仪式感。逐渐地，如今街头巷尾全是咖啡馆，正如那人预言的那样，咖啡迅速平民化了，变得像豆浆一样普及。他们又开始做昂贵的精品豆，价格比普通豆翻上几倍甚至几十倍。

咖啡师这个职业也带给安迪一些光环，和他打交道的人大抵是些富裕的年轻人，有些本钱，觉得开咖啡馆是顶顶洋气的事。那时候安迪已经精于伪装，知道说什么话穿什么衣服，在什么场合扮演什么角色。他模仿他的老板，也模仿那些年轻的经销商，再把咖啡生豆翻几倍的价格卖给他们。那些人完全不知道安迪的底细，还以为他和他们是同类，他装得太像了，有时候连自己都骗过，觉得自己好像真是什么不得了的人物，滋生出莫名其妙的优越感。他有一套自我训练的方法：跑去一座城市消费最高的地方待着，最高档的商场、酒店、餐厅，一分钱也不要花，如果待得安逸且自我感觉良好，那感觉就对了，如果感到格格不入，那表示修炼还不到家，还得再修炼修炼。当时经济形势很好，行业正在起飞，安迪也被一阵风托举到空中，他觉得自己已经脱胎换骨。

安迪老板的生意越做越大，安迪也跟着赚到了一些他指缝里漏出的钱，钱不是很多，但足够他开展一种全新的生活。他考虑在广州买个小房子，或是在深圳安家。就在那时，他得知乡下的妈妈患胃癌的消息。他早就跟以前的亲戚朋友断开了联系，消息是家人特意放出来的，转了七八道才送到他耳中。一开始他不想理会，那个深山中的农妇跟他已经没有关联。虽然这么想，他却在夜里睡不着觉，躲在安迪皮下的张顺偷跑出来，占据他的身体，叫他为那个可怜的农妇流眼泪。安迪的父亲蛮憨又小气，既拿不出那么多钱，也不会真心想替她治病。但安迪并不想回老家，也不想跟那些人再扯上关系，他觉得一旦回去，粗具形态的'安迪'就会夭折。他托人问到了手术的费用，给他们打了十万过去。本来以为就此了断，后来他的家人又托人捎信，讨要后续的治疗费用，安迪又打了十万过去，九个月后，得知她病危，他又打了五万。她去世的确切日子安迪不清楚，大约是开春时节。后来，安迪辗转得知，打过去的那些钱，并没有真的用在他妈妈身上，大部分被他哥哥拿去填了赌债。不过他并不觉得生气，反倒感到完全的解放，一身轻松，他已经做了"张顺"能做的一切，"张顺"已经完全被排泄出去，之后他的身体里只有安迪。

咖啡市场做大之后，安迪的老板决定做点进口啤酒的生意，安迪满心以为老板会拉自己入伙，但老板另找了一个合伙人，那人更加能说会道，把老板哄得一愣一愣。安迪不免失望，但他没有表露出来。没多久老板被人骗去几百万，之后运气陡然坏了，连咖啡豆的市场也被后进者瓜分大半。但安迪的老板本就家境优渥，从商只是遵从父亲的意愿，赚钱时还觉得有些兴致，跌跟头后，便觉索然无味,说中国到处是骗子,赌气回了美国。走之前,他把公司卖给了别人,一点也没有给安迪留。安迪送他去机场,他拍着安迪的肩膀说:"从今往后,你只有靠你自己了。"两个人一起混了好几年,那人对中国,对安迪,对事业,毫无眷恋,带走的只有几千万钞票。好在安迪也不是什么都没剩,他有了一点钱,也有一技之长;他也不是全无机会,如果想继续卖咖啡生豆,也有几分利赚。他来到了斯城,希望能开一家自己的店,真正扎下根来。对此,他有无限的耐心和信心。

他说:"有时候我会想象自己继续待在工厂,如此打工十年,现在的自己会过着怎样的生活,或自己如果不是出生在山里,一直接受教育,此时又会过着怎样的生活。谁都知道没有如果,但还是会忍不住想象,我经常希望自己是另外一个人。我现在已经是另一个人了。"

作为交换,我也对安迪讲了自己的来历,我和养父母的关系,讲着讲着,又觉得太多自怨自怜,有些大惊小怪。安迪的艰难岁月,只会比我多,不会比我少,但我们又已经是世上绝顶幸运的人了。

安迪饶有兴致地听完了,嘴巴一噘,换上了惯常那副令人讨厌的面孔,说:"我不知道你在抱怨什么,你的运气已经超过世上大多数人,至少跟跟跄跄地进了最稳妥的赛道，只要咬咬牙，坚持个几年，现在经济形势这么好，工作遍地都是，有什么可抱怨的，难道仅仅是在抱怨自己得到的还不够多，那对好心的夫妇没有给到你足够的支持？熬着吧，等你熬完了大学，开始工作，建立自己的生活，会有别的机会。"

他问我是不是对原本的出身感到羞耻，我说是的，但我同时又对背离自己的出身感到羞耻。他又问我，是不是很享受别人把我当成教授的孩子。我说是的，这个身份隐藏着一些好处和优越感，我很享受，但每次我开始扯谎，胃酸会突然翻涌上来，好像有什么在阻止我继续说下去。我害怕说话前后矛盾，害怕被人戳穿。不过，陈述事实让我更难受，事实太过冗长复杂，解释起来又大费周章，谎言反倒朴素简洁，几句话能讲清楚。

安迪哈哈大笑："信念感，你要有信念感，熟能生巧。而且，你长了一张令人信任的面孔，你看起来一点也不精明，这是很大的优势，你撒谎，也没人会怀疑你。"他说我最大的问题是犹豫，徘徊在过去和未来之间，无法完全割舍掉原来的自己，所以无法完全消化新的身份，成为不了全新的人。

他决定给我上一课，周末带我去一个地方，去之前他让我好好收拾一下，"穿得体面一点，搞搞头发，刮干净脸"。到了之后，我才发现是一家店，在最熙攘的市中心，高耸着的无字的门头，门脸大部分是橱窗，橱窗里一个长条案，条案上放着一个大红雕漆的食盒，一个青铜大尊，密匝匝地插了一大束花，橱窗边上一个黑色小门供人进出，有几个精致的男女鬼鬼祟祟地进了门。我试图辨认这是什么店铺，却不知道到底是卖什么的。过了好一会儿安迪才来，他看起来和平常不一样，头发还是那样，松松散散又精细到每根头发，身上穿着蓝色条纹麻制衬衫和白色麻制的裤子，衬衫扎进去，系着一条细皮带，脚上一双翘头皮鞋，一只手插着兜，一只手放在外面，缓步走过来。我问他，那是什么店。安迪说，饭店。我说，这一点也不像饭店，不开门迎客，倒有拒人于千里之外的意思。安迪说这样才让人愿意花钱嘛，这家店人均两千。我听了咋舌，以为他要请我吃饭，如果是的话，我会对他刮目相看。谁知安迪说，不吃，只是进去坐一坐，要一杯水喝。他带着我从小门进去，进门之前，他停顿了一秒钟，闭上眼睛，身体颤了一下，好像被什么东西附身一样，等他睁开眼，就不是我熟知的安迪了，更像一个散步到此的有钱人——我直观地感受到他说的"腔调"是什么意思。门后是一条窄细的木质楼梯，灯光昏暗，只够照亮眼前，墙上贴着切割精细的彩色玻璃，把光线折射成一片片金黄的光束，华丽而诡谲。到了二楼，经过一组大漆屏风的玄关，光线豁然明亮，说是饭店，却没有大堂，一个身材高瘦、服饰整肃的服务员迎上来，询问我们是否有预订。安迪问，有没有靠窗的小包厢。服务员回答说，还有。我们穿过甬道，来到一个靠窗的小包厢，窗外可以看见大湖，地上铺着深红色的绒毯，壁上是深绿暗纹的墙纸，红与绿却配得不艳俗，墙上挂着一幅女人肖像，桌子和椅子都是旧式风格。我们坐下来，服务员给我们拿来菜单，狐疑地看了我一眼，好像我并不该出现在这里。我立刻感到一种针对性的鄙夷，我从头到脚，从里到外，都不是应该出现在这里的人，随即不自觉地瑟缩起来。安迪已经开始在翻看菜单，看完之后，他眉头紧皱，轻轻敲了敲桌子，说，为什么菜单还没有更新？服务员上前一步，低声解释，要下个月才换秋季菜单。安迪说，先来两杯水，我们考虑一下。服务员立刻为我们先上了两碟小食和两杯水，随即躬身退了出去，拉上了门。人走以后，安迪站起来，说，不愧是人均两千的餐厅，画是真的名家作品，其他东西也用得很讲究，墙纸是英国货，地毯是尼泊尔的手工地毯，家具是二十世纪三十年代的老红木，下了本儿的。他对这些倒是如数家珍。

"你不要这么拘束。"他说，"太露怯了，又不是让你真花钱。"

我小声问安迪："你来过这里？"

"没来过。"他说，"水喝完了吗？走吧。"

我一口喝完杯子里的水，跟着他走出去。先前的服务员迎上来，问他有什么需求。安迪说，等换了菜单再来，不想吃中餐了，随即施施然走出去，服务员一路把我们送到门外。我们在三百米之外的面馆随意吃了一顿，人均十元，然后坐地铁回了新城。

我至少从安迪那里学会了一点，身份可以选择，这种新奇的角度带给我一些全新的认知，譬如安迪一直反复提起的"腔调"，以前我只能模糊地体会到一些，后来越来越清晰地捕捉到它到底是什么。侦探们经常通过人物的穿着、沾染的痕迹、行为和语言习惯来判断一个人的身份和意图，但"腔调"不只是这些外在表现，只有意识最深处最顽固的东西才能被称为腔调，才能用以区分人。想要获得某种腔调，并不是容易的事情，需要扭转内在，日积月累地练习，也需要环境的配合，最后脱胎换骨。我唯一的疑惑是，我并不知道自己真正想要割舍什么，留存什么，对自己要成为怎样的人依然意识模糊。安迪是怎么一开始就确定自己要扮演的角色，对我而言，这始终是一个谜团。

我在咖啡馆一直工作到大三下学期，安迪那时候开始和一个经常来咖啡馆工作的年轻女孩谈恋爱。那个女孩不修边幅，和美丽不沾边，头发总是乱得像鸡窝，面容枯槁，穿衣也很潦草，层层叠叠地堆在身上，走在街上无人在意，其他方面也看不出什么特别之处，和安迪站在一起并不协调。安迪的异性缘一向很好，我亲眼见到许多女孩向他示好，但他从来没有真正回应谁，我一度以为他对女人不感兴趣——注重外表的男性经常会给人这样的误解。直到遇到那个女孩，安迪突然变得很主动，每次那女孩来店里，他请她喝咖啡，送她蛋糕，跑去和她搭话，没几天就发展到一起逛街看电影，送她上下班。真的，他不费吹灰之力就赢得了她的欢心，那女孩的面孔上竟然也焕发了一些生机。

安迪的魅力毋庸置疑，姣好的样貌无论对男人还是对女人都是优势。按照安迪的行事风格，我觉得这场恋爱也是他精挑细选之后的结果，理由我却不得而知，我还以为安迪会选择和他一样光鲜的人，他又不缺选择。

"她有什么特别之处？"有一天，我问他。

"她很合适。"

"哪种合适？"

"各方面都很合适。"他说，"她很完美。"

安迪找了个位置坐下来，头微微仰着，得意地说："她第一次进店我就注意到她，她身上那些印着大logo的衣服是真的，不是地摊货，只不过她不懂，只管把一堆昂贵的符号贴到自己身上。她和我说话时，眼神闪躲瑟缩，不敢看人。我想她家境应该不错，但极度自卑，必须要靠这些外在的东西才能把自己撑起来。我和她聊了几句，她几乎没被人搭讪过，战战兢兢都说了。她是她父亲的第一个孩子，却从未受过关爱，后来她父亲再婚，生了男孩，她在家没有位置，从小学开始一直被她爸放在另一个城市的寄宿学校。她长得不好看，成绩普通，性格软弱，从小到大，没有得过几句夸奖，进入青春期后，也没有得到过任何男性的青睐。她不怎么和家人见面，不过她父亲给零花钱很大方，她都用来买名牌衣服，因为那些奢侈品店员也知道她好哄骗，说两句好听的话她全买单。这二十多年里，她从来没有得到过的东西，就是无条件的赞美和注视。你看她现在多高兴，像换了一个人。她也不是真的傻，能分得清哪些是真心，哪些是假意，但她不想分辨，只想稀里糊涂地活着，用钱买自己喜欢的东西，其实她才是发自内心地觉得钱无所不能的人。我想从她那里赚点钱，她想从我这里得到爱，你看我们多合适，如果不是我，她一辈子都不会被人这么注视和呵护。"安迪长吁一口气，继续说："我们多合适，说不定会结婚。"

那女孩果然很快就开始为安迪花钱。安迪买了一辆汽车，那女孩出了大头。即便住处离上班的地方步行只要十五分钟，安迪也坚持每天开车上班，把车停在离咖啡馆不远的停车场里，不动声色地炫耀。他经常带那个女孩兜风，送她回家，有时候也会捎我一程，那女孩坐在副驾上，总是不知何故地大笑。车里的内饰按照安迪的喜好选择，米白色真皮还散发着蜡油的味道，我觉得很臭，但安迪每次进车门都会深吸一口。他对女孩也很照顾——就像五星级酒店的客服，上下车为她开门，下雨为她打伞，准时准点接她上下班。他们相处融洽，几乎日日黏在一起，看起来真的是奔着结婚去的。

果然两个月不到，他们结了婚，不过没到两年又离了婚。安迪从那女孩身上剐了一大笔钱和一套房子，几年以后我再见安迪，他已经是一家连锁咖啡店的大股东了，不过这些都是后话。

至于我的学费，很快就成了问题。安迪出手帮了我的忙，他借了我一笔钱，利息定得比银行高一些，我写了一张借据给他，约定毕业之后分三年还完本金和利息。但我一直觉得安迪不可信任，没过多久，我申请到一笔国家级的奖学金，便将那笔钱还给了他，之后我一直靠着微薄的奖学金，再加校外打工，艰难地完成了学业。

安迪教我怎么利用养父母的愧疚：不要继续跟他们接

触，要等到能够自立时再出现在他们面前，让他们知道，没有他们我也能活得不错，不能表露出一丝一毫的怨恨，反倒要显示出不计前嫌的宽容。让自己变成一个困扰他们的名字，一天也忘不掉，当我再次出现时，年轻又有活力，与他们的儿子年龄相仿，他们对杨克森的感情会投射到我身上，愧疚会立刻转变成补偿心理，他们会想做点什么弥补，在一定范围内，我提什么条件他们都会答应。

他说，好好利用他们的补偿心理，不要随便浪费机会。这话我一直记着，这个机会我也一直保留着。

5

自打田微清跟我提出要见家长之后，我找了种种理由拖延，她意识到我在敷衍她，下了最后通牒。她以为是我不想面对自己的原生家庭，所以不想向前推进。

"早晚有那一天，你也不能躲一辈子，如果面前出现了绕不开的大石头，你就搬开它。"她摩拳擦掌，比我有干劲多了，"你爸妈肯定会喜欢我的，你们肯定能冰释前嫌的。"

我只好给养父母打去电话，杜丽接了电话。我们很久没有联系了，她接到我的电话，声音欣悦。我对他们讲了自己交上女朋友的事，对方条件很不错，我们计划迈入下一个阶段，我已经见过女方家长，现在轮到女孩子来见我的家长，这让我很难办，我总不能把她带去燕子窠，那里什么都没有。

杜丽是多么聪明的人，立马听出弦外之音，口气立刻冷淡下去，她说："你想要我们怎么说？"

我说："我希望把她带去你们那里。"

杜丽说："这当然没有问题。"

"就像真正的一家人，不要告诉她以前的事情。"

"我们一直是一家人。"

这话很动听，却不是我想要的，我继续说："我不想功亏一篑。"

"你希望我们跟你一起欺瞒她。"她口气微微严厉起来。

"不是欺瞒，只是现在没法开口，以后我会好好跟她和她的家人解释。"我说，"我只麻烦你们这一次，以后再也不会麻烦你们。"

"我们商量一下。"杜丽沉吟片刻，挂断了电话。晚饭之后，她打来电话，说："可以帮忙，但只帮这一次，之后你得好好给人家解释前因后果，不要让我们做帮凶，建立在谎言之上的幸福一定不会长久。我们之所以陪着你演戏，是因为我们发自内心地希望你幸福。"

我们约定了一个日子,那天我带着田微清去拜访了养父母的新居——我也是第一次去。那是一个半新不旧的郊区别墅区,离市中心四十公里。每幢房子的外形几乎一模一样,大部分空置着,路上不见行人,门牌系统又比较混乱,我们在里面迷了路。最后我们只好回到小区门口,等待着杨爵过来接。杨爵小跑着奔向我们,满脸殷勤的笑意,领着我们走向了深处,一栋沿河的小房子。我和养父母之间又是几年没见,相比上一次见面,他看起来竟然更年轻了。他小声抱怨着,搬到这边之后,交通十分不便,每次开车去城里都需要很久的时间,周围也没有什么配套设施,菜市场在两公里之外,他们不得不开十公里的路去一家大超市,一次买齐一周生活所需。"不过,"他说,"空气还不错,我们在这里住得很舒服,到这个年纪还图什么呢,不过是身心健康。"我现在已经很擅长分辨真正的诉苦和伪装的自鸣得意。

杜丽正在厨房忙活,我们在房子里参观。房子里收拾得很整洁,家具还是以前的那些,有些陈旧,正因陈旧,加上鲜花的装饰,反倒显出历久弥新的典雅。田微清盯着墙上的一个非洲风格的彩绘面具看,杨爵解释说,这是他们从国外旅行带回来的古董,家里的每一样装饰物都有来历,台灯、花几、装饰画,全都是他们寻摸回来的纪念品。

田微清听着，觉得每样东西都新鲜，连声赞叹——同我当年一样。饭桌上气氛融洽，杜丽和杨爵一味地夸赞我，说我从小如何明事理，学习如何刻苦，是个不给人添麻烦的小孩。我在一旁战战兢兢，紧张得手心出汗，害怕养父母说出什么不该说的话，或田微清问出什么不该问的问题，再牵扯出我没法解释的什么往事，那事情就麻烦了，但他们居然绕开了所有的暗礁，好像那只是家人久别重逢的一个寻常日子，连我都为此感到吃惊。杜丽养的那条吉娃娃Tigo帮了大忙，有一两个小时，我们没什么可聊的，只好一直聊狗的事情。

下午三点，我们起身告别。养父母把我们送到了小区门口，杜丽拥抱了田微清，招呼她下次再来。在出租车上，田微清略带嫉妒地说，在现实生活中，她还从来没有见过比杜丽更有气质的女人。"在她这个年纪，还能维持这样的状态英俊，很不容易，一定花了非常多心血。"她甚至觉得杨爵和杜丽几乎是理想的父母，有教养有学识有财富，还如此漂亮英俊，她想不明白我为什么会和他们的关系闹僵。真实的答案显而易见，但我没有办法说出来。

"但你长得一点也不像他们。"她说，"看照片的时候我就觉得不像，见面感觉更不像。"

"其他人也这么说，我可能是他们捡来的吧。"我笑着说。

见过我的父母之后,田微清对我们的婚姻又增加了几分信心。她反复向我重申,婚姻绝对不只是两个人的事情,也是两个家庭的结合,好的家庭不一定养出好的小孩,但是糟糕的家庭出来的小孩总是带着严重的残缺,她不想容忍先天的残缺。

然后她制订了一次旅行计划,我们去了新西兰。从那段说不上多么愉快但也不算糟的旅行返程之后,她和她的家人一直催促着我们结婚,紧锣密鼓地开始筹备,选日子和订酒店,商量着新房买在哪里。事情发展的主动权便完全从我手中脱出去,成为他们一家人紧紧攥住的权柄,所有的决定都把我排除在外,结婚好像只是田微清和她父母的事情。一开始,田微清和我想的一样,搞一个简略的仪式,但她很快倒向了她的父母,要办一个恢宏的、体面的婚礼,因为这是惯例,她参加过好几场同学或亲戚的婚礼,如果搞得太简单会被人指指点点,太铺张当然也不好,太过时不行,太别致也不行,总之,她的心里存在一个看不见的精密刻度。他们仍然生活在一个人情密织的网络中,逃不开那种约定俗成的评价体系。我甚至觉得一场盛大的婚礼就是他们人生的图腾,这是大多数人仅有的一次当主角的机会。田微清母亲对此事投入了太多热情,她不放心交给年轻人来办，怕我们"多快好省"，搞得太寒酸丢了面子。为此，田微清的妈妈几乎跑遍了大大小小的星级酒店，寻找合适的场地。后来她们看中了斯城的一个老牌酒店，一定要叫我去看看。

我和田微清一起去看了那个场地，我被其奢华吓了一跳。头顶流苏水晶灯像瀑布一样从十几米高的天花板垂落下来，厚如云朵的剪绒地毯，雾似的幻灯飘浮在空气中，每一张餐桌上都配有一盆巨大的插花。酒店的工作人员介绍说，餐厅用了最先进的设备，音响效果堪比音乐厅，介绍完，还上台拿起话筒试了几句音。投影上播放着之前在此结婚的新人录像，女孩穿着大裙摆婚纱，艰难地朝着男孩子走去，刺眼的聚光灯投照在主角身上，反光煞白，面对人生大事，大家的表情都凝重严肃，但又时不时出离表演，显出滑稽和无所适从。在空旷辉煌的大厅中，如果不虚张声势，就无法对抗这里的膨胀和轻浮。

"就这里了。"田微清定了下来，"我参加过五场婚礼，这不算是奢侈的，只是中规中矩。"

虽然他们定的日子在五个月之后，定金却要先交上一笔。田微清陪着我去刷了卡，接下来花钱的地方还有很多，婚庆公司要开销一笔，买戒指一笔，还要趁着打折的时候订酒水和亲友的住宿。划卡的时候，我心脏总是会突然停一下，就像有人伸手进去拨弹，然后钱就像水一样流走了，附着在金额上的安全感也跟着流失，夜里想到这个我甚至会发冷汗，想到自己也许会露宿街头。热衷于计划的田微清很快感到了乐趣，她列下一个个时间节点，一步步推进，一直催促我将出席婚礼的亲友名单交给她，我一直推托，她一直埋怨，实际上在斯城我没有什么可以出席的亲友。不过这个小瑕疵并没有干扰田微清设定的进程，她依然为自己的人生大事忙忙碌碌。

我粗粗算了一下，这场婚礼最终花销在四十万元，按照习俗，全由男方来承担。这已经远远超出我的积蓄，但我将它视作一项通行证，一张巨额的赎罪券，支付之后，才有资格和他们同乘一艘船，进入到一个新领域。最后，我只能向银行借了一笔消费贷款，年息百分之四，这些我都没法向田微清说，越没法说，越只能任由其发展。或许我已经搭上一辆无法下车的高速列车，可预见的结果，要么是抵达终点，要么是车毁人亡，一切都是必须付出的代价，我也不明白自己到底是步入了正轨，还是早已经脱轨。

我陪着她去租借礼服的店铺试衣。田微清一口气试了五件，白纱、蕾丝、缎带，还有烦琐的拉链，紧绷的束腰，女人被紧紧裹入衣料之中，像一条白鱼，鳞甲片片翻倒过来。她变成了全场焦点，闪闪发光。我走到她的身边，帮她牵引裙裾,看着镜中的男女,突然觉得自己灰头土脸,和这个女人实在很不相配。事实正是如此,而且,我也很清楚,如果真相水落石出,田微清会立刻离开我,她不能"容忍残缺",她的爱战胜不了任何东西。

最后田微清选了四套礼服,每一套礼服对应婚礼的一个流程:接嫁需要一套中式的,到了酒店需要换上一套行动方便的白色礼服,正式的仪式上是一套大裙摆婚纱,最后吃饭时换上一件紫色的敬酒服。每个流程要重新弄一次头发,化一次妆,因而还需要聘请一个随行的化妆师。我陪着她去付了高昂的礼服租金,不过那会儿花钱对我而言已经没有什么感觉,银行贷款又多了一笔,卡上的数字又少了一笔,仅此而已。我感觉到,感情到这个阶段全部依赖金钱的供养,如果没有钱,那一切也就无法继续。回家的路上,田微清不停地向我抱怨婚庆公司给出的视觉方案多么普通,她不想要那么庸常的东西,不想从一条铺满塑料百合花的花路走到我的身边。"太傻了。"她说,"那些塑料花不知道被多少人踩过,颜色都灰了。我想要真的玫瑰花瓣。"

"太傻了。"我也附和着,同时感到疲惫。把田微清送回家,我再回到住处,准备休息一下,听听音乐回血,忽然接到了一个陌生号码的电话。

电话那头的人用一种熟人的语气问我是否还记得他，那个声音有一种遥远的熟悉感，好像一个一直在我心底盘旋的黑影突然现身，但我想不起他到底是谁。我猜了两个大学同学的名字，那边的人嘻嘻地笑，说猜错了，让我继续猜。我感觉很不耐烦，怀疑是诈骗，或者无聊的恶作剧，准备挂断电话。

"我以前是《遥远的生活》的摄像，十几年前我们见过面。我们电视台想要重新启动这个项目，采访和记录一下当年参加节目的孩子们现在的生活，前后对比，不过这次我们不做直接播出的电视节目，而是把前后对比剪接起来做成一个系列的纪录片。"那人说。

"你是怎么拿到我的电话的？"

"我们联系到了杨爵和杜丽教授，他们给的电话。"

"你们打错电话了，我不是你们要找的人。"

我挂断电话，倒吸一口凉气，随即感到被梦魇缠绕般无法脱身的窒息。被刻意遗忘的过去张牙舞爪地扑过来，然后分明地宣告，一切岌岌可危。接下来几天，每天我都能接到节目组的电话，他们不断地劝说我再次接受采访，如果少了我的故事，节目会黯然失色。毕竟，十六年前，我和杨克森是节目里最受瞩目的两个孩子，引发过全民讨论，有那么几天，报纸和电视上铺天盖地是我和他的事儿。

在我们这个对照组中，贫与富、愚与贤的对比不是最惨烈，但人物命运后续的走向却最戏剧，哪怕只是宣告一下杨克森的意外去世，都会引起巨大的话题度，他们不可能放弃这么一个绝佳的题材。我越是口气坚定地告诉他们，不要再追踪我了，他们越是想要找到我，挖取我现在的生活，而且，他们一定能找到我，我根本无可躲藏。

不出两天，我在公司门口发现了一个陌生的年轻男人的身影，他径直朝我走来，说是节目组的人，想跟我谈一谈。他一副死缠烂打、不达目的誓不罢休的样子，让我难以拒绝。我们去了附近的一家连锁咖啡馆，坐下来点了两杯咖啡。年轻人大约刚刚离开学校，很骄傲，但也经验不足，说起话来颠三倒四磕磕绊绊。他告诉我，如果我上这一期节目，电视台可以给一笔不小的数目，这个节目已经立项了，如果我不参与，会是双方的一大损失。我一直盯着他脸上的青春痘，那些细小的粉刺让他的面颊散发油光，唇边未经修剪的胡须让他流露着自以为是的蠢笨。

在交谈中，我仿佛能看到他的过去，我猜他和我是同一种人，从某个小地方跳出来，一路苦读，考进一所不错的大学，艰难地读完了研究生，进入大型电视台里工作。这个节目是他第一项工作，他的投名状，他必须表现出色。他努力地想要撕掉出身低微的标签，对自己做了严苛的训练，抹掉了口音，改善了衣着，但还是很稚嫩，很紧张，他并不清楚自己在模仿谁，或是哪个群体，只是装作老成世故的样子出现在我的面前，滔滔不绝地宣讲事情的利弊，沉湎于自己的表演。我是过来人，他说的一切，对我毫无说服力。

喝完咖啡，我把这个年轻人送走，并且告诉他，不要再来打扰我了，我对他们的节目一点兴趣也没有，请他们滚蛋，如果他们日后胆敢透露一点我的消息，我会去法院起诉他们。

事情自然不会顺着我的意愿发展，这个节目他们一定会制作的，而且会把十几年前的内容剪辑重播。我感觉自己的一段生命被贩卖给了他们，每当有利可图时，他们就把那团冷饭拿出来炒一炒，榨取一些价值。

这次之后，节目组果然没有再来烦我，我继续我的生活，或者说，我应付我的生活：田微清的父母开始对我百般挑剔，我不知道这是惯例，还是他们真的越看我越不顺眼，反复计较之后还是觉得自己吃了大亏；然后是田微清，随着婚期的临近，需要安排的事务逐渐庞杂——和酒店谈折扣，确定酒席菜单，等等，她压力巨大，又不肯让我分担，只是一味地冲我发脾气，又抱怨我什么都不管。她为此长了满脸包，焦虑得睡不着觉，因为担心影响婚礼表现，要我陪着去医院皮肤科看病，连打几针特效消炎药，将脸上的大包硬生生抚平了。

这些并不是最麻烦的，最麻烦的是田微清的父母并不希望女儿婚后搬出去住，仍要一家人其乐融融地住在一起。我以为田微清一定会反抗，没想到她迟疑了一番之后竟然同意了，还反过身充当说客，劝说我婚后和她的父母同住：租房花费太大，而且在家有父母照料生活，在我们买下自己的房子之前，和父母住在一起最实惠——"实惠"二字，贯彻于他们一家人生活的方方面面。我们这么快就分化成了两个阵营，这是我万万没有想到的，田微清完全不像她自以为的那样，有追求自由的意志和决心，她的自我认知偏差极其严重，但我决定忍受，直至一切尘埃落定。事情走到这一步，已经由不得我了。

不知道是否为了新节目造势，突然之间，网络上开始传播起《遥远的生活》的节目录像，一个沉寂十几年的老节目再次被人关注，若说背后没有推手，我是不信的。但如今的观众和以前的观众已经不一样了，在互联网和新媒体还不发达的年代，人们被动接受信息，电视和报纸上的报道很少受到质疑，你展现多少，人们就相信多少。或许从前这个节目的本意并不是展露真实，但客观呈现了城乡贫富差距的对比。十几年经济高速发展，许多人在重新看待这些录像时，看重的东西和以前的人不一样。他们把杨克森的部分单独剪辑出来，冠以"美少年"的名义广泛传播。生活在贫困端的少年们因为见识短浅在大城市里闹出来的各种笑话也被剪辑在一起，供人嘲笑。我在手机上刷到这些视频时会飞快地划过去，生怕看见自己十几岁时稚嫩笨拙的脸，看见国胜和菊妹，看见燕子寨的旧貌，对我来说，这些全部称得上恐怖和折磨。我也很担心，田微清会看到这些视频，照目前的趋势发展下去，这事儿几乎是必然。

田微清有一天对我说，她刷到一个视频，觉得里面有个少年的样貌和我十分相像。她旁敲侧击地问我，那个人和我有什么关系。我没有正面回答，只是胡乱搪塞，事到如今反倒不知道该说什么，直接否认不是好主意，干脆地承认又不甘心。

连日的疲惫，再加上我的语焉不详，激怒了田微清。她收拾自己的行李，从我的小公寓里搬了出去。我没有挽留，只是看着她怒气冲冲地把衣服从衣柜里翻倒出来，把几件花花绿绿的裙子塞进行李箱。收拾完之后，她在门口站了一会儿，似乎在等我说点什么。我什么也没说。田微清甩门而去，屋子里格外安静，甚至能听见下水道发出的辘辘水声。我深长地呼吸了一口空气，空气中还有田微清的香气，香气大约还要弥漫几天，我打开了窗户透气，稀释她的味道。透过窗户，还可以看见田微清拖着行李箱在路边等出租车。然而我并未感受到任何情绪波动，既不愤怒，也不轻松，我开始收拾房间，把田微清弄乱的东西归位，只用了半个小时，房间又恢复我之前独居时的空旷，仿佛除了我自己，不曾有人来过。我打开音响，放点热闹的音乐，试图填满空间。

后来我也没有去找田微清澄清，只是正常上下班——无论发生什么事情，我都会去上班，这是内心深处的秩序感使然。实验室的仪器运转中规中矩，得出的数据也不会偏离常规，变量可控。然后日复一日地，像等待头顶的达摩克利斯之剑落下。我和田微清之间还有很多事务没有解决，已经支付的婚仪、酒席、礼服租金费用等是一笔不小的钱，有些还只是定金，如果不能按照计划进行，需要去现场取消，钱大约是拿不回来了，这是我那个时节最心疼的。

田微清一味躲着我，不接我电话，也不回复我信息，似乎自世上消失了。这种态度我无比熟悉，一旦出现棘手到无法面对的事，立刻回缩到硬壳里躲起来，其实只是自我保护。田微清一直表现得像个女战士，摆出能克服一切困难的态度，一旦出了什么真正无法面对的状况，她下意识的反应也是逃跑，逃得远远的，这也符合我对她一贯的看法，强悍是伪装，伪装之下那个手足无措的小女孩是她的本色。

十天之后，田微清通过公司邮箱发了一封邮件给我，信写得十分客气，语气冰冷。信中没有直接提分手的事情，只是告诉我，她查了网络上的一些资料，甚至看完了那个古早的节目，对之前的事情已经全盘知晓，她为到目前为止的一切谎言感到遗憾。她觉得我是一个陌生人了，她不明白我有什么意图，到底想从她这里得到什么，也不能辨认我到底是忠厚还是狡猾。她不能和一个自己完全不了解的人迈入婚姻，但请柬已经发出去了，她的父母已经通知了所有亲戚朋友。如果临时取消，他们一家人真是跌了大份；如果硬着头皮结婚，心结难解，后续仍旧有无穷无尽的麻烦。她觉得这些事情如果我能提前跟她说清楚，她并非完全不能接受，但眼下这个坎儿，她和她的家人都难以跨越。他们不由得觉得我目的不纯，出于自我保护，她暂时不想和我见面。

"我的父亲目前非常生气，婚礼的事情先搁置吧，延期。"信的最后，如是写道。

我立刻回复了信件，除了同意，也说了些好话，譬如尊重和理解她的一切决定，祝她和她的家人幸福。不过，道歉的话一句也没有。

随后,我马不停蹄地打电话,去酒店、珠宝店、婚庆公司、礼服租赁店取消订单,和商家们好商好量软磨硬泡,不过酒店和婚庆公司的定金没有要回来。一些退款回到银行卡内,卡内的数字像是死水回澜,又开始一点点向上叠加,我立刻拿着这些钱去还了之前的贷款,即便如此,仍然有十几万的缺口等待填补。一整个星期,我只做了这一件事情,在和商家的拉锯战中身心俱疲。随着田微清从我的生活中消失,我对她的爱以极快的速度消亡了,心中只剩一点伤感的痕迹,并没有影响到日常生活,睡觉、吃饭、工作一如既往,平静得不能再平静,每天我只想她几分钟,想念很快会被琐事带来的疲惫吞没。

得益于此前的人生经历,所有的情感教育都是断断续续的,前言不搭后语,很难再有浓烈的感情和难以割舍的人和事,我只用了几天的时间便接受了一切,并将田微清从生活中摘除。我们并不匹配,甚至是风马牛不相及的两种生物。一方面我惊愕于这份爱意比我想象的更加贫弱,另一方面,我始终有一种带着痛楚的松快,像是身体上一个疔疮终于被戳破,积压已久的脓液爆烈四溅,令人作呕,但还不至于难以收拾。

那个纪录片在年中播出,名字取得很随意,叫《重返,遥远的生活》，一共三集，算是严肃的第三视角的纪录片，旁白是个听起来始终忧心忡忡的女声。第一集是对过往节目的回顾，然后时间转到现在，主角们都从十几岁的少年长成了三十岁左右的青年人，如果按照人生百年来计算，大家已各自走完三分之一的进程，是到了需要回顾的年纪。除了我，以及去世的杨克森，当年那些参与节目的人全部接受了采访。我挨个辨认他们的面孔，有些人还大体保留着年少时期的模样，有些人的样子和小时候完全不一样。

总体来说，城市组的孩子近况都不算差。他们成长了，脱掉了少年时代的叛逆，说话彬彬有礼，行事老练，大多做着体面的工作，过着衣食无忧的生活。一人高中去了加拿大，之后定居在温哥华，娶妻生子，和父母同住，做地产生意；一人继承了父母的工厂，发福了，但也变成了那种看起来可靠的人，他在节目里几乎一直在打电话，忙得不可开交；最不济的一人在深圳卖保险，除了没有结婚生子，似乎过得也还不错。他们聊起《遥远的生活》，都带着乐不可支的神情，仿佛上那个节目是滑稽的错误，如今他们再次接受采访，正是为了纠正当年的错误，证明自己并不如电视中呈现的那么骄纵蛮横，"只是走了一点弯路"。

画面转到乡村少年那边，就变成了另一个画风，除了我，其他人都没有读完高中，两个女孩结婚生子，外出务工，湮没于一种独属于这个时代的平庸生活，满脸中年人的疲惫。另一个男性受访者做了建筑工人，辗转各个城市务工，一直没有结婚……当初那些叛逆的城市小孩几乎都变成了普遍意义上的好人，而那些曾经收获过最多大众同情和眼泪的乡村少年，却像是失去了助推，只能顺着风飘荡，飘到哪里算哪里。当年的节目并没有改变大家的命运，只是记录下众人的生命轨迹，两组人，城与乡，富与贫，远与近，曾经不可思议地交会过。算起来，按照世俗标准，我确实是贫困组里最幸运的一个，接受了良好的教育，在大城市定居，有收入稳定的工作，境况比同组的人要好得多，但我的幸运不可复制。

节目第一期并未引起巨大的反响，时代已经发生变化，变得更加嘈杂喧闹，几个年轻人的命运并未得到大家的关注。

我和杨克森的部分则在第二期播出。节目在压抑的气氛中开场，低沉的旁白解释说，这一期节目的两位主人公都缺席了——其中一位拒绝了采访，另一位早已离开人世。他们此前试图联系上杨克森，不过之前的联系方式失效，他们不得已去斯城科技大学寻找线索，却被学校告知，杨克森已于十来年前去世。他们一方面感到震惊，另一方面通过学校联系到了杨爵和杜丽。二人一开始不肯接受采访，节目组反复劝说，他们才同意出面。节目组去了他们在城郊的居所，杨爵和杜丽坐在院子里，阳光铺在他们飞扬的白发上，微风轻拂，他们表情平和，根本不需要开口就能收获观众的同情：这样好的人，却遭遇这样的不幸，失去了天资聪颖的独子，怎么不叫人惋惜？画面闪回到杨克森十几年前参加节目时的画面，阳光健朗的男孩，如今只能在回忆中再见。杨爵端了相册出来，和杜丽一张张看，回顾杨克森短暂的一生。他如何优异，如何超群，如何在国际赛事中崭露头角，前途光明却遭遇意外，然后他们隐晦地提及了杨克森的结局。杨爵眼眶微红，口吻一如既往地平静，杜丽在一旁微微哽咽。时过境迁，哀愁是淡淡的，一切只剩下唏嘘。

接着，节目组问起了我，杨爵和杜丽相视，似乎难以启齿，但还是开始讲起我的故事。这是我第一次从第三视角听到他们聊起我。他们始终没有叫我的名字，只称呼我为"那个小孩"。

杜丽缓缓地说："我现在觉得把他带回来是一个错误。我们很喜欢那个小孩，一开始森森和他交换，他来到我们家，我们就对这个孩子充满了感情，他早熟内敛，心思细腻，有些自卑，但进退有节，说话做事都很有分寸，没有给我们添过任何麻烦。当然，他也不会主动向别人求助。

那孩子也很聪明，是个有潜力的人，他的出身牵绊住了他，他父亲不太管孩子，母亲脑子又不清醒，他在乡下的日子过得很艰难。我们对他又爱怜又同情，虽然只短短相处了一个月，但那会儿我心里已经认定他也是我的儿子，想竭尽所能地帮助他。我们对他说，以后碰到任何困难都可以来找我们。那孩子对我们也很依赖，节目录制结束之后，他一直跟我们有联系，经常打电话过来，跟我聊聊天，但他报喜不报忧，很少说烦心的事儿。不过人跟人不见面的时间长了，感情自然而然会淡下来，各自有各自的生活，渐渐也不联系了，但我们始终记挂着他。后来我们从电视上看到那孩子失亲的消息，还很惊讶，他为什么不向我们求助，不过他自尊心很强。一开始我们没有想把他接到身边，但我儿子说，他一个人在那里应该非常无助，我们一家人商量之后，把他认作养子，从小县城接到身边，觉得这样能最大程度地帮助到他。

"我们并不以恩人的姿态居高临下，也不偏爱自己的儿子，但凡森森有的，他也有一份。我让他喊我妈妈，喊我丈夫爸爸，希望他把我们当成亲人，不要觉得自己是家里的陌生人。那孩子上了个好学校，是我们多方打听，跑了不少地方，花了不少心思才进的。他有些不好的习惯，我当然不会惯着，有时候口气冲一些，但尽量不伤及他的自尊。那孩子来了斯城之后,情绪一直非常低落,基本不说话,和我们之间的感情反倒没有以前亲热。那时候我想,他为什么会有这个转变呢,是思念双亲,不适应新的生活,还是我们哪里做得不好?我自问过很多遍,日常中可能有一些疏忽,但绝对没有什么大错,已尽最大的能力给他好的教育和生活——养森森一个人我们尚有余裕,但家里有两个男孩一切就不一样了,开销陡增,这些我们从来不会对他谈起,这些事情是只属于成年人的负担。

"那时候我就已经后悔了,我当时太冲动了,善心大发,太想当一个拯救者,想把陷在泥沼中的孩子拉出来,所以我们自不量力,也没有仔细评估自己和那孩子究竟有多少感情。我把他带到身边,仅仅是因为我看见他了。如果真要计较起来,我们其实是陌生人,极偶然地交会在一起,如果我不曾认识他,不知道他的名字,他和我也就不会沾上任何关联。我们根本不必为他做到那种程度,不必把他接到身边,只管继续给他一些资助,让他在老家待着,一切都看他自己的造化,时不时地打个电话关心一下,说不定我们之间的感情比现在还好,他反倒会感激我们一辈子。

"我有时候还会无法遏止地想,如果我们没有把那孩子接到身边,森森也可能不会坠楼——所有的变量都有可能导致结果的发生,如果拿掉这个变量,是不是就不会发生了?森森是个心思特别细腻敏感的人,并不像外表那么开朗,那孩子的到来,到底还是挤占了一些我对森森的关注。森森走了以后,那孩子没有出言安慰过我们,反倒和我们断开了联系,逃得远远的,几年都不曾露面——其间大学的学费我们还是照常支付。大学毕业之后,他找了一份还不错的工作,过得算不错了。当然,他什么也没有告诉我们。如果没有我们的帮助,他未必能走到现在,过不上现在的生活,成不了现在的人,不管他承认不承认,我们是他人生的一环。不过现在,他几乎刻意回避我们,极少和我们见面,但他一直对外宣称,他是我们的孩子,这个身份应该给了他一些好处,满足了他的虚荣心。我们从来没有想过向他索取回报,也不希望他有任何道德上的负疚,但我们仍然希望与他建立亲情。无论他如何对待我们,我们对他始终只有衷心的祝福,祝福他一生顺遂吧。"

我看完了这期《重返,遥远的生活》,一团愤怒的热气立刻涌上心头,如果身边有人可以倾吐,我会滔滔不绝地说上两个小时。我不知道她为什么要把我描述成一个这么无情的人,又把自己塑造得如此无辜。杜丽很显然隐去了一些关键的信息,包括所谓的收养一开始就是为了电视台给我的三十三万的捐款,包括他们从高二下学期把我丢在学校不闻不问，她也撒了一些谎，他们根本没有资助我的大学生活，那是我极度困窘的六年，不得不靠在校外打零工和奖学金度日。我没有故意对他们置之不理，我们的态度是相互的，他们不理会我，我也不理会他们。杨克森的死和我没有任何关系，恰恰是，他的死恶化了我的境况。如果他还活着，一切都会不一样。

杨爵和杜丽把自己放在道德的制高点，丧子之痛已经让他们收获了观众的同情，再加养子的背叛，他们是道德上无可指摘的受害者。整个故事里唯一可供批判的是我，我不知感恩，势利卑琐，狼心狗肺。我能预想，节目播出之后掀起的舆论风波会像巨浪扑在我的头上，把我已有的生活打得七零八碎。以前的人们表达不满，靠的是打电话、写信，尚可以屏蔽部分恶意，现在人们抒发不满主要通过网络，暴力无处可避。恶意汇聚，互相放大，互相煽动，必须向一个特定的目标倾灌，并尽力摧毁。很不巧，我再次成了这个目标。我觉得应该找杜丽对质，面对面拆穿谎言，但我没有立场这样做。我没有在节目中露面，也就失去了为自己辩解的唯一机会，即便我再站出来说什么，也会被其他人的责辱覆盖，陷入无穷无尽的自证圈套。

第二天杜丽的采访片段果然流传开来，这个节目因此获得了一些热度，人们开始了对我的审判。这种审判是全方位的，刨根问底的，近于过度解读。他们从《遥远的生活》里挖掘片段，逐帧分析，力图证明我从小就心有魔鬼，匮乏感情，每一步行动都经过准确周密的计划，只是想借着别人向上爬——甚至连我父亲和杨克森的意外离世也和我脱不开干系。不到半天，我的信息很快被人扒个底朝天。一天之内，收到几百个骚扰电话和恐吓短信。我不得不向公司申请了年假，在家躲避风头。

我给养父母打去电话，电话一直占线，发信息他们也不回复，后来干脆把我拉黑。我很想问问他们为什么要上这个节目，为什么要说那些谎话。是不是必须摧毁我好不容易建立起来的生活，才能显出他们的重要性？是不是我必须摆出谦卑讨好的姿态，他们才会觉得我心存感激？激愤的情绪几乎让我的身体一直发抖。

所幸的是，风波很快平息，只持续了一个星期，人们的注意力被其他话题轻易捕获，好像骚动的乱流，胡乱冲向下一个洼地，现在人们很难持续关注一个人或一件事。我庆幸自己躲藏了起来，让那些混乱盲目的攻击失去了靶头，然后顺利地被遗忘。

事情结束之后，我离开了原来的公司，换到北京的一家公司，做的还是产品研发。这次不是做防晒霜，而是做抗衰的营养面霜，产品本身已经非常成熟，我们的工作更像是打补丁，隔段时间做一做无谓的加减，美其名曰"升级"。地铁里到处都是我们团队做的那款产品的广告：纳米级的营养分子，百分之九十的吸收率，三周时间淡化细纹。这样的广告词，搭配海报女明星毫无瑕疵的面孔，勾起女人对于永葆青春的渴望。每次路过，我都会忍不住驻足观望，很难把图片中的光鲜和自己的工作真正联系起来。城市里到处是如此这般的诱惑，幻想中的美貌、财富、品味和他人的关注，对淹没人海的不甘，由此延伸出无数为了满足这些幻想的工作。我也很难判断自己的工作到底是无关紧要，还是至关重要，抑或只是在世上找到了一个位置，然后踩着不稳定的高跷，日复一日地前进。

我花了一整年的时间才适应北京的气候，秋冬季节的干燥和寒冷，转瞬即逝的春天和夏天。大城市的生活自有一种无聊，虽然每天都有新闻，股票涨跌、大厂裁员、教育改革等等，看起来轰轰烈烈，却是另一种扬汤止沸。我的人生进入了一个新的阶段，稳定自足，但也不会有什么真正的发展和突破。我在北京待了一年半，之后公司有一个外派香港的机会，选中了我。去之前，我对香港毫无了解，也没有热情。但每次公司发外派信息，无论和我的职位相不相干，无论是派去东京、吉隆坡，还是遥远的非洲，我都会发起申请。从斯城来到北京之后，我意识到自己本性排斥"安定的生活",我对那玩意儿有过不切实际的幻想,甚至付诸过实施,寻找过跳板。一旦生活开始变得规律,有了条条框框的规范,便又感受到轻微的痛苦和失落,仿佛逐渐陷入泥沼。唯有在变化中,我才不会迷失,陌生和遥远,干净和无所牵绊的地方才能让我感到安心和自由。

初抵香港,赶上一个行业内的展会,这种小型展会会来一些国内外的新兴企业,向大品牌展示产品,以期拉到一些投资。经济形势好的时候,这样的展会人山人海,经济形势不好的时候,展会门可罗雀,成为内部交流的行会。

在那次展会上,我发现了一个熟悉的女人的身影,似乎是一位故人,但不能确定。那女人独自一人守着一个特效减肥药的展位,我从她面前走过来又走过去,最终确定,她就是我心中所想的人,歧流镇的月龙老师。她穿着醒目的粉色套装,化着浓丽的妆容,因为天气炎热而满头大汗,汗水晕开了她的睫毛膏,看起来邋遢而疲惫。我认出她,她却没有认出我。我走到她身边,向她要了一份产品手册。她站起身来,热情地向我介绍她们公司的第三代减肥特效药,胸前的工作证上写着她的名字"Vivian Chou"。在我们攀谈的十分钟里,她一直不停地讲产品,我只好打断她,问她是否还记得歧流镇。

她反应过来,带着警惕,问:"你是谁?我们认识吗?"

我向她报了自己的名字，她皱起眉头。我邀请她找个地方坐下来叙旧，她拒绝了，但第二天展会结束，她主动找到了我。在遥远的地方，两个失散已久的人重逢，统计概率上这事儿发生的可能性几乎为零，但我们并不感到意外，反倒觉得如果不是此时此地，我们也会在彼时彼地重逢，而我一定能一眼从人群中辨认出她来。

后来，我们去了附近的一家酒店。其实她和田微清差不多年纪，只不过我认识她时，还是个青涩懵懂的孩子，心理上我认为她比我大很多，现在看起来差不了多少。我们躺下来互相抚摸，赤裸着身体，毫无羞耻，也无亢奋，只有安全而熟悉的感觉。很多年前，我就觉得自己有一部分随她而去，重逢时刻，这部分又随她归来。她身体还是那么瘦，晒得像一粒熟麦，她抽烟，牙齿熏得黑黄，眼睛也累得没有神采，疲倦至极。

月龙老师掐灭了烟，先开口："你怎么会来香港？"

我简单地回答："工作调派，半年之后回北京。"

"你现在生活在北京吗？"

"暂时是的。"

她说："你过了很不简单的人生。"

"不算简单，也不算复杂。"我说，"比起你的经历肯定差远了。"

月龙一根接一根地抽烟，心不在焉，过了好一会儿，她说："好多年之后，我才意识到，不是我从歧流镇跑走，而是我被它挤出去了。那个地方比我回忆中的还要贫瘠，还要无聊，离开的时候我头也没回，世界上没有一个地方的人和事让我那么讨厌，为什么我们会长出一颗和它完全不匹配的心，带着格格不入的感觉长大成人，我厌恶它，它也诅咒我，让我在任何地方都找不到安宁。

"我跟你讲过吧，我做家教的事。大学毕业之后我进入一家英语培训机构，当了四年英语老师，教学生写作文。开题破题，填充论点，结语，插入一些高阶词语和词组，我把步骤拆分到这种程度，学生们甚至不需要有任何思想就能写出花团锦簇的高分作文。这种工作干久了叫人想吐，有些学生笨得惊人，只是足够幸运，有人托举，每次碰到这样的学生，我都会生出绝望，他们就像黑洞一样，吸走多少资源、多少时间。有一次，我实在没有忍住，我劝一个男孩别来上课，别再浪费父母的钱，别再浪费彼此的精力。男孩的父母到公司投诉我，认为我侮辱学生人格，我被开除了。

"其实我早已厌倦北京，只是需要一个外力推动我离开——这是一个等级秩序太过分明的地方；也厌倦这个行业——总是为别人做嫁衣。我去了深圳，进了一家新兴的互联网公司,负责海外业务的对接。那几年正是互联网行业起飞的阶段,公司很快从四百人的规模扩到一千人,两千人,三千人,四千人!我们从一个小办公楼,搬进了一个大办公楼,行业形势大好,好到无须额外做任何事情,只要保持不动,就能赢过大多数人。我兑了一些股票,公司发年终奖的时候我吓了一跳,自己一下子就变成了有钱人。在一个势头良好的大公司里,兜里有了几个钱,手底下又管着几个人,做的事情很快就能见效,人人艳羡,不知不觉膨胀起来,甚至觉得自己无所不能,是宠儿、人才、天之骄子。我说过,我特别害怕输,我觉得一个人最大的成就是赢,一直赢,那段时间,每天我都感觉到前所未有的满足,觉得找到了自己的位置,而且还会去更高的位置。我在二十九岁的时候结了婚,丈夫是另一个部门的技术主管,他比我大三岁,和我情况差不多,也是小地方出来的,父母给不了多少支持,凭着自己爬到当时的位置。我们拿出所有的积蓄在深圳安了家。小区全是新富,地下车库里停满了豪车,我们那辆二十几万的丰田SUV根本不够看的,保安见到我们会半鞠躬,恭敬地喊先生、太太——真是奇怪极了,我一开始很不习惯,听习惯了又非常顺耳。到这一步,我完成了一种世俗意义上的进阶,我为自己变成周太太而兴奋,但那种兴奋只持续了不过短短几天,之后我又感到厌倦。

"那时候我很想叫大学时期的朋友薛看看，我对她一直念念不忘，分不清自己对她是嫉妒还是仇恨，是欣赏还是喜爱。我打听到她在开罗，在驻埃及大使馆里做翻译和文员。我请了年假，独自去埃及旅游，我去那里根本不是为了感受异国风情，只为在薛面前扬眉吐气。我约她出来见面，特意请她来我住的酒店，换了一身好衣服，化好妆，戴了一堆首饰，把自己打扮得像个花瓶。酒店外面是开罗熙熙攘攘的街景，坐在那里，俯瞰忙碌人间，真的会让人感觉到自满和神圣。她来了，穿着灰扑扑的衣服和裤子，晒得黝黑，头发也剪得很短，脸颊凹陷，和大学时候的样子完全不一样，但神采奕奕。她很热情，热情过头，握着我的手说，看到我过得好，发自内心地为我高兴，她以前就知道我会成功。从她的话里，我听不到任何讥讽、嫉妒、鄙夷，只有纯粹的祝福和欣赏。然后她告诉我，她虽然进入了外事系统，但距离成为外交官还很远，不过那已经不是她人生的目标了。两年前她去了刚果，在贫民窟里做了一段时间的义工，当地的赤贫一下子刺激了她，非洲的苦难让她觉得自己罪孽深重，让她明白自己以前那么执着的目标多么缥缈，有那么多的人生活在贫苦之中，没有一口干净的水喝，没有一顿饱饭吃，孩子们在垃圾堆里长大，她却在追求那些虚无的东西。她心里的火一下子被点着了，觉得帮助更多的人才是她毕生应该追求的事业。这份事业艰苦崇高，如同为她量身定做。等使馆工作结束之后，她将去一个国际扶贫组织做长期志愿者。薛说，她准备留在非洲了，以前她总是想哪有什么无私奉献的特里莎修女，大约是编出来的人设，可当她自己做义工帮扶其他人时，真正地体会到了心泉涌出，她一下子就明白了，世上是有圣人的。薛说这句话时，不知是有意还是无意，双手轻轻合十，好像真的抵达了圆满，眼眶里泪光闪闪，整个人光辉夺目，几乎把我照瞎了。我受了巨大的感染，也受了巨大的打击，不管她以后是不是真的会留在非洲做义工，但在那一刻，她又轻松地赢了我。她跟我从来不是一个世界的，她永远可以用居高临下的目光看待我。我本来的炫耀，那一刻全部变成新富乍贵的沾沾自喜，我为她高兴，又为自己感到恶心。我从开罗逃回了家。

"互联网的红利几年间也吃得差不多了，行业逐渐陷入缓滞。我并没有如自己所预期的那样，获取到更高的职位，做成更大的事，反倒在大厂的烦琐流程里逐渐耗尽热情。随着年龄的增长，日渐感到竞争压力，永远有更年轻的人在虎视眈眈，等着取代我的位置，大型托拉斯的运转也越来越像精密的机器运转，能发挥的主动性越来越小，一件事情从发起到执行，也不像以前那么容易看到结果。然后我意识到，我之前只是运气太好，跟上了大流，并不是真的赢了。我对所在的城市感到不满，对工作不满，对丈夫不满，尤其对自己不满，不满还伴随着厌倦，几乎到噬骨啮心的地步。

"我的丈夫——对，忘了提，我后来离了婚，现在已是前夫了——他也处于类似的危机中，我们打听到内部消息，公司要裁一批中层，他在名单上。他为此忧心忡忡，想去新加坡发展，一直劝说我和他一起，他给我讲新加坡如何如何好，讲得天花乱坠，去了那边就能解决一切问题。我们有一些同事就这么干，大多是为了孩子。我们没有孩子，只是为了自己。我觉得自己在一个地方已经待得太久，看不到职业前景，迎来的将只有局限。紧接着就是等待，等待裁员的通知，等待一笔可观的赔偿金，我们本以为结果很快会到来，结果等了将近一年。他做技术类工作，很快就在新加坡找到了下家，我一直没有找到合适的工作，但我们还是处理掉了房产，先后搬去了新加坡。与北上广深相比，新加坡面积小，人口少，我们戏称它为'坡县'。新加坡乍一看和国内很像，但它是小国家，小国家和大国家的生活逻辑完全不同，大国家有错综复杂的分层，有莫测高深的可能性和机会，容许野心膨胀，总是会有新的行业和新的增长,小国家相对而言,扁平简单,安稳却缺乏变动。

"有两年多的时间我都处于无业状态,想要找到和原来差不多的职位已成泡影。猎头们劝我放低要求,我不肯,退而求其次在我看来是认输,我之所以跑到这么远的地方是想再跳跃一次。我的丈夫工作忙碌,他让我去做瑜伽,去旅游,去交朋友,别把自己绷太紧。新鲜感很快过去,大把的空闲时间使我羞愧,也让我迷失,我发现自己停滞住了,被按在一个地方,无力变动。我们有些钱,日子很过得去,丈夫与我感情还算融洽,但我已经受不了一成不变的日子,急切地想要改变现状。我认定一切是我丈夫的错,是他要来新加坡,是他怂恿我出国,我为他做了莫大的牺牲,却没有得到想要的结果,难道我要在异国他乡为一个男人做一辈子饭?我甚至生出被骗的感觉,是他和其他人合谋把我骗到这里。我向他提出了离婚,满以为会拉扯一阵子,没想到他爽快地同意了,也没有做任何挽留,就好像他也急着甩开我。

"我觉得自己应该回深圳,我是这么盘算的,可是每次准备离开新加坡时,总会碰到各种各样的阻碍,譬如生一场大病,譬如接到重要的面试通知,不得不一再延迟归期。后来我想,这或许是一种警告,告诫我不要回去,好不容易出来了，回去做什么呢？我心底并不想真的回去。我的签证快到期了，为了继续留下来，我接受了一份美国药企的工作，他们在拓展亚洲的业务，薪水、title都给得很低，勉强够维持日常开销，但这份工作也蕴藏着一个机会，如果做得出色，能被调去美国，但我又很明白，去了美国又有什么，不会有什么根本的改变，我仍会感到不满，仍然会想要去别的地方，会想给自己一个看得见的目标，继续赢下去。

"我一直有一种幻想，幻想自己能抵达某个地方，那个地方是我真正的归处，同时也是我的原点。我从那里出发，最后也回到那里。我知道这种愿望的狂妄程度不亚于永生不死，寻找它不是真正的人生目标，但必须幻想自己能够抵达，才能够好好活下去。"

月龙说的这些感受，此刻正在我的身体里同步回响。下午我送她去了机场，在进入闸机之前，她扭过头来，对着我笑了笑。

"你应该回去看看，人只有回到起点，才能知道自己到底走了多远，才能知道自己真的永远不会回去。但如果不回去，便没有真正可以辨认的坐标。"

6

时代变化的速度超过我们的觉察,当我下定决心回燕子窠看一看时,一查路线,发现今年上半年已经通了高铁,从斯城到县城,如今只需要四个半小时,以前乘坐K字头的火车要十几个小时。十几年来,我一次也没有回去过,燕子窠像是一片远遁而去的岛屿,逐渐消失在白雾茫茫中,如今我要找回它。回家那天不是节假日,车厢没有坐满一半,一路上不断响起熟悉的乡音,有顿挫的腔调和咏叹般的长尾音。我的舌头已经生疏了,但耳朵还能分辨出他们说的每一句话。那是些四十岁上下的人,脸色黢黑苍老,正在谈论他们上高中的孩子,孩子们成绩不好,眼看着要走他们的老路,他们为此无奈。

到站后,我从高铁车厢中走出来,空旷的站台上吹过穿堂大风,几乎令人站立不稳。小地方的高铁站外观千篇一律,高高的鱼骨顶遮盖白色幕布,地面铺着灰色花岗石地砖,冬日里看起来格外萧瑟。我有些担心自己下错了站,找到标识仔细看过,没错了,是这个县城。高铁站的选址偏僻,离县城二十公里远,暂时还没有通公交车,只能打车。县城和高铁站之间新修了一条马路，沥青黑得像是昨天才铺好，上面印着清晰可见的车辙痕。司机们在出口处拉客，斜着身体倚靠在不锈钢栅栏上大声呼唤，人数比旅客还多。我上了一辆出租车，车座上夏天的竹凉垫还没有换下来，车门和车座上附着一层黑垢，车厢被陈年烟味熏透了，有一种令人作呕的腻味，这辆车好像从来没有洗过，肮脏和潦草给我熟悉的感觉。司机是个六十岁左右的瘦削男人，眼睛大得出奇，深深陷入眼眶之中，他热情地问我要去哪里。我说："我很多年没有回来过了，先带我兜一圈吧。"他说："你是本地人吗？"我说："是的，我是歧流镇人。"他说："你看着不像本地人。"我将这句话视为一种褒奖。车内没有开暖气，我打开窗户，让冷风灌进来，驱散里面腌臜的味道。出人意料的寒意扑进来，据说今年是五十年来最冷的一年。

　　城市的面积向北和向东扩大了十几倍，新区里竖立着几十幢二三十层高的住宅楼，街道修建成开阔的八车道，道上没几辆车，路边也没有几个人在走，两边有新造的电影院、学校、商场和体育运动中心，这些建筑建成不过两三年，乍一看锃亮，再看因为粗制滥造和缺少维护，外墙已经开始有些斑驳。以前这些地方似乎是稻田，或有一条还算宽阔的河流，现在已经看不出一点儿影子。新区没有名字，新区就叫新区。

司机开始抱怨房价，说几年间房价从两千涨到了八千，工资却没有涨几块钱。"到底是谁在买房子啊?"他用一种夸张又绝望的语气说话，又像是喝醉了，"哪里搞开发，大家就一股脑儿拥到哪里去。大家在外面打工，挣到一点钱，在外面又留不下来，回来买个房子，找点存在感，求一点安慰，'至少老家有个房'，哈，他们就是这么想的，但除非真的在外面过不下去了，他们才会回来。过年的时候，房产中介和售楼处的门槛都被踏破了。买完房子，他们又出去了，一年也不回来一次，房子根本没人住。到晚上你来看，这边房子没有几盏灯亮着，一栋楼只有两三户人家，在这边包子铺都开不下去，没人！空城！真正有志气的人不会买这些房子，铆足了劲在外面混，混得好歹先不说，他们肯定不会回来，一定要死在外面，一点后路都不会留。"

我说："你在外面混过吗?"

他大笑着说："混过，没混下去，跟别人一起做生意没做下去，回来开这个破车。你呢?"

我附和着说："我也没混下去，太难混了。"

他大笑着说："还是要走出去，留下来的和回来的人都是不得已。"他侧头来看我，面容疲惫苍老，但一点儿也不沉闷，眼睛里还有一股昂扬向上的劲儿，好像哪一天下定了决心，他还可以到外面闯一闯。是从什么时候开始，我们觉得留在小地方是输，县城的生活不是全然的生活，只是认命而已，更好的生活在别处，我们不清楚它的样貌，却孜孜不倦地追逐，头也不回地放弃自己的生活。

世界变化很大，但细究起来，新区建筑的模样和斯城的某些区域的房子没有差别，仍然是对别处生活的模仿和拷贝。很少有人真正生活在里面，大家只是花掉毕生的积蓄安置一个美好生活的幻想，我们被幻想引领着，最终失去自己原来的声音和面貌。这也符合我对县城生活的一种印象，我们总是觉得自己起点很低——事实也是，想要去到一个更好的地方，但是流动的空间有限，外面到处是壁垒，所以像盲流一样窜来窜去，在流动中居无定所，所有的能量在途中消耗殆尽。

车开过了新区，进入了老城区，老城区的街道一下子狭窄许多，地面坑坑洼洼却没有修补，房子也陈旧，街道两旁主要是二十世纪七八十年代修建的筒子楼，水泥外墙上因为多年霉斑侵蚀变成灰黑色。九十年代和新世纪的建筑风尚是方正如盒子一样的七八层楼，外面贴满彩色瓷砖，房子和房子密簇簇地紧挨着，没有一点空隙，盒子和盒子之间电线裸露在外面，经年累月地互相缠绕纠结，无法解开。转进巷子，房屋猝然矮上一大截，街道两边的小店门头上挂着颜色大小各异的招牌，这里算半个集贸市场，人们把货品摆到了路上，路途拥挤不堪，早市的时间已经过去，两个小时前这里一定人声鼎沸，现在只有稀稀拉拉的人在闲逛，商贩们从忙碌和亢奋中停下来，进入到短暂的面无表情的休眠状态，也不招揽客人，只是坐着或站着，什么也不想的样子，等待新一轮的忙碌。地面上湿漉漉的，散落着无数塑料袋和垃圾，这里仍然保留着十几年前的大概样貌，却比我印象中更加窄小和破旧。当年，我和国胜在巷子里穿行过，在里面的小饭店里吃过饭，在小吃摊上买过水蛋糕，一个下午，我们会穿过很多条类似的巷子，在我的印象中，县城只有纵横两条大道，其余都是互相连通的宽窄巷子。

车子没有办法开进去，但我想进去走一走。司机一开始说要在车上等我，我刚下车，他大概怕我不给钱，把车停在路边，也跟着我走进了巷子。我凭着记忆找到那家做水蛋糕的小店面，那家人居然还在，店主换成了一个十七八岁的少年，坐在一张旧躺椅上刷手机。我买了两块蛋糕，价格并不比当年涨多少，一口咬下去，味道也有了变化，里面加了奶精，不再是纯粹的鸡蛋味。我递给司机一块，他接过去，说这东西淡而无味，是给小孩吃的，但他没有拒绝我的好意，而是把它揣进兜里。他说的没错，确实淡而无味。

巷子很快就走到头，手中的蛋糕还没有吃尽。到另一条大街，我抬起头来，一栋高楼堂皇地进入视野中，白色外墙上贴着浅棕色的玻璃，正是当年国胜跌落下来的县政府大楼，我停下来，久久地注视它，好像它也注视着我。十几年前，它曾是这个小县城里最高耸的大厦，二十二层，六十多米高，四面八方的人抬起头来就能看见它，还有玻璃幕墙带来的反射光，但现在它风光不再，被其他建筑抢去了风头，也早不是县城第一高楼，茶色玻璃看起来陈旧落伍，笼罩着一层灰雾，我想，现在已经没有人会特意抬起头来看它了，它变得无关紧要。当年修建这栋高楼时，不知道为什么，小城里的人心里暗自滋生出一些骄傲，大家都关心这栋楼修建的进度，有小半年的时间密集地谈论它，觉得它的落成会带来什么改变，拔地而起的大厦一定有所象征，或是一个节点，把从前和以后荡开来。但当它真的落成后，大家又很快不再关心它，如今新区里有几十栋高楼大厦，也没有人觉得它们有什么了不起。还没有离开县城的时候，我也从来没有抬起头来看过它，但它和国胜的死紧紧联系在一起，就是从那个时候开始，我变成了一只断尾的壁虎。我有点想靠近它，辨认它的模样，大门、楼道、电梯、房间，看看被我遗忘很久的亲生父亲的魂灵是否还在大楼里徘徊。

我差一点就迈开了步子，朝着它走去。司机打断了我，问我，要不要回车上。我点点头，为刚才的想法感到滑稽。

"还想去哪里？"

"继续闲逛。"我说。

他掩饰不住高兴，只要出租车的码表仍然在走，这小半天陪着我穿来荡去就值了。我对县城并不熟悉，少年求学期间的暂居不足以让我跟它缔结什么深层的联系，只存有一点苍白模糊的印象，所见一切混杂着陌生，似乎和我去过的其他地方并没有什么不同。我想了一下，似乎只有一个地方值得去看看，那里或许还有我认识的和认识我的人。

我对司机说："我想去县一中看一看。"

司机说："要去老一中，还是新一中？"

"这还分新老？"

他说："你太久没回来了。十年前，县中将初中部和高中部分开，在新区那边划了一块地建了新校区，把高中部搬到那边去了，虽然都叫一中，但其实是两所学校。你十几年前就走了，想去的应该是老一中吧？"

"应该是吧。"

343

他掉转车头，开进一条幽深的小路，道路两旁的樟树足有十几米高，树高叶密，树冠合围成穹顶，阳光几乎透不进来。十几年前，树还没有这么高这么密。司机把车停在门口，靠在车门上抽烟，他不打算进去，我只好一个人进去。正好赶上中午放学的时间，铃声一响，本来安静的校园忽然沸腾，几百个十二三岁的孩子从里面拥出来，平常很少见到这么多这个年龄的人，满脸稚气和模糊，不管男孩还是女孩，脸上都覆着一层绒毛，像一群雏鸡，跟美丽毫无关系，却拥有我没有的年轻。他们叽叽喳喳又目中无人地从我身边走过，瞥都不瞥我。我几乎想不出自己当年在这个学校的模样，又没有照片来佐证记忆。学生们很快走得差不多了，校园又恢复空旷，我在里面兜了一圈，除了中庭的一个大花坛被填平，两栋教学楼重做了外墙，其余几乎没有变化，但它比我印象中要小非常多，简直逼仄，仅花两分钟，我便从东门横穿到西门。还有一点变化，是教学楼自二层以上，全都加上了铁栏网——为了防止意外发生，教学楼墙上的口号仍然简单粗暴，几十条披挂下来，既像是训诫又像是辱骂。司机在路上跟我说，离县城二百公里的另一个县城，崛起了一座新的中学，那所学校管理更加严苛，学生完全没有人身自由，早上六点上早自习，晚自习到十点半，中午二十分钟吃饭，一个月仅休息半天，但他们考得还不错，去年考出了十六个清华北大，这边也有很多家长将孩子送过去。县一中如临大敌，管得比以前更严。现在它更像一座密不透风的监狱了。

这时，有两个老师也走了出来，我认出他们其中一人是我曾经的班主任，但他应该没有认出我来，与我擦肩而过时，他的眼中闪过犹疑，但并没有回头看我。在我印象中，他是个声音洪亮的中年人，现在已完全是个老人，满头白发，步履蹒跚，他一定喝了不少酒，肝脏也有问题，又劳累过度，脸色是病入膏肓的暗褐色，但他还在这里，还在教书，还会继续教书。他应该很少出远门，一辈子都和这所县城中学绑定在一起，奉献青春，燃烧中年，直至火焰熄灭，但就是这样一个人，当初信誓旦旦地对学生说，要想尽一切办法走出去，只有外面的生活值得一过，"广阔天地，大有作为"。他的口吻非常确信，就像传递来自神佛的确信，我也理所当然地接受下这份确信，奉行这份确信，奔逃出去，怀着盲目的激情，头也不回地去更大的城市、更远的地方，找更好的机会，那种连续不断的"更"变成持续向前的动力，永不满足，永远充满斗志。如今我在外面生活多年，再次回到这里，又有新的疑问，究竟是谁，又是从什么时候开始散播这份确信，让它在风中弥漫，飘入到每个人心里。这个出逃的传统并不久远，可能只有几十年的时间，它是许多人共享的命运。

我回到了学校门口，司机还等在那里，他坐在台阶上抽着烟，才十几分钟，地上已经三四个烟蒂。我走过去，对他说："我们走吧。"

"去哪儿？"

我说："找个酒店。"我想起当年杨爵和杜丽住的酒店，当年那可是县城最豪华的地方，现在不知道怎么样。我忘记了那个酒店的名字，只跟司机描述了一下大概的位置。司机立刻反应过来，说："你说的大概是凯基酒店，那地方早不行了，有一年抓赌，正乱哄哄的时候，不知道谁放了一把火，烧了一整层，后来虽然重新修过了，但大家都嫌晦气，不去那住，房价降下来，里面的设备也老了，电视机还是十年前的款式。现在最好的是东方大酒店，四星级，你去那儿住吧。"他把我带到了新区和老区交界处的东方大酒店。我付了钱，走下出租车，本来想跟司机告个别，但他一溜烟车已经开远。我站在酒店门口，仰头一看，十来层高，百来个房间，大约只亮着七八盏灯。酒店不大，大厅内金碧辉煌，却是那种黄澄澄的塑料假黄，大白灯亮得晃眼睛，中庭摆放着一大簇已经褪色的假花，两个十七八岁的姑娘正在值夜班，坐在前台的长桌后面。电脑出了故障，折腾半个小时也无法登进系统，我坐在大堂的椅子里等待。姑娘们装出认真的模样，实则盲目慌张，一会儿叫来了保安，一会儿又叫来经理，经理黑胖高大，西装的扣子敞开着，更像是酒店老板请来平事的打手。经理叫来维修工人，维修工人只管水电不管电脑，他们重启了电脑，不管用，又打电话叫了网络维修员来。本来冷冷清清的酒店大堂忽然热闹起来，前台姑娘走过来又走过去，反复跟我道歉，经理也过来向我道歉了两次，但语气并不诚恳，似乎只是想跟我搭话，打发一下时间。电脑终于修好了，我的名字录进了系统，经理带我去房间。他问我是不是外地人，我说不是，是本地人。他的态度立刻发生微妙变化，从恭敬变为随意，嗓门也大了，好像本地人之间互相了解德行：我们都是粗陋的人，不必伪装彬彬有礼。走的时候，他甚至问我要不要一起打牌。

晚饭去了酒店经理推荐的小吃街。说是街道，来去只有五十米，全是做烧烤和夜宵的，烟熏火燎，好几家也不能称为店铺，只是用塑料布和蓝色铁皮搭起来的棚子，安个煤气灶带两个锅，开伙做饭，就算饭店。几乎每家门口都放着指引牌，牌子上写着"狗肉"的字样，如果不是走到这里，我几乎忘记本地有吃狗肉的风俗，我只记得以前每年入冬，狗肉紧俏价高，到处都是偷狗的人——这边的狗一般很少活过两个冬天。我走进一家还算干净宽敞的小店，点菜的时候，饭店老板一直暗示我店里除了狗肉，还有很难吃到的山货，野猪不在话下，还有白鹇、大雁、野兔、蛇和麂子，都是过了这村就没有这店的好东西。

饭店里除了我还有一桌客人，七八个喝得醉醺醺的男人，正在大声吆喝划拳，脸挣得或红或白，口齿黏滞。忽然，其中一人看我一眼，端着酒杯朝我走来，一定要我陪他们干一杯。酗酒的男人也是本地特产，县城有个酒厂，盛产一种廉价烧酒，入秋之后，酒窖开缸，半个城市飘荡着酸甜的酒味，把人也熏得发醉。这些烧酒先大飨本地人，然后才运往周围的县市，十块钱能吊一斤，酒劲还大，容易烂醉。县城里的男人很少不喝酒的，有事无事都要凑在一起喝几两，醉后划拳吹牛，这便是这一带贯彻最持久的社交生活。

我感到厌恶，没有理会他，起身准备离开，那人拉住我，说什么也不让我走。另外几个男人以为我们起了争端，全都围到我跟前来，一开始是温和的拉扯，而后演变成推搡，最后动起手来。混乱中，也不知道是谁伸出手，狠狠扇了我一巴掌，那巴掌干脆地甩在我的左脸颊上，我蒙在原地，眼前一白，只觉得这巴掌力道极大，像一阵劲风穿透皮肉和骨骼，连意识也被一道扇了出去，脸立刻麻了，之后才是热胀，耳朵也听不见了。我还没有醒过神，又一巴掌打上了右脸颊，一声响亮的"啪"在我的颅内回响。

"你是什么东西?!"

有个声音怒斥，不知是那几个人中谁在说话，既像是在耳边轰鸣，又像是从极遥远的地方远播而来。我先是被打蒙了，又被问蒙了，人僵在原地动弹不得，话在嘴边吞吐又说不出来。那几个人走开了，留我一个人在原地。我梦游一般，结了账，走到街上，人已经多了，烟气更重，在街上缭绕和盘旋。我一直在街头闲逛，去自己曾经去过或是留有印象的地方徜徉，有些地方陈旧了，有些地方消失了，有些地方重访之后，记忆变得更加模糊。我隐隐期待有人能够认出我来，希冀出现一个人证，证明我在此短暂学习过、生活过、存在过，期待自然落空，没有人认出我来，我也没有辨认出任何一个与我擦肩而过的人。

我想我应该回歧流镇和燕子窠去，那里或许还存有我生活过的痕迹。第二天下午我收拾东西，退掉酒店的房间，又去租车公司租了一辆车，开去歧流镇。镇子离县城原来不远，只有三十公里的距离，开车只要一脚油门。路边原来种满枫杨和喜树，如今都改种了香樟，马路两边几乎盖满房屋。车道上车流来来往住，噪声巨大，扬起灰尘，但是人们还是喜欢把房子建在路边，大门朝向马路，房子都修得高大，大多空关着，没有人住。路边的田地也由水田改为了旱地，种着一畦畦整齐的蔬菜，紫甘蓝或是花菜。路边的白墙上刷着化肥农药、移动电信和壮阳药的广告，也有大型路牌，上面是房地产商直白的招揽：湖景山景毗邻学校，买房即可落户——乡下人对美好生活的愿景一直没变。我把车停在路边，在路边走了几步，大口呼吸乡间的空气，雨前的湿润从泥土里沁出来，于是空气中弥漫着淡淡尿素的咸苦，与回忆的味道惊人啮合，这种熟悉感颇让人感到安慰，和乡音一样，空气和泥土的味道不会在短时间内巨变。在分岔路口，我辨认了一下道路，没有依赖手机导航，十分钟之后抵达歧流镇。镇子原本不在省道边，需要沿着一条基干路往里走一公里左右才到，如今建筑已经蔓延到路边，基干路变成了镇子的主干道，水泥路又干又白，已被踏碎，但没有重修，两边停满了车，不过是些灰扑扑的面包车和小卡，极少见到轿车，大约要到春节，等到在外地打工或生活的人们返乡，路边才会停满外地车牌的漂亮汽车。我凭借印象，把车往镇中学的位置开，明明是弹丸之地，却怎么也找不到它。我唯恐自己记错或是看漏，干脆开着车把整个镇子绕了一遍，还是没有找到。我把车停在一家小超市门口，问老板，镇中在哪边。她抱着手机刷短视频，正笑得人仰马翻，没空理会我。我走到镇中的原址附近，希望能寻得一些旧迹或遗物。教学楼早就拆除了，如今是一个群众活动中心，两栋平房，一大片空白的水泥广场，地上横七竖八地插了一些健身器材，已经锈迹斑斑，三个老人支了桌椅在墙角边打牌，那些桌椅是以前学校用的课桌和条凳，也算遗物。他们心无旁骛，没有注意到我，我挨个辨认他们的面孔，没有看到熟人。

我问："这里以前有个学校，对吧？"

其中一个老人抬起头来，上下打量我，说："是的，七八年前拆了。"

"为什么会拆了？"

"招不来学生就拆了，现在小孩都送到县城里读书，几年招不来学生就倒了，老师们全都散了。你以前在这读书吗？"

我说："是的。读过一段时间。"

老人怪笑着说："你是谁家的人？"

"我不是谁家的人，只是路过来看看。"

他轻蔑地一笑，重新关注自己手里的牌。

歧流镇对我而言也不剩什么。我回到车上，从车窗向外看去，眼前的建筑和道路都变成苍白的骸骨，一切生机都腐烂和风化了，我心里竟然生出一丝不易察觉的怨恨，好像自己又被轻易丢弃了。

"只能去燕子窠了。"我对自己说。

那条路，走过很多次，大多数时候是步行，骑自行车，偶尔也坐拖拉机。先要经过一座桥，一条窄小的沙石路，两边延绵的稻田，然后上山，下山，再上山，升上百米的海拔，到山坳，再下坡，坡下是燕子窠。十几公里的路程，小时候觉得远，每走一趟精疲力竭，现在开车半小时，交通工具缩短了距离，磨平地势的起伏，到达坳口时，甚至感到惊诧，竟然这么容易就回来了，以前那种总也无法抵达的绝望感和脚板的酸痛感还毛刺刺地保留在身体里。我下车，站在高处向下看。地图上已经没有燕子窠了，人口流失，再加一次山体滑坡，这个自然村已经在七八年前消失，人类退场，燕子窠又还给了燕子，成为名副其实的巢穴。只不过现在还是冬天，燕子们在更南方没有归来。在歧流镇的时候，我曾向人们打听过菊妹的消息，听说他们一家人和其他人一起被政府迁到了另一个镇子上，我已经有数年没有想起她和那个婴儿了，我曾用巨大的决心把她们遗忘，但站在坳口，往日种种复现，负疚心使然，我没有动身寻找她们，唯恐听到不好的消息。

短短几年时间，废弃的房屋上爬满藤蔓，冬天叶片也没有完全凋零，似一张五彩的毯子，从上到下轻轻地盖住村落，装点废墟。植物生长的速度其实肉眼可见，我小时候就经历过，到了夏天，辫子草一夜之间长满菜园，拔除之后，第二天又爬得到处都是。臭椿和泡桐，须臾可生，三年可以长到碗口那么粗，七年的时间足以让它们占据所有的高地和低地。正如我早早预想的那样，燕子窠一旦被卷入洪流之中，一定会消失得无影无踪。

我把车停放在山坳处，自己往窠里走去，走过竹林和荒废的茶园菜地，然后才到已经开始塌圮的村庄中。我径直找到国胜原来的房子——我的故园，如今只剩下残缺的围墙，不知是何时坍塌的，石头上布满厚厚的日积月累的青苔。我在石阶上坐了一会儿，想起以前和国胜、菊妹在院子里吃饭的情形，他们的声音好像还回荡在院子里。才四点钟，窠里的光线已经黯淡下来，因为山体的遮蔽，这里比其他地方更早进入傍晚，但傍晚会在蓝灰色的暮霭中逗留很久。

几乎什么都消失了，消失得如此彻底，就好像一个巨大的橡皮在身后不停地擦拭，我向前走一步，它擦掉一点。这对我是一种提醒，除去这具肉身，我还真的是什么都没有，既没有故乡，也没有父母，我被它们放弃，也放弃了它们。我站起身来，拍拍屁股上的灰，准备回到车上去。

正在这个时候，一群鸭子从我面前走过去，是那种被人精心照料的鸭子。肥硕的家禽！我跟在鸭子的身后，走到一户人家门口，屋子在靠山的位置，院子里精心种养着

353

菊花和兰草，墙角的柿子树上挂满红色的山柿。屋子里亮起了灯，我站在院子的矮墙外面，一个老妇人从屋子里走出来，口中发出咄咄的呼唤，那些鸭子果然乖乖进了窝。荒废的村庄里一座不合时宜的生机勃勃的房舍，眼前的一切只如幻象，或是山精野怪蛊惑人的骗术。

老妇人佝偻着站在灯下，面孔只有模糊的一团，她停下来辨认我是谁，好几分钟一动不动，过好一会儿才说："你是谁？是国胜家的孩子吗？"她口齿不太清楚，但我还是听清楚了。我热泪盈眶，感觉像是饥饿的人从赤贫的地里刨出了最后一个土豆。

"是啊。我是他的儿子。"我说。

"来这干吗？这儿已经没有东西了。"她说。

"回来看看。"

她走到我的面前，打开院门，招呼我吃晚饭，桌上摆着热气腾腾的饭菜，仔细一看，只是鸡蛋青菜煮面条。我仔细看了她的面孔，有些熟悉，但她年纪太大，皮肉在脸上几乎挂不住，所有特征都被岁月抹去，只剩下苍老本身。她一味地叫我吃饭，却不说自己是谁，为什么独守在这里。那碗面条做得极咸，但我还是吃完了，腹中升起暖意。她的视力已经很差，又似乎习惯一切，什么东西放在什么位置记得一清二楚，也不会磕磕绊绊。夜晚的山风呼啸，从门窗缝里挤进来,在空旷的厅堂里盘旋,气温陡冷。老妇人给我冲了一碗炒米茶,在厅堂里放了一个炭盆,我们围着炭盆取暖,火光熏得我脸发干,也带来熟悉的感觉,很早以前——也没有很早,二十年前,我们便是这样度过冬日的漫漫长夜。她让我今天晚上住在家里,明天再走,又从木柜中取出了被褥,给我铺好了床。被子不知放了多久,被芯里的棉絮已经板结,散发着浓烈的霉味,床板也是硬的,但我睡得很香甜,和过去的某个美梦重叠。早上不到五点,我醒过来,天色微亮,厨房的灶上煮着稀饭,大门已经打开,我走出去,发现外面起了大雾,这样浓稠的雾我很多年没有见过。城市中的雾总是和霾联系在一起,稀薄易散,但山间的雾气是纯白流动的实体,轻柔地包裹一切,点化出透明的露水,至太阳初生,又骤然消散,活物一般。村子在雾气的流动中复活,朦胧中的建筑物全部恢复了生气,人们似乎并没有离去,寨里马上会热闹起来。我循着鸭子的叫声,找到那位老人,她蹲在溪边搓洗衣服。她虽年迈,但手脚很利索。流水潺潺地冲刷她搁在水里的衣服,一切都极其静谧,极其迟缓,天地缄默不语。

雾气渐收,一切又变得清晰,村庄变回废墟。

我帮她把洗净的衣服拎起来,往家里走。路上我问起她,还记得国胜多少事情,为什么一眼就认出我是他的儿子。她用燕子窠特有的缓慢腔调说，关于国胜，她只记得几个片段：一个是他小时候不小心滚落山隙，小腿骨折，送到她那里医治，悉心照料二十来天后能走能跑；还有就是他去外地打工，回来穿着一身不合身的绒面西装，鞋面上全是泥点；最后是他找了一个痴子做老婆的事。"你和你爸爸，眼睛长得一模一样。"被她这么一说，我突然想起老人是谁，她是村里的"巫"，管治梦魇、惊吓、蛇咬和骨折，在我小时候，她不怎么出门，终日蜷缩在自己的房子里，小孩子都怕她，传闻被她碰一下就会脑袋生疮。那时已没有人找她看病，大家不再相信巫医和草药，出什么事情都是去镇上的卫生所。如今所有人都已离开，她还在这里，像一个不死的幽灵。

我在村子里又住了两天，帮她收拾菜园，修补了屋墙上的裂缝，不知道为何，这些活儿我干起来得心应手。房子已经摇摇欲坠，刮大风时甚至会发出吱呀的响动，难保哪天轰然坍塌。我在山上砍了几根竹竿，撑住倾斜的墙壁。晚上睡觉，夜枭大叫，不知疲倦，还有溪水流淌、山风呼啸、树木摇曳合并而成的山林之声，熟悉又遥远，我还是睡得很香甜，分不清它们来自现实，还是记忆深处。

离开时，老人送我到坳上，我们一起看着山下被葱郁的植被掩盖的村庄，从高处能看出山体滑坡的痕迹，裸露的石头墙壁即将和山体融为一体。一朵云爬过山头，从山顶落入山间，从山脚溪边一直延伸到原来的农田，将一切又隐蔽起来。开车离去，道路有了不一样的意味。我没有原点可以回去，只能沿着道路向前，道路四通八达，道路相互串联，道路没有终点，走在道路上的人可以向前，这是最好也最无奈的事。向前，向前，会无路可退，但不会无路可走，如此，称得上幸运。